KB183370

수도원 부근

수도원 부근

© 강동수

1판 1쇄 발행 | 2024년 11월 8일

지은이 | 강동수
펴낸이 | 정홍수
편집 | 김현숙 이명주
펴낸곳 | (주)도서출판 강
출판등록 | 2000년 8월 9일(제2000-185호)

주소 | 서울시 마포구 동교로17안길 21(우 04002)
전화 | 02-325-9566
팩시밀리 | 02-325-8486
전자우편 | gangpub@hanmail.net

값 15,000원
ISBN 978-89-8218-353-9   03810

• 본 사업은 2024년 부산광역시, 부산문화재단 〈부산문화예술지원사업〉으로 지원을 받
 았습니다.

수도원 부근

강동수 소설 선집

강

차 례

7번 국도

길은 풀숲의 방울뱀처럼 해안과 들판을 번갈아 꼬리를 물고 끝없이 이어졌다. 회청색 바다가 길게 누웠다 사라지면 산모롱이를 돌아 추수를 앞둔 누런 들판이 나타났다. 따가운 햇살을 반사하는 아스팔트는 뱀의 등판처럼 반짝거렸다.

포항 시내를 빠져나와 얼마간 올라가니 바다가 나왔다. 이정표에 칠포라고 쓰여 있었다. 칠포를 지나 오도, 청진, 월포란 이름의 낯선 바닷가 마을을 거쳐 화진포를 지나 들판과 만났다. 내처 북상하니 영덕과 강구로 갈라지는 삼거리가 나왔다. 옛길과 헛갈려 멈칫거리다 그만 강구로 넘어가는 다리로 잘못 길을 잡았다. 다시 바다. 창포, 대탄, 경전을 지나 대진 해수욕장 쪽으로 이어졌다.

길은 이번엔 뭍과 바다를 아슬아슬하게 경계 지으며 꼬불 꼬불 엎드려 있었다. 길을 따라 길게 누운 백사장을 스쳐 지나가자니 바다의 등뼈를 밟고 가는 느낌이다. 바다를 향해 굽은 해송들 사이로 언뜻언뜻 스쳐 지나치는 포구의 앞바다가 가을 햇살을 받아 하얗게 표백되고 있었는데, 갈매기들이 느릿느릿 활강하고 있었다. 도로변에 길게 늘여 세워진 건조대엔 내장을 빼앗기고 사지가 발라진 오징어들이 십자가에 매달린 반란 노예들처럼 무력하게 가을 햇살에 말라가고 있었다. 잠시 방심하는 사이 기습하듯 잇몸을 헤집는 치통. 뒷골에 찌르르 기분 나쁜 통증이 퍼져나간다.

고래불이란 이정표가 나왔고 평해로 이어지는 새로 닦은 널찍한 4차선이 다시 들판 사이로 뻗어 있다. 건너 숲에선 노랗게 물든 나뭇잎이 바람에 가볍게 흔들리고, 깁처럼 하얗게 반짝이며 흘러가는 개천도 보인다. 어느 고즈넉한 절의 담 위로 노랗게 익어가는 모과가 눈을 찌른다.

모과의 선연한 색감에 잠깐 시선을 빼앗겼던 모양이다. 갑자기 빵! 하는 거친 경적에 나는 퍼뜩 시선을 돌렸다. 모래를 가득 실은 덤프트럭이 맞은편에서 사납게 달려들고 있었다. 내 차가 노란 차선을 반쯤이나 물고 있었다. 급히 핸들을 꺾는데 트럭이 다시 경적을 사납게 울리며 아슬아슬하게 스쳐 지나갔다.

급격한 반동에 뒷자리에 앉은 채경의 몸이 휘청했다. 창에 이마를 부딪칠 듯 흔들리다 오뚝이처럼 몸을 곧추세우는 모습이 룸미러에 비쳤다. 화장기 없는 채경의 얼굴은 창밖을 향하고 있었는데 바다를 향한 시선엔 초점이 없었다.

아내, 아니 아내였던 여자다. 아내라는 호칭을 다시 입에 올릴 수는 없지만 나는 마땅한 호칭을 발견할 수 없었다. 전처라는 이름도 있지만 그것만큼 입에 담기 쓸쓸한 호칭도 많지는 않을 터였다. 그렇다면 딸의 이름을 따서 '현미 엄마'라고 불러야 할까. 십 년 만의 만남이다. 이제는 남이 되어버린 여자와 단둘이 차를 타고 바닷가 길을 따라 먼 곳으로 여행을 하고 있다. 글쎄, 이것도 여행이라고 할 수 있을까.

구서동 경부고속도로 진입로 근처 찻길에서 채경을 태운 것은 오전 열시 삼십분께였다. 바람이 심한 날이었다. 그녀는 인도에 허깨비처럼 서 있었다. 보도 옆으로 차를 바짝 붙이고 밖으로 나섰을 때까지도 그녀는 나를 알아채지 못했다. 다가서며 헛기침을 하자 비로소 시선을 돌렸다.

채경의 얼굴은 낯설었다. 바람이 그 여자의 머리칼을 함부로 흩날렸다. 나는 말없이 자동차의 뒷문을 열었다. 펄럭이는 바바리코트 자락을 다잡으며 채경은 말없이 뒷좌석에 올랐다.

아들이 교통사고로 중상을 입었다는 전화를 받은 건 새벽 다섯시쯤이었다. 강원도 속초와 고성 사이 청간정 인근 국도에서 일어난 민간인 차량과 군용 트럭의 충돌 사고 때문이었다.

전날 오후에 치과에서 임플란트 두 대를 심고 진통제 기운에 취해 잠에 빠져 있던 참이었다. 괴로운 잠이었다. 꿈속에서 느닷없이 아들이 나타났다. 얼굴에 피를 뒤집어쓴 채 "아버지!" 하고 내게 달려드는데 꿈속에서도 선뜩해서 나는 뒷걸음을 쳤다. 침대 머리맡 서랍장 위에 놓인 전화가 요란하게 울렸을 때 잠에서 미처 놓여나지 못했는데도 가슴이 쩡하고 갈라지는 느낌에 사로잡혔다. 더듬더듬 침대 끝을 잡고 일어나 불을 켜고 전화를 받았다.

"여…… 여보세요."

마취에서 채 풀리지 않은 입에서 새 나오는 소리가 내 것 같지 않다고 생각하면서 잠을 떨쳐내느라 머리를 흔드는데 귀에 갖다 댄 송수화기에서 젊은 남자의 목소리가 흘러나왔다.

"거기 장현수 상병 본가입니까?"

"그렇소만……"

"안녕하십니까. 저는 장 상병의 직속 소대장입니다."

무슨 일인지 묻자 그는 뜸을 들였다. 무언가 난처한 말이 있는 기색이 역력해서 다시 가슴 한 귀퉁이에서 쩡 하고 얼음 갈라지는 소리가 울렸다. 잠시 머뭇거리던 그는 곧 빠르고 사무적인 말투로 바꾸었다.

"저, 새벽부터 대단히 죄송하지만 안타까운 말씀을 전해드려야 하겠습니다. 장 상병이 어젯밤 21시 20분께 차량 충돌 사고로 중상을 입었습니다. 대대에서 군용 트럭으로 식수품을 수령해 오는 도중에 민간인 차량과 충돌해 전복하는 바람에…… 국군 강릉병원으로 긴급 후송해 치료 중입니다만 현재까지 의식불명 상태입니다."

처음엔 전화기에서 흘러나오는 말이 무슨 뜻인지 알아듣지 못했다. 충돌, 전복, 중상이란 낱말이 마루 운동하는 체조 선수처럼 머릿속을 한 바퀴 휙 공중제비를 돈 다음에야 나는 그 낱말이 지칭하는 의미를 깨달았다. 이 신새벽에 느닷없이 낯선 사내가 전화를 걸어와선 교통사고라니. 사내가 뱉어낸 낱말들의 철자가 테트리스 게임의 요철 블록처럼 머릿속에서 우수수 흩어졌다. ㅊ,ㅜ,ㅇ,ㄷ,ㅗ,ㄹ,ㅈ,ㅓ,ㄴ,ㅂ,ㅗ,ㄱ,ㅈ,ㅜ, ㅇ,ㅅ,ㅏ,ㅇ……

다섯시 반쯤 서울에서 여성복 회사 디자이너로 일하는 딸에게 전화를 걸어 아들의 사고 소식을 알렸다. 딸은 전화를 쉬 받지 않았다. 수화기에서 흘러나오는 젊은 여가수의 노래를 나는 망연하게 들었다. 내가 바라는 건 사랑뿐이야. 나 갖고픈 건 그 마음이야. 부탁해요, 날 외롭게 두지 말아요.

"아빠, 무슨 일이에요? 새벽 일찍……"

딸의 목소리엔 잠기와 술기가 함께 묻어 있었다. 하품 깨무는 소리도 들렸다. 나는 소대장에게 들은 이야기를 되풀이했다. 듣고 있던 딸아이가 헉…… 숨을 끊더니 울음을 터뜨렸다. 나는 딸의 울음을 제지했다. 날이 밝는 대로 주문진으로 떠날 것이라고 말하자 딸도 회사에 휴가를 내겠다고 했다. 딸

과 병원에서 만나기로 하고 전화를 끊으려는데 훌쩍이던 딸
이 말했다.

"아빠, 근데 저…… 엄마에게 알려야 하지 않겠어요?"

"글쎄, 지금 알릴 거야 있겠니."

"그래두요."

"일단 병원 도착해서 생각해보자."

딸이 다시 전화를 걸어온 것은 막 집을 떠나려던 때였다.
제 엄마도 가겠다고 했다는 것이었다.

"엄마도 어차피 알아야 하잖아요. 근데 아빠, 엄마가 따로
갈 차편이 없대요. 그쪽 저…… 윤정이 아빠가 속리산으로
세미나를 가고 없대요. 엄마가 모는 차도 고장이 나서 지금
서비스센터에 들어가 있고…… 그러니 아빠가 엄마 모시고
주문진으로 좀 가세요."

나는 혀를 찼다. 의식불명인 아들을 면회하러 이혼한 지 십
이 년이나 된 전처와 동행하다니. 아직 이를 심지 못한 잇몸
의 빈 구덩이에 혀가 스쳐 지나가자 찌르르한 아픔이 뇌수를
찔렀다.

"거참, 쓸데없는 짓을……"

"아빠 그러지 마시구요, 나중에 엄마에게서 전화가 올 거예
요."

아들이 입대한 것은 1학년을 마친 늦겨울이었다. 대학에

들어가고 나서 군대에 가기 전 일 년 동안 암벽등반에 빠져드는 눈치였다. 산악 동아리에 가입해 자일이니 하켄, 카라비너 따위를 슬금슬금 사들이곤 했다. 주말에는 근교로, 방학이면 전국의 암벽을 찾아 헤매는 듯했다. 앳된 얼굴에 어울리지 않게 울퉁불퉁 자리 잡아가는 어깨와 팔의 근육은 아이를 야성적으로 보이게 하기보다는 오히려 더 어리게 보이게 했다. 단둘이 사는 터에 아들마저 집 밖을 나돌아다니니 적적했지만 나는 내색하지 않았다.

아들은 겨울방학이 시작되자마자 등반을 다녀오더니 느닷없이 입대하겠다고 했다. 어릴 적부터 말수가 적은 아이였다. 중고교 시절엔 늘 제 방에 틀어박혀 컴퓨터나 전자기타를 만지느라 얼굴 보기가 어려웠다.

아들의 과묵은 어쩌면 엄마가 집을 떠난 초등학교 2학년 어느 봄날부터 시작됐는지도 모른다. 두 살 터울의 딸과 아들은 한 달에 두 번씩 바깥에서 엄마를 만나고 돌아왔는데 엄마를 만나고 돌아온 아들은 시무룩하게 제 방에 틀어박혀 프라모델 조립에만 열중했다. 이 년쯤 지나자 아들은 더 이상 엄마를 만나지 않겠다고 선언했다. 그래선 안 된다고 타일렀지만 요지부동이었다.

딸애는 동생이 엄마 만나기를 거부한 이후에도 가끔 나가는 눈치였지만 중학교에 들어가고부터는 엄마 보는 걸 달가워하지 않았다. 그랬다가 대학에 들어가고 나서 다시 만나기 시작한 눈치였다. 그러나 아들은 결코 누나를 따라나서는 적이 없었다. 그 아이는 제 엄마가 누나 편에 들려 보낸 스웨터나 티셔츠를 단 한 번도 걸치지 않았다. 누나가 그 애의 방문턱에 서서 뭔가 한참 달래다 하는 수 없다는 듯 눈을 흘기고 현관문을 열고 나간 다음 혼자 제 방을 맴도는 아들의 흰 이마에선 푸른 핏줄이 돋아났다.

평해에 접어들었다. 평해교라 새겨진 다리를 막 지나려는데 뒷자리에서 휴대전화 신호음이 울렸다. 핸드백에서 전화를 꺼내 들고 발신자를 확인한 채경이 난처한 기색으로 내 눈치를 흘끗 살폈다.

"네. 계속 가고 있어요. 여기는 평해라는 곳인가 봐요…… 도착하려면 너덧 시간 더 걸릴 것 같아…… 네…… 아직…… 당신은 언제 출발해요…… 도착하면 내가 전화할게요…… 네, 그래요……"

아마도 남편에게서 전화가 온 모양이다. 속삭이듯 짧게 끊어 대답하는 채경의 갈라진 목소리는 모래알처럼 건조했다. 휴대전화를 핸드백에 밀어 넣으며 채경이 다시 내 눈치를 살피는 모습이 룸미러로 보였다. 가속페달을 밟으면서 나는 한 번도 보지 못한 그녀의 새 남편을 상상했다.

"미안해요. 날…… 놔줘요. 더 이상은 안 되겠어……"

그 어느 겨울날 외박을 하고 들어온 아내는 추궁하는 나를 외면하며 이혼을 요구했다. 아내의 남자는 같은 로펌의 변호사였다. 아내보다 두 살 연하였다. 초혼에 일찍 실패한 후 독신으로 칠팔 년을 살았다고 했다. 같은 사건을 맡으면서 눈이 맞은 모양이었다. 석 달 뒤 우리는 이혼했다.

나는 살던 집을 팔고 근교의 시골 마을로 이사했다. 뒤껻에 대숲이 우거진 옛날 기와집이었다. 그리고 다니던 공립 고등학교에 사표를 냈다. 집 판 돈과 퇴직금의 삼 분의 일을 아내의 통장으로 송금했다. 아내는 그 돈을 받을 수는 없다고 전화를 걸어왔다. 나는 그냥 받아두라고만 했다. 그녀는 돈을 돌려보내지는 않았다. 처음엔 작은 과수원이라도 하나 사들일 작정이었다. 새집 근처 시골 사립 중학교 교장으로 있는, 한때 같은 학교에서 근무하기도 한 고교 선배에게 인사하러 갔더니 그는 농사일에 손방인 사람이 과수원을 하다 쫄딱 말아먹고 나면 어쩌려냐고 반대했다. 그리고는 마침 자기 학교의 국어 교사 한 사람이 옮겼다며 자리를 마련해주었다.

저녁에 혼자 누워 뒤척일 때마다 술자리에서 들은 이야기가 떠올랐다. 아내가 이혼을 요구하기 몇 달 전 퇴근길 선술집에서 동료 교사가 자기네 아파트에서 실제로 일어난 일이라며 해준 이야기였다.

초등학교, 유치원에 다니는 애가 둘 딸린 여자가 있었는데 어느 토요일 오후 부엌에다 선반 하나를 걸려고 남편에게 못을 박아달랬다고 한다. 남편은 못 들은 체 배낭을 메고 나가 버렸는데, 여자가 직접 못을 박다가 망치로 손가락을 때렸다. 관리실 직원에게 부탁하러 갔다가 헛걸음하고 돌아오는 엘리베이터에서 옆집 총각을 만났는데 남자가 "손가락에서 피가 나는데요"라고 했다. 보니 바닥에 피가 뚝뚝 떨어지고 있었다. 얼굴이 화끈해져 돌아서던 여자는 충동적으로 남자에게 못 좀 박아달라고 부탁했다. 그리고 그 여덟 달 후 여자는 남편을 떠나 그 총각에게로 갔다는 이야기였다.

우스개 같은 취담이 머리 한쪽에 남아 있다가 빈집에 누운 나를 괴롭혔다. 일을 돌봐주는 동네 늙은 과수댁이 저녁을 챙겨준 다음 돌아가고, 아이들도 저희들 방에서 잠이 들고 나면 나는 캄캄한 토방에 누워 늦도록 잠을 이루지 못했다. 동료 교사들과 함께 킬킬거렸던 이야기 속 남자가 영락없이 내가 아닌가.

떠난 아내를 생각할 때 분노가 치밀기보다는 의아했다. 그들 두 남녀의 마음을 물들였을 물감은 무엇이었을까. 저보다 나이가 많고 아이가 둘이나 딸린 유부녀를 사랑해 마침내 결혼까지 결심한 새 남편이란 사람의 마음속 빛깔과 무늬를 나는 알아챌 수 없었다. 호수처럼 풍파 없고 곡절 없는 결혼 생활을 작파하고는 두 아이를 버려두고 새 남자를 찾아 떠난 아내의 마음속 지도 역시 나는 그려낼 수 없었다. 아내와 그 남자의 못은 무엇이었을까. 내가 박아주지 못한 못은 또 무엇이었을까. 인생은 못 하나만큼의 오차로 걷잡을 수 없이 틀어지는 터널 설계도 같은 것일까. 혹은 술자리에서 낄낄거리는 농담 같은 것일까. 잠을 이루지 못하고 뒤척일 때마다 뒤꼍의 댓잎이 바람에 서걱거렸다. 하기야 사랑이건, 치정이건 내가 어쩔 수 있는 일은 아니었다.

　차는 이윽고 후포를 지나고 있었다. 좁은 2차선 도로는 예전 그대로였다. 길섶에 작은 집들과 가게들이 게딱지처럼 다닥다닥 붙어 있었고 건조대에 오징어가 널려 있는 풍경도 마찬가지였다. 바다를 가로질러 방파제가 길게 뻗어 있었고 방파제의 끝엔 빨간 등대가 서 있었다. 문득 환청처럼 목소리 하나가 들린다.
　"어머, 저 놀 좀 봐."
　가을이었고 황혼 녘이었다. 설악산으로 여행을 가던 참이었다. 바로 이 지점을 지날 때 뒷좌석에서 딸애를 옆에 앉히고 아들을 안은 아내의 입에서 흘러나온 탄성이었다. 테니스 공처럼 튀어 오르는 그 목소리가 하도 탄력 있어서 운전하던 나는 부지 간에 바다로 고개를 돌렸었다. 수평선 전체가 진홍으로 불타고 있었다. 어둑한 바다 위 검게 물들어가는 하늘에 스미는 그 선연한 색깔. 근 이십 년 전의 기억이다.

　자동차 오디오 기기에 딸린 액정시계가 2:35란 숫자를 찍

7번 국도 | 19

고 있었다. 치료를 받느라 어제저녁부터 내리 세끼를 굶은 위장이 쓰렸다. 자식이 사경을 헤매는 순간에도 무언가를 처넣어달라고 떼를 쓰는 내 위장이, 아니 멀쩡하게 숨을 쉬고 있는 내 몸이 치욕스러웠다. 시선을 앞으로 고정시킨 채 나는 채경에게 뭘 좀 요기를 하지 않아도 되겠느냐고 물었다. 그녀는 대답이 없었다.

"저기…… 갈 길이 먼데 뭘 좀 먹어둬야 하지 않겠어?"

저기라니. 하기야 십 년 만에 보는 전처에게 여보라고 부를 수는 없는 일이다. 그렇다고 '이봐'라고도 할 수 없지 않은가. 아니, 전처와 이렇게 단둘이 차를 타고 가는 것 자체가 고역이다. 창밖으로 눈길을 주고 딴생각에 빠져 있던 채경이 그때야 퍼뜩 정신을 차리고 내 뒤통수를 바라본다. 거울에 비친 동공이 흔들린다.

"전 생각 없어요. 당신이나……"

전남편에 대한 최소한의 예의일까. 그래도 채경은 내게 당신이라고 불러주었다. 잘나가는 변호사라는 그 친구는 제 마누라를 전남편과 함께 보내놓고 무슨 생각을 하고 있을까. 자식이 사고를 당했다니 차마 말리진 못했을 테지. 그런데 비행기라든가, 혹은 친구의 차를 빌려 타고 올 수도 있었을 텐데 왜 채경은 굳이 나와 동행하겠다고 했던 걸까. 자식을 버린, 그리고 자식을 잃을지도 모를 어미의 다급함이었을까.

"그럼 그냥 내처 가지 뭐."

다시 가속페달을 밟으려는데 낮고 갈라진 목소리가 들려왔다.

"아니에요. 먹고 가요."

삼십 분쯤 더 가서 망양휴게소에 닿았다. 채경과 나는 휴게소 식당으로 들어갔다. 점심참을 한참 넘긴 식당은 텅 비어 있었다. 빈 곳을 찾아 창가 자리에 앉았다. 제복을 입은 처녀가 다가왔다. 주문할 만한 게 마땅찮았으므로 잠시 망설이다 나는 생선 매운탕을 시켰다. 눈으로 물었더니 채경은 탈기한 어조로 같은 것을 달라고 했다.

매운탕은 맵고 짰다. 국물이 목에 걸려 몇 술 뜨지 못하고 나는 숟갈을 놓았다. 채경은 아예 수저를 들 생각도 않고 멍하니 바다만 바라보고 있었다. 나는 그녀의 옆얼굴을 멀거니 바라보았다. 하고 보면 아침에 만난 후 처음으로 채경의 얼굴을 찬찬히 보는 셈이었다.

그녀의 얼굴에는 세월의 서리가 내려앉아 있었다. 눈가의 잔주름과 입매를 따라 팬 가느다란 주름도 낯설었다. 십이 년 전 나를 떠났을 때 채경은 서른일곱이었던가. 그때 채경의 얼굴이 떠오르지 않는다. 아마 무르익은 복숭아꽃처럼 화사했을 것이다.

꼽아보니 채경을 마지막 만난 게 십 년 전이다. 내가 사는 시골집에서 얼마 떨어지지 않은 도시의 변두리 찻집이었다. 밤 아홉시쯤에 그녀가 전화를 걸어왔다.

"늦었죠. 미안해요. 오늘 경주에 데려갔는데 오는 길에 차가 너무 막혀서……"

"……"

"근데 애가 잠이 들었어요. 게다가 타이어가 펑크가 났고. 이리로 애를 좀 데리러 와주시겠어요?"

오란 데로 가보니 차는 근처의 수리점에 가 있었고 채경이 딸을 업고 있었다. 아이를 받아 안고 돌아서려는데 채경이 붙잡았다. 할 이야기가 있으니 잠깐 차나 한잔하자는 것이었다.

보이는 대로 들어간 곳이 구식 다방이었다. 레지가 놓고 간 커피를 앞에 놓고 그녀와 나는 마주 앉았다. 그녀는 중견 여성 변호사답게 자신 있고 세련돼 보였다. 안락하고 행복한 분위기도 엿보였다. 쇄골에 걸린 백금 목걸이가 반짝였다. 그녀는 나를 찬찬히 보았다.

"얼굴이 좀 안돼 보여요."

"글쎄, 그쪽은 좋아 보이는군. 어떻게 지내?"

"뭐, 잘 지내요."

할 얘기란 게 뭐냐고 했더니 채경은 잠시 머뭇거렸다. 그러더니 나를 정면으로 바라보았다.

"애들을 내가 키우고 싶어요. 둘 다 안 되면 현미라도……"

"뭐야?"

"당신이 혼자 애들 키우느라 애쓰는 것두 딱하구…… 상급 학교에 진학하면 뒷바라지도 해야 할 거구요."

채경의 시선을 따라 내 눈길이 딸의 얼굴에 닿았다. 햇볕에 검게 그을린 얼굴과 헝클어진 머릿결, 영락없는 시골 아이 꼴로 소파에 머리를 박은 채 정신없이 잠에 빠져 있었다.

"쓸데없는 소리 말아. 나도 있고 돌봐주는 할머니도 있어. 애가 어떻단 말야."

"그런 뜻이 아니라……"

"이제 와서 애들 거두겠다고? 그런 말 하려거든 다신 애들 보겠단 소리두 하지 마."

나는 아이를 거칠게 들쳐 안고 다방을 빠져나왔다.

채경이 바다를 향해 튼 고개를 돌린다.

"억지로라도 한술 뜨지 왜."

"아녜요. 통 입맛이 없어서……"

제 목에 닿는 내 시선을 의식했던지 채경은 목깃을 끌어올렸다. 옷깃을 끌어당겨 쇄골을 감추는 그녀의 동작이 두 사람이 갈데없는 남남이란 것, 그것도 아주 오래전에 헤어진 외간 남녀라는 사실을 확연히 알려주고 있었다. 나는 황급히 그녀에게서 시선을 떼고는 무럼히 젓가락으로 무짠지를 집다 만다.

그녀가 감춘 쇄골 아래 왼쪽 젖가슴 위엔 팥알 크기의 점이 있다. 신혼 시절 불을 켜놓은 채 억지로 벗겨놓으면 하얀 젖가슴 위의 그 점이 유난히 도드라져 보였다. 내 혀가 그 부근을 어른거리며 집요하게 핥으면 아내는 허리를 틀며 달콤한 비음을 내곤 했다. 아이를 갓 낳은 아내의 몸에선 젖 냄새가 풍겼다. 아내의 몸 위에 내 몸을 얹을 때면 침대 밑 강보에 싸여 잠이 든 아들의 숨소리가 쌔근쌔근 났다.

아내를 놓아주기로 작정한 것은 나를 거부하는 그녀의 작은 손짓 하나 때문이었을지도 모른다.

"이러지 마요. 제발 이러지 마요."

늦은 밤 술에 취해 돌아와 각방 쓰는 아내의 방문을 열었을 때 눈을 비비며 웅크린 몸을 일으키던 아내의 경계 어린 눈빛, 말려 올라간 잠옷 자락을 황급히 끌어내려 허벅지 속살을 감추며 꽁꽁 무릎을 여미던 완강한 손길…… 뜨겁게 안겨오던 그 몸이 이제 내 시선 닿는 것조차 거부하는 것을 지켜볼 때의 낭패감과 머릿속을 하얗게 표백시키던 분노……

"화냥년!"

언제 제 방에서 건너왔을까. 놀라 똥그래진 아들의 눈이 잊히지 않는다. 악귀처럼 헐떡거리면서 잠옷을 찢어발기며 제 어미의 몸을 올라탄 애비, 애비의 손바닥에 맞아 얼굴이 코피로 범벅된 채 필사적으로 버둥거리는 어미……

아들이 입원한 병원을 찾아 나선 길에 느닷없이 들쑤셔진 옛 기억은 무참했다. 나는 슬며시 고개를 돌려 휘몰아치는 바람에 오소소 소름이 돋은 동해로 눈길을 떨구었다. 먼바다 수평선과 하늘은 한 빛이어서 어디가 하늘이고 어디가 바다인지 얼핏 짚어내기 어려웠다. 깊이를 알 수 없는 회청색 바다가 나는 두려웠다.

이번엔 채경이 고개를 들어 내 얼굴을 들여다본다. 십 년 전 그 변두리 다방에서처럼.

"많이 야위었어요."

"한 삼 년 전부터 당뇨가 왔어. 그래 그런지 살이 빠지는군."

"심해요?"

"아니, 심하달 것까진 없고…… 뭐 약도 먹고, 혈당검사도 매일 하고 하니……"

아침에 오줌을 눌 때마다 변기 가장자리에 눌어붙는 거품을 나는 떠올렸다. 변기 앞에 쭈그리고 앉아 분홍빛 혈당 시험지를 담그면 천천히 보라색으로 바뀌곤 했고 오줌에선 사과 향이 흘러나왔다. 하고 보니 약을 먹을 때가 한참이나 지난 것 같았다. 채경이 다시 내 얼굴을 살핀다.

"현수가 당신을 많이 닮았어요."

"그 애를 언제 본 적이 있었던가?"

"군대 가기 전에…… 한 번 찾아왔었어요."

"……"

소심하고 내향적인 아들이 날 닮았다면, 사교적이고 화려한 것을 좋아해 여성 의류 회사의 디자이너로 들어간 딸은 외모부터 성격까지 제 어미를 닮았다. 딸의 얼굴에서 옛 아내를 발견하는 오쟁이 진 사내의 마음을 저 여자는 알고나 있었을까.

나는 수저를 놓는다. 먼저 차에 가 있겠다고 하고선 식당 뒤꼍의 화장실로 갔다. 때에 전 소변기에 떨어지는 오줌이 노랬다. 오줌은 쫄쫄거리며 끝없이 흘러나왔다. 뒷머리가 당기는 느낌과 함께 피로감이 온몸을 스치고 지나갔다. 손을 씻으며 무심코 시선을 준 거울 속에 쉰일곱 중늙은이의 얼굴이 비친다. 윤기 없이 바스락거리는 잿빛 머리칼, 홀쭉하게 들어간 두 뺨, 주름이 깊게 팬 이마, 횅한 정수리, 꺼칠한 피부……

차에 올라가 나는 콘솔박스에 넣어둔 다이아벡스 정제 두 알을 생수와 함께 삼켰다. 시동을 켜기 전 딸에게 전화를 넣었더니 영동고속도로로 해서 막 대관령을 넘었다고 했다. 나는 다시 아들의 소대장에게 전화를 걸었다. 여전히 혼수상태라는 대답이었다. 함께 차를 탔던 운전병 역시 깨어나지 못하고 있다고 했다. 나는 상황이 바뀌면 지체 없이 전화를 해달라고 부탁했다. 전화를 걸고 있는 참에 채경이 차에 올랐고 불안한 기색으로 내 전화에 귀를 곤두세우는 눈치였다.

차를 타고 내처 달렸다. 바다가 다시 사라졌다. 들판 사이로 난 길을 달리는 동안 채경은 여전히 창만 내다보고 있었다. 오후의 햇살이 눈을 찔렀다. 차 안은 숨소리조차 들리지 않을 만큼 적막했다.

구스타프 클림트의 그림이 떠오른 것은 울진이 머지않았을 때였다. 「베토벤 프리즈」. 오래전 교무실 맞은편 자리 미술 선생의 책상 위에 뒹굴던 화집에서 본 그림이었다. 길이가 23미터나 되는 대형 벽화로 베토벤의 「합창」을 모티프로 삼은 작품이라는 해설이 붙어 있었다. 전체 그림이 긴 종이에 접지돼 있었다. 접힌 그림을 펼치니 비천도의 선녀처럼 꿈꾸는 표정으로 흐느적거리며 날아가거나 하프를 연주하는 여인, 난민처럼 비쩍 마른 몸매에 벌거벗은 소녀와 역시 비쩍 마른 벌거벗은 남녀가 차례로 보였다. 질병, 죽음, 광기, 탐욕을 상징하는 기괴한 체형의 여자들도 사타구니에 음모를 드러내고 있었다.

마지막엔 얼굴이 그려지지 않은 벌거벗은 남녀가 격정적으로 키스하는 그림이었다. 근육이 완강하게 꿈틀거리는 넓은 등판과 탄력 있는 엉덩이, 두꺼운 허벅지를 가진 사내는 등을 보인 채 여자를 으스러질 듯 껴안고 있는데 여자 역시 까치발로 서서 남자의 목덜미를 온 힘을 다해 끌어안고 있었다. 한 치의 틈도 없이 밀착된 두 사람은 선 채로 섹스에 열중해 있는 것처럼 보였다. 그들은 세상의 온갖 질시와 비웃음, 비난에도 아랑곳하지 않고 자신들의 사랑에만 몰두하는 듯 보였다.

페이지를 넘기니 「다나에」 그림이 나왔다. 풍염하게 과장된 허벅지 위로 열락에 겨운 듯 반쯤 벌어진 입술과 꿈꾸는 듯 감은 두 눈, 홍조 띤 뺨을 가진 여인이 절정을 향해 치닫고 있었다. 불타는 듯 적갈색 풍성한 곱슬머리가 벗은 어깨에 늘어뜨려져 있었다. 여자의 섬세한 손가락은 곤두선 젖꼭지를 어루만지고 있었고 다른 한 손은 음부로 향하고 있었다. 그리고 폭포처럼 쏟아지는 바람둥이 제우스의 황금빛 정액……

앞 그림에서 그려지지 않는 여자의 표정이 바로 다나에의 그
것이 아닐까 싶었다.

그림을 보는 순간 나는 그림 속의 여자가 누구인지 알아챘
다.

채경을 처음 만났을 때 나는 스물일곱이었고 그녀는 열여
덟, 단발머리를 찰랑거리던 앳된 여고생이었다. 삼십 년도 더
된 이야기다. 대학을 졸업한 후 국어 교사로 임용돼 처음 부
임한 여학교에서 만난 제자였다.

나는 교내 방송 동아리 지도교사를 맡았고 채경은 방송반
의 아나운서였다. 월요일부터 금요일까지 점심시간 한 시간이
방송 시간이었다. 점심시간 때 그 애의 목소리는 교실과 교정
곳곳에 매달린 스피커를 타고 온 학교에 퍼지곤 했다. 3학년
에 올라가면서 다들 동아리 활동을 그만두었지만 그 애는 친
구들과 가끔 교무실로 찾아와 나를 매점으로 끌고 가선 아이
스크림이나 떡볶이를 사달라고 졸랐다.

가을날 오후 학교 뒷동산 벤치에 앉아 아이스크림을 핥을
때 채경의 머리카락은 석양에 반사돼 금빛으로 반짝였다. 그
애는 무릎에 팔꿈치를 올려 턱을 괸 채 나를 응시하기도 했
다. 그럴 때 그 애는 로렐라이 언덕에서 금발을 빗질하며 선
원들을 유혹하는 요정 같았다.

채경은 서울에 있는 대학에 입학한 봄 내게 인사를 하러 왔

다. 그뿐이거니 했는데 일 년에 서너 번씩 꽃이나 케이크 따위를 사 들고 찾아왔다. 채경과 데이트 비슷한 걸 해본 건 그 애가 대학을 졸업하고 어느 광고회사에 취직한 이후였다. 둘은 서울과 부산을 번갈아 오르내렸다.

채경과 내가 결혼한 것은 내가 서른넷, 그녀가 스물다섯 되던 봄이었다. 채경과 내가 결혼에까지 이르게 된 건 전적으로 그녀가 그렇게 만들었기 때문이었다. 쭈뼛거리는 나를 채경은 때로는 격정적으로 몰아쳐가며, 때로는 누나처럼 달래가면서 연애를 이끌었고 마침내 함께 예식장에 서게 만들었다. 신부 하객들 중에는 고등학교 적의 제자들이 많아서 민망했다. 친구들은 아홉 살이나 어린, 그것도 한때의 제자를 색시로 채갔다고 나를 도둑놈이라고 불렀다.

아내는 적극적이고 활동적인 성격이었다. 결혼과 함께 서울의 광고회사를 그만두고 지방의 고등학교 선생의 아내로 집안일만 하기엔 내가 봐도 아까웠다. 아들이 두 돌이 지났을 때 채경은 사법시험을 준비하겠노라고 했다. 서른 나이에 아이를 둘씩이나 가진 여자가 어려운 시험에 붙을까 하면서도 나는 허락했고 그녀는 법대 대학원에 적을 걸어놓고 공부에 억척을 부렸다. 그리고 삼 년 만에 거뜬히 합격했다.

차는 울진을 향하고 있었다. 망양정을 안내하는 이정표를 지나 불영계곡으로 꺾어 드는 삼거리에서 신호 대기에 걸려

차가 멈췄다. 불영계곡이라…… 문득 불영사로 접어드는 깊고 울창한 계곡 길이 떠올랐다. 깊은 산등성이 위에 무릉도원처럼 홀연히 나타나던 불영사의 짙은 그림자도, 불영사 못에 떠오르던 단풍나무 숲도 떠올랐다. 인적 없는 노송 숲을 지날 때 내 팔짱을 끼며 까르르 웃던 젊은 날의 채경의 모습도 떠올랐다.

채경의 시선이 불영계곡을 가리키는 이정표 속 화살에 머무는 것 같았다. 슬쩍 외면하는 품이 어쩌면 그때의 기억을 떠올렸는지도 모른다. 헤어진 지 오래돼 서로를 묶어줄 끈이라곤 거미줄 하나 남지 않은 사람들이 추억의 장소에서 함께 옛 기억을 떠올리는 것은 곤혹스러웠다.

채경의 전화가 다시 울린다. 그녀는 다시 내 뒤통수를 흘끗 훔쳐보고는 전화를 받았다. 낮은 목소리가 귓전에 새 들어왔다.

"응, 윤정이니? 엄마, 급한 일이 있어서 멀리 좀 나왔어. ……글쎄, 언제 갈지는 아직 잘 모르겠어. 학원엔 다녀왔니? 점심도 먹었구? ……공부하구 있어. 컴퓨터만 너무 하지 말구…… 왜 또 그래. 아빠가 밤에 돌아오시잖니. 도우미 아줌마에게 아빠 오실 때까지 가지 말구 있어달랬어. 아줌만 어디 갔어? 시장에 갔다구? ……그래 그래, 윤정이 착하다. …… 그래 알았어. 알았대두. 엄마 끊는다."

딸의 말로는 전화 속의 아이는 아홉 살이라고 했다. 채경의 나이로 치면 늦둥이다. 채경을 닮았으면 볼이 도톰하고 귀여울 것이다. 이 와중에 한 번도 못 본 아이의 생김새나 떠올리고 있다니. 전화기 폴더를 닫아 핸드백에 넣던 채경이 무안했던지 말을 건넨다.

"주문진까진 앞으로 얼마나 걸려요?"

"글쎄, 한 두어 시간 걸리지 않을까."

"하……"

채경이 가늘게 한숨을 쉰다. 어느덧 어둠이 내려앉고 있다. 건너편 산등성이 위에 놀이 내려앉는다. 진홍의 빛무리가 핥듯이 하늘에 스민다. 어스름이 차 안에도 앙금처럼 가라앉는다.

박명 속에서 묘지의 장명등처럼 불길하게 빛나던 붉은 신호등이 푸른 신호등으로 바뀌고 앞차를 따라 건널목을 막 지나가려는데 이번엔 내 휴대전화가 울린다. 핸들을 잡은 한 손을 떼 셔츠 앞주머니에 넣어둔 전화를 더듬어 찾는다. 소대장의 전화였다. 절로 거칠어지는 숨길을 고르느라 나도 모르게 깊은숨을 들이쉰다. 전화 속의 목소리가 머뭇거린다. 갑자기 숨이 턱 막히는 느낌이 전율처럼 온몸을 들이친다. 잠시 뜸을 들였다가 심호흡을 하며 나는 "여보세요" 하고 말을 건넨다. 소대장이 말을 더듬었다.

"저…… 장 상병 아버님…… 저기 장 상병이……"

눈앞이 아뜩해진다. 나도 모르게 브레이크를 밟았던 모양이다. 끼익하고 급정거를 하는 뒤차가 백미러에 비친다.

누군가가 망치로 뒤통수를 힘껏 때리는 것만 같다. 핑 하고 현기증이 난다. 나는 휴대전화를 귀에 댄 채 누군가를 찾으려는 시늉으로 어릿어릿 주위를 두리번거린다. 뒤차의 사내가 경적을 마구 울리며 험상궂은 얼굴로 노려보며 스쳐 지나간다. 눈을 희번덕거리며 욕설하는 사내의 입 모양이 화살처럼 눈에 박힌다.

벌벌 떨리는 팔로 핸들을 움직여 겨우 갓길에 차를 세운다. 나는 구원을 청하듯 채경을 돌아본다. 핼쑥 질린 그녀가 흔들리는 눈으로 묻는다. 나는 바보처럼 입을 헤벌리고 중얼거린다.

"현수가 죽었다는군…… 조금 전에……"

채경의 동공이 확대된다. 얼굴이 일그러지면서 입술을 씰룩거리더니 두 손으로 얼굴을 감싸고 온몸이 빈 자루처럼 무너진다.

"아이고…… 이 일을 어째……"

어떻게 주문진까지 남은 길을 줄였는지 알 수 없다. 내비게이션의 목소리를 몇 번이나 놓치고 나서야 간신히 국군강릉병원에 도착했다. 위병소를 통과해 병원 마당에 주차를 하고 병원 로비로 들어서면서 딸과 마주쳤다. 딸은 달려오면서 울음을 터트렸다. 대위와 중위 계급장을 단 젊은 장교 두 사람이 다가왔다. 그들은 나를 향해 거수경례를 해 보였다.

중대장이라는 대위가 한 걸음 다가섰다.

"먼 길 오시느라 고생하셨습니다. 뭐라고 드릴 말씀이 없습니다. 저희 대대장님도 함께 오시기로 했는데 갑자기 급한 일이 생기는 바람에 우선 저희들만……"

나는 멍하니 대위와 중위를 번갈아 바라보았다. 채경은 창백한 얼굴에 초점 없는 시선으로 바닥만 내려보고 있었다. 연락을 받고 온 담당 군의관을 따라갔다. 영안실은 병원 뒤편 독립건물이었다. 떡갈나무가 우거진 병원 뒤뜰에선 새소리가 들렸다. 제 엄마를 부축해 걸어가는 딸을 나는 겨우 따라갔다. 영안실로 가는 길이 열명길인 것 같았다.

앞서 걷던 군의관이 내게 고개를 돌렸다.

"장 상병은 16시 48분경에 운명했습니다. 후송 당시 이미 의식불명 상태였습니다. 직접 사인은 충격에 의한 뇌좌상과 경부골절이지만, 출혈이 너무 심해서……"

영안실 뒤편 시신 안치소엔 삼 단짜리 서랍식 철제 관이 늘어서 있었다. 군의관의 지시를 받은 의무병이 관 하나를 끌어냈다. 몸을 돌려 달아나고 싶은 충동을 억누르고 나는 천천히 다가갔다.

훅, 하고 나는 숨을 멈추었다. 군복 차림의 아들이 눈을 감고 누워 있었다. 이마에 깊은 상처가 패어 있었고 콧날이 부어 있었다. 짧게 깎은 머리와 창백하게 질린 얼굴에 마지막 고통의 흔적이 짙게 묻어 있었다. 손톱에도 핏물이 끼어 있었다. 의무병이 검안이라도 하듯 아들의 상의 단추를 벗겨 양옆으로 벌려 보였다. 팔을 뻗어 아이의 손을 잡으려는데 나도 모르게 무릎이 꺾였다. 딸이 제 엄마를 부축해 주춤주춤 다가왔다. 동생을 보더니 딸이 울부짖었다.

"현수야, 현수야아!"

채경은 하얗게 질린 얼굴에 식은땀을 흘리며 아들을 내려다보고 있었다. 그녀가 의식을 잃고 모로 넘어진 것은 다음 순간이었다.

군용 지프에서 내리자 따가운 가을 햇살이 눈을 찔렀다. 뒷자리에서 빠져나오지 못하고 주춤거리는 채경에게 나는 손을 내밀었다. 손이 차갑고 눅눅했다. 그녀의 얼굴은 부어 있었고 눈은 핏발이 져 있었다. 내 눈도 마찬가지일 것이었다. 채경은 병실로 옮겨져 링거를 맞고서 몇 시간 만에 의식을 차렸다. 딸의 말로는 침대에 모로 누워 밤새 하염없이 울기만 했다고 했다.

사고 현장을 찾은 길이었다. 간밤 뜬눈으로 새운 내게 중대장은 아들의 장례 절차를 의논해왔다.

"이런 말씀 드리기 난감합니다만, 저희들 나름의 절차가 있어서…… 아드님은 물론 순직 처리가 될 겁니다. 유족들이 원하시면 대전 국립묘지에 안장될 것이고요, 위로금과 연금도 나오게 됩니다. 여기 병원에서 영결식을 치를 수도 있습니다. 또 화장을 하시겠다면 저희들이 주선해드리고요, 시신을 그대로 인수하시겠다면 원하시는 곳까지 모셔다드리겠습니다."

중위의 어투에는 난감한 처지에서 얼른 벗어나고 싶어 하는 조급증이 묻어났다. 나는 사고 현장부터 봐야겠다고 대답했다.

"저깁니다."

소대장이 팔을 뻗어 보였다. 가드레일이 움푹 찌그러져 있었다. 가드레일 아래로는 낭떠러지가 이어져 있었고 검푸른 바다가 출렁거리고 있었다.

"노폭이 좁은데다 급커브 지역이어서 사고가 빈발하는 곳입니다. 운전병이 아마도 깜빡 졸았던 모양입니다."

채경과 나는 주춤주춤 찌그러진 가드레일 쪽으로 다가갔다. 트럭과 승용차들이 휙휙 스쳐 갔다. 찌그러진 가드레일엔 칼로 새겨 넣은 듯 녹색 페인트가 깊숙이 묻어 있었다. 도로 바닥엔 검은 타이어 자국이 길고 날카롭게 그어져 있었고 유리 조각도 군데군데 흩어져 있었다. 바퀴에 깔려 이지러진 배추 잎이 형체를 알아보기 어렵게 눌어붙어 있었다. 덮어놓은 모래 사이로 핏자국이 드러났다. 쏟아지는 햇살이 눈을 찔러 나는 다시 휘청했다. 채경이 실신하듯 도로 바닥에 주저앉아 모래를 움켜쥐며 울음을 터뜨렸다.

"현수야!"

끊어질 듯 말 듯 쉰 목소리로 채경은 질기게 울었다.

여기가 어디쯤일까. 헤드라이트를 켠 자동차들이 반대편 차선에서 질주해 오고 있었다. 주문진을 출발해 강릉과 동해, 삼척을 거쳐 죽변과 망양을 거쳐 7번 국도를 되짚어 내려오는 길이었다. 시계가 아홉시 십오분을 가리키고 있었다.

어둠 속에서 바다는 짐승처럼 웅크리고 있었다. 검은 해송들이 두억시니처럼 서 있었고 국도변의 가로등 불이 빠르게 흘러 지나갔다. 온몸이 물먹은 솜처럼 피로했다. 내 몸뚱이가 촛농처럼 녹아 자동차 바닥으로 질펀하게 흘러내리는 것만 같았다. 바람이 휘잉 하고 날카롭게 차창을 때렸다.

지난 사흘간 치러낸 일들이 열명길 저편의 일처럼 아득했다. 머리는 뒤집어놓은 서랍처럼 마구 헝클어져 아무런 생각도 떠오르지 않았다.

아들의 사고 현장에서 병원으로 되돌아온 나는 병원 측과 사흘장을 치르기로 합의했다. 중대장은 영결식이 영안실 앞뜰에서 연대장이 주재하는 부대장으로 치러질 것이라고 말했다. 딸에게 가까운 친척과 아들 친구들 몇에게만 알리라고 일렀다. 딸이 주문진 읍내에서 상복을 구해왔다.

장례식 날 새벽에야 동생 부부와 아이의 사촌들, 그리고 아들 친구들이 병원에 도착했다. 그리고 오전 열한시 영안실 앞마당에서 영결식이 시작되었다. 연대장과 대대장, 대여섯 명의 장교와 아들의 부대원이라는 스무 명의 군인을 합쳐 조문

객이 쉰 명이 채 못 되는 쓸쓸한 장례식이었다. 군악대의 엉성한 주악 속에 초병들에 의해 목관이 운구돼 왔다. 제 엄마를 부축한 딸이 동생의 이름을 부르며 길게 울음을 뽑아냈고 채경은 입술을 깨물며 고개를 숙이고 있었다.

아들의 약력이 소개되고 내무반 동료라는 군인 하나가 짧은 조사를 읽었다. 조사를 낭독한 군인은 내 앞으로 다가와 거수경례를 하더니 봉투에 넣은 원고를 내밀었다. 나는 그것을 받아 양복 안주머니에 넣었다. 연대장과 유족, 조문객들의 헌화가 차례로 이어지고 세 발의 조총 발사와 묵념으로 끝난 짧은 영결식이었다.

영결식이 끝나자 연대장이 다가와 군모를 벗고 고개를 숙여 보였다. 나는 엉거주춤 맞절을 했다. 어수선한 주악을 뒤로하고 영구차와 몇 대의 승용차가 병원을 떠났다. 그리고 아들의 몸은 동해 공설화장장에서 뼛가루로 바뀌었다. 중대장이 내민 유골 인수증에 나는 서명을 했다.

"저희들이 국방부를 통해 대전 현충원에 통보를 해두었습니다. 사십구재를 모신 다음 안장하시겠다니까 현충원에서 안장 일정이 정해지는 대로 댁으로 연락을 할 겁니다. 그 이후 절차는 현충원에서 안내할 것이고요."

나는 고개만 끄떡여 보였다. 중대장과 소대장이 거수경례를 하고는 지프차로 돌아갔다. 친척들과 아들 친구들이 제가끔 타고 온 승용차와 승합차에 탔다. 유골은 집 뒷산 작은 암자로 갈 것이었다. 나는 눈이 퉁퉁 부은 채 동생의 유골함을 안고 제 차로 가던 딸에게 손짓했다.

"네가 엄마를 태우고 가거라."

"아빠가 모셔 가세요. 제 차는 비좁고 뒷좌석에 잡동사니가 잔뜩 쌓여서……"

영덕을 지났을 때 딸에게서 전화가 왔다.

"엄마는요?"

"기진했는지 잠이 들었다."

"도착하는 대로 전화드릴게요."

뒷좌석의 채경은 두 손을 모아 턱에 받치고 새우처럼 웅크려 혼절하듯 잠에 빠져 있었다. 상복을 입은 몸피가 마른 낙엽 같아 보였다. 그녀는 이따금 알아들을 수 없는 소리를 웅얼거렸다.

화진휴게소에서 차를 세웠다. 채경을 깨울까 하다 혼자 내렸다. 늦은 밤의 휴게소는 한산했다. 화장실 변기에 서서 나는 오줌을 누었다. 말라붙은 성기가 흰 거웃이 드문드문 섞인 음모 아래 위태롭게 매달려 있었다.

휴게소 건물을 돌아 바닷가 쪽으로 다가갔다. 보도블록이 깔린 마당은 텅 비어 있었다. 발밑에서 파도 철썩이는 소리가 났다. 침침한 가로등에 등을 기대고 담배를 붙여 무는데 치료가 끝날 때까지는 담배를 피우지 말라는 의사의 말이 떠올랐다. 잇몸 빈 구덩이에 혀끝이 스쳤을 때 갑자기 메마른 눈에서 눈물이 비어져 나왔다. 지난 사흘 동안 한 번도 나오지 않은 눈물이었다. 한번 터진 울음은 제어되지 않았다. 수챗구멍에서 굼실굼실 기어 나오는 실지렁이처럼 울음은 내 목구멍에서 끝없이 기어 나왔다. 보도블록에 주저앉아 이마를 가로등에 묻고 울음을 토해내며 나는 동그란 단지에 담긴 아들의 흰 뼛가루를 생각했다.

그때였다. 누군가가 내 어깨를 감싸 안는 기척에 나는 고개를 들었다. 바람에 머리칼을 날리고 선 채경의 얼굴이 나트륨등 아래서 파리하게 어른거리고 있었다. 고개를 돌려 울음을 수습하려는데 문득 그녀의 손이 내 머리를 당기더니 제 가슴으로 가져갔다. 이마에 젖가슴의 감촉이 느껴졌다. 그녀는 두 팔로 내 머리를 감싸 안았다. 나는 채경의 가슴에 머리를 묻고 다시 껵껵 울음을 토해냈다. 채경은 어린애 재우듯 내 등판을 토닥였다. 그녀 역시 조용히 흐느끼기 시작했다. 환각이었을까, 채경의 가슴에서 그 옛날 아들에게 젖을 먹일 적 비릿한 젖 냄새가 새 나왔다. 한참 만에 나는 한숨을 길게 내쉬며 천천히 채경의 몸을 밀어냈다. 캄캄한 먼바다에서 오징어선단의 불빛이 반짝였다.

자동차가 막 구서동 톨게이트를 향할 때였다. 내내 침묵을 지키던 채경이 문득 입을 떼었다.

"당신, 앞으로 어떡할 거예요?"

아마 내일 아침이면 나는 딸이 차려준 밥상 앞에 앉아 있을 것이다. 밥을 삼키는 내 주름진 목울대가 떠올랐다. 나는 아무렇게나 대답했다.

"글쎄, 잘 모르겠군. 지리산 골짜기에 들어가 벌이나 치고 살까."

차가 고속도로를 빠져나와 시내의 간선도로에 이르렀을 때 채경이 핸드백을 챙기는 눈치였다.

"늦었는데 집 앞까지 가지 않고."

"아니에요. 반대 방향인데…… 여기서 택시 타고 갈게요."

나는 더 권하지 않고 길가에 차를 세웠다. 채경과 나는 차에서 내려 잠시 서로를 건너보았다. 얇은 상복의 그녀는 뺨에 소름이 돋아 있었다. 도로 끝에서 불어온 바람에 흩날리는 머리칼을 쓸어 넘기며 그녀는 내 눈을 들여다보았다. 그 눈을 잠시 마주 보다가 시선을 돌리며 나는 손을 들어 보였다.

"그럼 조심해서 가."

그녀는 대답 없이 고개만 끄덕였다.

나는 차를 1차선으로 진입시켰다. 백미러에 채경의 모습이 희미하게 비쳤다. 내 차 쪽으로 눈길을 주고 있는 그녀의 몸이 금방이라도 재처럼 바스러질 것 같았다. 채경의 모습이 조금씩 멀어지더니 이윽고 사라졌다. 위협적으로 옆을 스쳐 가는 컨테이너차를 뒤따라 나는 가속페달을 밟았다.

알록달록 빛나는

불투명 유리창 위로 붉고 푸르고 노란빛이 얼룽얼룽 번진다. 그 뿌연 빛들은 깜빡거리며 번갈아 나타났다 사라지고, 이리저리 흘러 다니며 뒤섞이기도 한다. 초등학교 미술 시간에 배운 마블링 그림판 같다. 물 위에 여러 색깔의 유성물감을 짜 넣고 휘저은 다음 종이를 살짝 얹었다 꺼내면 종이 위엔 생각지도 못한 색감을 가진 다양한 무늬들이 마법처럼 떠올라 있지 않았나. 침대에 누워 그 빛의 어른거림을 물끄러미 올려다보다가 예쁘다! 하는 탄성을 무심코 내뱉은 것 같기도 하다.

　얼핏 비디오 아트의 화면 같은, 유리창을 흘러 다니는 빛의 정체는 길 건너편 모텔들의 엘이디 조명등이다. 이 골목은 모텔 밀집 지역이다. 여남은 개의 모텔의 벽면에선 밤마다 야하고 조잡한 엘이디 등이 번쩍번쩍 어지럽게 돌아간다. 지금 내가 들어와 있는 이 모텔도 자주색과 푸른색의 하트가 서로 얽히며 반복적으로 커졌다 작아졌다 하는 조명등을 건물 전면에 달아놓았더랬다. 아까 이 골목에 들어섰을 때 눈을 쏘는 조명등에 눈이 어찔해져 비틀거렸었다.

손에 쥔 휴대폰이 부르르 떨린다. 기웅 오빠의 카톡이다. '지금 어떻게 돼가?' 나는 얼른 자판을 두드린다. '그치 지금 샤워하고 있어.' '알았어. 문자는 지워.' 나는 얼른 기웅 오빠와 내가 주고받은 메시지를 지운다. 이십 분쯤 있으면 기웅 오빠와 영오, 기성이가 이 방을 들이칠 것이다. 무얼 하느라 꾸물거리는지 욕실에 들어간 사내는 한참이나 됐는데도 나올 생각을 않고 있다.

삼십대 후반 회사원풍의 사내였다. 밤 아홉시 나는 이 사내를 지하철 수영역 4번 출구에서 만났다. 양복에 넥타이를 매고 서류 가방을 든 그 사내는 나를 흘끗 내려다보더니 인상이 약간 구겨졌다. 내 모찌방이 마음에 들지 않는다는 거겠지. 어디 내놓을 만한 정도는 아니지만 그렇게 처지는 편은 아닌데 나는 기분이 좀 나빴다.

"몇 살이야?"

댓바람에 반말이어서 기분이 더 나빠졌다. 나는 눈을 땅바닥에 깔고 새침하게 톡 던졌다.

"스물하나요."

진짜 나이보다 세 살을 더 올렸더니 사내는 의심스러운 눈으로 짙은 파운데이션에 빨간 루즈를 바른 나를 아래위로 훑는다.

"정말이지? 미성년자 아니지?"

"정말이에요. 민쯩 보여줘요?"

그때야 사내는 씩 웃는다. 그러더니 팔을 들어 시계를 본다.

"뭐, 민쯩은 됐고…… 야, 시간 없으니 얼른 가자."

사내는 역 뒤쪽 모텔 골목으로 들어간다. 나는 미적미적 사내를 따라간다. 모퉁이를 돌아가면서 뒤를 할끔 돌아보았더니 야구 모자를 눌러쓴 영오가 청바지 주머니에 손을 찔러 넣고 딴청을 하면서 슬금슬금 따라오고 있었다. 그 뒤로 재성이도 슬슬 따라왔고 기웅 오빠는 골목 어귀에서 망을 보는 기색이었다.

무인 카운터에서 돈을 치르고 키를 받아 든 사내를 따라 계단을 올라갔다. 방에 들어선 사내는 서류 가방을 의자 위에 던져두고는 옷을 척척 벗는다. 한두 번 이런 짓을 해본 것 같지 않다. 넥타이를 풀다 말고 사내는 나를 보고 씩 웃는다.

"넌 안 씻어?"

"좀 있다가요."

"샤워 같이 할래?"

나는 고개를 살래살래 젓는다. 그리고 사내 앞으로 손을 쑥 내민다.

"난 아저씨 하고 난 다음에 할게요. 남은 돈부터 먼저 줘요."

"가만있어 봐. 샤워부터 하구 나서……"

옷을 벗은 사내는 나를 슬쩍 훑어보더니 던져둔 양복 윗도리를 들고 욕실로 들어간다. 지갑 들고 튈까 봐 그런 걸 거다. 뭐 저런 쌔끼가 다 있담. 의심은 많아 가지고…… 정말 왕재수였다. 기분 같아선 그냥 발딱 일어서서 나가고 싶었지만 밖에서 기다리고 있을 오빠와 애들 생각을 하니 그럴 수도 없었다. 흥얼거리는 노랫소리가 쏴아 하는 물소리 틈에 섞여 들려왔다. 나는 휴대전화를 꺼내 얼른 카톡을 쳤다. '410호.'

사내가 아랫도리를 가리지도 않은 채 타월로 젖은 머리를 털면서 욕실을 나왔다. 시커먼 털 아래 흉측한 것이 건들거리고 있었다. 나는 얼른 시선을 피하면서 욕실 안으로 들어갔다. 피할 수 없는 일이라면 얼른 끝내고 싶었다. 양치질을 하고 대충 씻고 밖으로 나왔더니 사내는 침대에 번듯이 드러누워 있었다.

"돈은 저기 탁자 위에 올려놨어."

신사임당 아줌마가 그려져 있는 노란 종이 석 장이 포개져 있다. 선입금으로 십만 원을 받고 만나서 받기로 한 나머지다. 나는 잽싸게 돈을 집어 의자 등받이에 걸쳐져 있는 청바지 주머니 안에 구겨 넣었다. 그리고 주춤주춤 침대 쪽으로 다가갔다. 사내는 히죽이 웃으며 내 팔을 끌어당겨 침대 위로 끌어올린다. 사내의 손이 서슴없이 내 가슴 위에 얹힌다.

"어허, 아직 덜 여물었네."

사내의 손가락이 내 가슴을 주물럭거린다. 지네가 밟고 가는 듯 스멀스멀하다. 옆구리를 스쳐 지나가던 다른 손이 엉덩이를 만지더니 가랑이 사이로 쑥 들어온다. 나는 얼른 다리를 오므린다. 사내는 대충 내 몸을 쓸어보고는 배 위로 올라온다. 사내의 입에선 담배 냄새와 소주 냄새가 흘러나왔다. 회식이라도 했던 걸까. 곱창 냄새도 맡아진다. 나는 고개를 돌린다.

이윽고 아랫도리가 벌려지고 둔중한 통증이 느껴진다. 고개를 돌린 채 나는 이를 앙다문다. 숨을 헉헉거리는 사내의 입에서 흘러나오는 술 냄새, 담배 냄새가 코끝에 역겹게 걸린다. 나는 숨을 참는다. 사내의 손이 다시 내 허벅지를 쓰다듬는다. 두툼한 입술이 내 얼굴로 다가온다. 나는 고개를 흔든다.

"키스는 싫어요."

사내는 잠시 나를 노려보는 듯하더니 그런 것쯤이야 아무래도 괜찮다는 듯 다시 제 몸놀림에 열중한다. 뻑뻑한 아랫도리가 쓰라리다. 한참 만에야 사내의 움직임이 멎었다. 사내는 내 가슴 위에 제 상체를 얹어놓고 숨을 헐떡거린다. 무겁다. 나는 살며시 몸을 비틀어 사내를 침대 위로 떨어트린다. 나는 맥을 놓은 채 침대에 널브러져 있다. 유리창이 얼룩덜룩거린다.

오빠와 아이들이 들이닥친 건 그치가 아쉬운 듯 내 가슴을 다시 쓸어보고 있을 때였다. 사내가 욕실에 들어갔을 때 출입문 잠금쇠를 열어둔 터였으므로 그들은 기척도 없이 방 안으로 쏟아져 들어왔다. 사내가 놀라서 벌떡 일어선다. 재성이가 휴대폰 카메라로 벌거벗은 사내와 나를 팍팍 찍어댄다. 덩치 큰 영오는 사내가 튀지 못하도록 방문을 가로막고 서 있다.

"이 개새끼!"

기웅 오빠가 성큼성큼 다가와 사내의 뺨을 갈긴다. 사내가 턱을 감싸 쥐며 외친다.

"니, 니들 뭐야!"

기웅 오빠는 말없이 사내의 배를 주먹으로 한 대 더 갈긴다. 그러더니 내게 다가와서 내 머리통을 손바닥으로 힘껏 갈긴다. 실감 나게 보이려고 그랬을 테지만 눈앞이 번쩍하더니 머리가 핑 돈다.

"이 계집애야, 집 나와서 이 짓을 하고 있어? 엄마가 너 때문에 지금 링거 꽂고 병원에 드러누워 있어. 이런 쌍, 너 잡으러 다닌다구 두 달 동안이나 일도 못하고 돌아다닌 걸 생각하면…… 이걸 그냥……"

오빠는 내게 험상궂은 표정을 지어 보이며 손을 치켜들고 으르는 시늉을 하더니 다시 사내에게 돌아섰다. 그러고는 사내의 벗은 엉덩이를 걷어찼다.

"이 새끼야. 너 내 동생에게 무슨 짓을 한 거야! 이 씨펄놈아. 아무것도 모르는 어린애를 꼬여다가……"

"나, 나는 그냥 애, 앱에서 채팅하다가 쟤를 만난 것뿐인데……"

"뭐? 그럼 내 동생이 너한테 몸이라두 팔겠다구 먼저 나 대기라도 했단 거야? 이 개새끼가 그래도 정신을 못 차리고……"

오빠가 다시 눈을 부라리며 사내의 뺨을 갈긴다. 내가 봐도 오빠의 연기는 서툴다. 쿡쿡 나오려는 웃음을 참으며 나는 침대 옆 의자에 걸쳐진 브래지어와 팬티를 찾아 입었다. 사내도 허둥지둥 옷을 챙겨 입는다. 트렁크 팬츠에 다리를 꿰다가 걸려서 넘어질 듯 비틀거린다. 사내의 표정엔 이거, 잘못 걸렸구나 하는 낭패감이 가득하다. 재성이가 얼른 사내의 양복저고리를 잡아채 지갑을 꺼내서는 사내의 신분증에 휴대전화를 갖다 댔다. 옷을 꿰어 입고 나자 사내는 좀 안정을 찾은 모양이다. 주눅이 들긴 했지만 오빠에게 따지려고 들었다.

"당신이 쟤 오빠라는 증거가 있어?"

"이 씹새끼가 아직도…… 이 새끼야, 그럼 동사무소에 가서 가족관계부라도 떼줘? 미성년자를 유인해서 성폭행을 해놓고선……"

"쟤, 쟤는 스물하나라구 했는데…… 내가 분명히 미성년자가 아니란 소리를 들었단 말야."

"이 새끼가 그래도……"

오빠는 내 패딩 주머니에서 손지갑을 집어내더니 민증을

꺼내 사내의 눈앞에 가져다 흔든다.

"봐, 이 새끼야. 쟤가 몇 년생인지⋯⋯ 너 이 새끼 미성년자 의제강간 혐의로 처넣을 거야. 니가 벌거벗고 지랄하던 사진도 니 예편네와 니 회사에 쫙 뿌릴 거고⋯⋯"

그 사내인들 기웅 오빠와 내가 친남매라는 걸 믿을 턱은 없을 거다. 문제는 재성이의 휴대폰으로 찍힌 사진이다. 사내는 사색이 된 얼굴로 말을 더듬는다.

"제, 제발 그, 그건⋯⋯"

오빠가 사내의 기를 죽이려고 다시 고함을 버럭 지른다.

"꿇어, 이 새끼야!"

이쯤이면 내 할 일은 다 끝난 거다. 나는 패딩을 챙겨 입고서 방문을 빠져나왔다. 그리고 종종걸음으로 계단을 따라 모텔 밖으로 나왔다. 어지러운 불빛이 번쩍이는 모텔 골목을 빠져나오니 대로 건너편에 피시방이 보였다. 재성이에게 카톡으로 피시방 이름을 알려주고 나는 거기로 들어갔다. 한 시간쯤 오버워치를 하고 있으려니까 오빠와 아이들이 우르르 몰려왔다. 오빠가 내 어깨를 툭 친다.

"야, 야. 나가자. 어디 포장마차에 가서 소주나 한잔하면서⋯⋯"

재성이가 나선다.

"형, 오늘 돈두 많은데 노래방에 가."

기웅 오빠가 재성이를 노려본다.

"야, 인마. 원룸 월세부터 갚아야지. 이 자식은 그저 툭하면 노래방이라네."

포장마차에서 소주에 닭발과 삶은 오징어 한 접시씩 시켜놓고 나서야 나는 그날의 전과에 대해 자세히 들었다. 사내의 지갑을 털어 십오만 원, 사내를 앞세워 은행 자동지급기에 가서 제 손으로 카드 대출을 받게 해 삼백만 원을 털었다고 했다.

"그러고선 뭐, 그 새끼 보는 앞에서 깨끗하게 사진을 지워 줬지 뭐."

의기양양한 재성이의 말에 나는 한마디 덧붙인다.

"나중에라도 신고하면 어떡해?"

그러자 재성이가 눈을 찡긋한다.

"걱정 마. 그런 꼰대 새끼들은 제 밑구녕 드러날 게 겁이 나서 신고 못해. 그리고 만약을 대비해서 한 장은 꼬불쳐뒀다구."

이것으로 적어도 한 달은 버틸 수 있을 것이다. 모두들 신이 나서 떠들썩하게 술을 마셨다. 원룸으로 돌아오는 길에는 프라이드, 양념 해서 통닭도 두 마리나 사고 맥주도 두 피처 샀다. 기웅 오빠가 잠시 뒤처지더니 내 어깨를 팔로 감싼다. 그리고 내 귀에 낮게 속삭인다.

"은지야. 너한텐 늘 미안하다. 오빠가 능력이 없어서……"

술도 한잔했겠다, 기분이 알딸딸해져서 나는 오빠의 어깨에 머리를 기댔다. 내 어깨를 감싼 오빠의 팔에 힘이 더해진다. 아뜩해지면서 오빠를 위해서라면 무슨 일이든 할 수 있겠다는 생각이 든다. 앞서가던 재성이가 돌아보며 고함을 친다.

"형하구 누나, 거기서 뭐 해? 빨리 가서 한잔 더 해야지."

내가 기웅 오빠와 영오, 재성이와 한집에, 아니 한방에 살기 시작한 건 넉 달 전이다. 집을 나오고 나서 한 열흘 동안은 찜질방에서 잤다. 낮에는 피시방을 돌아다니거나 영화를 보러 다녔다. 집에서 훔쳐온 돈이 떨어지자 친구네 집에서 하루 이틀씩 동냥 잠을 잤다. 그러나 그 짓도 한 일 주일 하고 나니 더는 갈 데가 없었다. 딸의 친구라니까 하룻밤 정도는 미심쩍은 대로 재워주던 친구 엄마들은 이틀째만 되면 꼭 이런 소리를 던져 짐을 싸게 만들었다. "얘, 넌 이렇게 집 밖을 나돌아다녀도 네 부모님이 아무 소리도 안 하셔?"

내가 가출한 건 새엄마란 여자 때문이었다. 친엄마는 내가 초등학교 1학년 때 집을 나갔다. 아빠 때문이었다. 조그만 자동차정비센터를 운영하던 아빠는 고객에겐 친절하고 싹싹한 사람이었지만 집안에선 폭군이었다. 어릴 때 기억이지만 밖에서 술을 마시고 온 아빠는 늘 어머니에게 주먹을 휘둘렀고 가재도구를 마구 부줬다. 엄마와 이혼한 지 이 년 만에 아빠는 젊은 여자를 데리고 왔다. 할머니 집에서 살던 나와 동생 선규는 아빠 손에 이끌려 집으로 돌아왔다. 천박하고 거친 여자였다. 필시 아빠가 단골로 다니던 술집 여자였을 거다.

그때부터 나와 선규의 고난이 시작됐다. 새엄마는 처음부터 우리를 싫어했다. 아빠가 집에 있을 때는 좀 덜했지만 낮에는 우리를 걸핏하면 때리고 구박했다. 무지하게 게으른 여자였다. 그 여자는 밥도 제대로 할 줄 몰랐다. 학교에서 돌아온 나더러는 라면을 끓여 먹으라 하고는 화장을 짙게 처바르고 바깥으로 나돌아다녔다. 어쩌다 집에 있는 날엔 중국집에서 짜장면 두 그릇과 탕수육을 배달시켜 짜장면 한 그릇과 탕수육은 제가 처먹고 나머지 한 그릇은 그릇째로 나와 동생에게 던져주었다. 여섯 살 먹은 선규가 짜장 국물을 거실 바닥에 흘렸다고 아이를 패대기를 쳐서 기절시킨 적도 있었다.

선규는 발달장애아였다. 말을 제대로 하지 못했다. 숱이 적은 커다란 머리통이 빈약한 몸뚱이 위에 간신히 올라붙어 있었고 뼈만 앙상한 팔다리가 제멋대로 건들거리는 꼴이었다. 걔는 뭐든지 느렸다. 아빠의 폭력을 보고 자란데다 네 살 때 엄마를 잃었기 때문일 것이라고 나는 믿고 있다. 그 여자는 걸핏하면 걸레의 플라스틱 밀대를 거꾸로 쥐고 선규를 마구잡이로 때리곤 했다. 종아리는 때리지 않고 등이나 엉덩이만 골라 때렸다. 선규가 오줌을 가리지 못한다고 홀랑 벗겨 하루 종일 베란다로 내쫓은 적도 있었다. 그 여자가 선규에게 가장 자주 하는 말은 "죽어, 죽어. 이 병신아"였다.

제때 감지 못해 까치집처럼 부스스한 내 머리카락은 기름과 비듬으로 늘 번들거렸다. 자주 갈아입지 못한 팬티에선 지린내가 새 나왔다. 학교에 가면 아이들이 내 몸에서 냄새가 난다고 같이 앉기를 싫어해서 내내 왕따였다. 아빠는 우리들에게 무관심했다. 술에 취해 들어와 그릇이며 화분 따위를 집어 던지는 버릇도 여전했다. 그럴 때마다 새엄마는 아빠에게 악머구리처럼 악을 쓰고 달려들어 대판 싸움이 벌어지곤 했다.

중학교에 들어가서부터 나는 사나흘씩, 일주일씩 그리고 길게는 한 달씩 집을 나갔다 들어오기를 반복했다. 그리고 고등학교 2학년 겨울방학이 시작된 넉 달 반 전 드디어 집을 나온 것이다. 짐을 싸서 나오기 전 나는 선규의 손을 잡고 나직이 말했다.

"선규야, 미안해. 누나만 먼저 빠져나가서…… 누나 얼른 헤어 디자이너 돼서 널 데리러 올게. 그때까지만 좀 참아줘."

선규는 손을 잡힌 채 멀뚱멀뚱 나를 바라보고만 있었다.

기웅 오빠네에게 얹혀살게 된 것은 피시방에서 가출 카페를 검색하다가 우연히 영오가 올린 글을 봤기 때문이다. 반년 전부터 광안리에서 원룸을 잡아 살고 있는데 같이 살던 여자애가 나가서 새로 룸메이트를 구한다는 거였다. 남자애들만 셋이 살고 있대서 처음엔 좀 망설여지긴 했다. 하지만 찬밥 더운밥 가릴 형편이 아니어서 나는 카페에 적힌 번호로 전화를 걸었다. 내 또래 남자애가 전화를 받았다. 가진 돈이 없는데도 받아주느냐고 했다. 저희들끼리 뭐라고 쑥덕거리는 소리가 전화로 흘러나왔다. 일단 와보라는 소리를 듣고 광안리 해수욕장 뒤편에 있는 허름한 원룸 아파트로 찾아갔다. 원래의 원룸을 반으로 쪼개 개조한 다섯 평짜리 방이었다. 스물세 살인 기웅 오빠가 방장이었고, 영오가 열여덟 살로 나랑 동갑이었다. 재성이는 열여섯 살이었다. 기웅 오빠는 물론이고 영오와 재성이도 가출 짬밥이 나보다는 훨씬 많았다.

나는 그날로 한식구가 되었다. 우리 같은 애들끼리 모여 사는 걸 '가출팸'이라고 부른다는 건 나중에 알았다. 가출에다 패밀리를 합친 말이라나.

처음 걔네들 집에 갔을 때는 기가 막혀 말도 안 나왔다. 아무리 사내애들끼리 사는 집이라곤 해도 그런 돼지우리는 없을 거였다. 언제 걸레 맛을 봤는지 얼룩이 새카맣게 눌어붙은 방바닥 여기저기엔 벗어 던져둔 옷가지가 넝마처럼 꾸깃꾸깃 굴러다녔다. 라면 건더기에 구멍이 막혀 구정물이 차오른 싱크대 개수대엔 등산용 코펠들이 마구 처박혀 있었다. 여기저기 먹다 둔 과자 봉지도 굴러다녔다.

나는 들어가자마자 팔을 걷어붙이고 대청소를 시작했다. 개수통에 처박힌 그릇과 냄비를 설거지하고 옷들을 개켜 옷장에 쟁여 넣고 집 안을 쓸고 닦았다. 집 근처 다이소에서 사 온 플라스틱 함지에 셔츠와 속옷 따위를 처넣고 세제를 뿌린 다음 맨발로 질근질근 밟았다. 빨래를 쥐어짜느라 팔이 떨어져 나가는 것 같았다.

밖에 나갔다 들어온 기웅 오빠가 좋아했다.

"야, 여자가 들어오니 집이 훤해졌네. 짜식들아 니들도 이렇게 좀 치우고 살아라."

기웅 오빠는 십대 후반을 소년원에 들락거리며 보냈다고 한다. 고1 때 학교에서 자기를 이유 없이 괴롭히던 일진 애 하나를 수업이 끝나고 강당 뒤 으슥한 곳으로 불러내 작살내고 폭행죄로 달려간 게 시작이었다. 그 애 아버지가 뭐 대학 교수였다나 뭐래나.

"아, 그 새끼가 일진 애들 믿고 하도 설치기에 사내새끼 대 사내새끼로 한판 뜨자고 했단 말야. 새끼가 가방에서 붕대로 감은 쇠 파이프를 꺼내 휘두르기에 나무 받침대로 세워놓은 각목을 뽑아다가 대갈통이며 가슴팍이며 닥치는 대로 갈겼더니 새끼가 개구리처럼 사지를 바르르 떨면서 뻗어버렸거든. 나중에 알고 보니 턱주가리에 금이 가고 갈비뼈가 두 대나 나가버렸던 거야. 병원에 실려 간 그 새끼가 지 애비한테 죄다 불었던 거라. 알고 보니 지대 노는 놈이 아니라 양아치였던 거지. 근데 말야, 내가 맞짱에 재능이 있단 걸 그때 처음 안 거야."

처음엔 오빠네 엄마가 양아치네 집에 찾아가 손이야, 발이야 무릎 꿇고 빈 끝에 합의서를 받아내 선도조건부 기소유예로 석 달 만에 풀려났다. 근데, 소년원에 처음 들어가기가 어렵지 한번 들어가니 자꾸만 들어가게 되더란 거였다.

"아, 하지만 내가 먼저 다구리 건 적은 한 번도 없었다구.

전학 간 학교에서 내가 빵잽이란 소문이 퍼지니까 별의별 날파리가 달라붙더라구. 공연히 시비를 거는 놈도 있고 저희 조직에 들어오라고 협박하는 놈도 있고…… 처음엔 못들은 척하다가 하도 귀찮아서 한 놈을 쥐어박았는데 또 그놈 앞니가 두 대 나간 거야."

이러구저러구 해서 세번째 소년원에서 나왔을 때 아버지가 자기를 끌고 정신병원에 처넣었다고 했다. 두 달 만에 병원에서 도망친 게 삼 년 전이었고 그 후엔 한 번도 집에 가지 않았다고 했다.

이렇게 말하니까 기웅 오빠가 시도 때도 없이 주먹이나 휘두르는 생양아치처럼 보이겠지만 그런 사람은 결코 아니다. 나는 기웅 오빠가 영오나 재성이를 때리는 걸 한 번도 보지 못했다. 심한 욕설을 쓰는 법도 없었다. 동생들이 잘못을 저지르면 엄하게 꾸짖긴 했지만 늘 챙겨주고 햄버거라도 한 개 더 먹이려고 애쓰는 자상한 사람이었다. 나한테도 잘해줬다. 오빠는 내게 가끔 "은지 고생 많지?" 하면서 웃어주었다. 가끔은 티라미수 따위 내가 좋아하는 것들도 사다주었다. 오빠가 없는 나는 그가 친오빠처럼 좋았다.

나랑 동갑인 영오는 원래 공고에 다녔다는데 나와는 정반대 케이스였다. 초등학교 3학년 때 중장비 기사였던 아빠가 후진하던 다른 포클레인을 미처 보지 못한 바람에 캐터필러에 깔려 죽었다. 회사의 배려로 공사장 함바에서 일하던 엄마는 그곳을 드나들던 인부와 눈이 맞아 살림을 차렸다. 그런데 의붓아버지란 작자가 또 술만 처먹고 들어오면 행패가 장난이 아니었다고. 엄마를 봐서 처음엔 참고 맞았는데 고등학교 1학년 때인 재작년에 이유 없이 엄마에게 마구 주먹질을 하기에 도저히 못 참고 작자를 엎어놓고 자근자근 밟아주고는 집을 나왔다고 한다. 영오는 이런 말도 했다.

"한 달 전 서면 뒷골목을 지나가다가 엄마를 봤어. 입성도 허술하게 벌벌 떨면서 출장 마사지 전단을 돌리고 있데? 엄마가 날 볼까 봐 얼른 도망쳐 왔어."

재성이는 나이는 어리지만 가출 짬밥은 영오보다 많다. 중학교 1학년 때부터라고 하니 이미 삼 년이 넘었다. 부모는 재성이가 다섯 살 때 이혼했다고 한다. 아버지는 재성이가 어릴 때 집을 나간 후 한 번도 찾아오지 않았다고 한다. 노숙자로 떠돌다가 얼어 죽었을 것이란 게 재성이의 추측이었다. 그애를 키워주었던 할머니가 초등학교 4학년 때 세상을 떠나자 삼촌이 재성이를 고아원에 넣었다. 재성이는 고아원을 뛰쳐나갔다가 경찰 아저씨에게 붙잡혀서 되돌려 보내지기를 몇 차례 반복한 끝에 중1 때 완전히 독립했다.

이렇게 놓고 보면 우리 네 사람 다 제대로 된 가족을 가진 사람이 하나도 없다. 하긴 집안 꼴이 제대로 돌아간다면 미쳤다고 가출을 할까. 다른 사람들은 우리를 가족 없는 애들이라고 말하겠지만 나는 그렇게 생각하지 않는다. 성도 다르고 부모도 다 다르고 만난 것도 넉 달밖에 되지는 않았지만 나는 우리 네 사람이야말로 진짜 가족이라고 생각한다. 뭐 가족이 별건가. 이렇게 모여 함께 밥 먹고 함께 잠자고 함께 시간을 보내면 가족인 거지. 우리는 그저 약간 이상한 형태의 가족인 거다. 우리는 진짜 남매보다 더 친하다. 다들 집에서 눈칫밥 먹고 사는 것보단 이렇게 마음 맞는 애들끼리 모여 사는 게 훨씬 맘 편하고 좋다고 한다. 나도 마찬가지다. 이 생활이 얼마나 갈지는 모르지만⋯⋯

남자 셋, 여자 하나가 같이 산다니까 뭐 우리끼리 밤에 못된 짓이나 하는 줄 지레짐작하는 사람도 있을지 모른다. 천만의, 만만의 말씀이다. 믿기 어렵겠지만 기웅 오빠도, 영오도 나를 한 번도 집적거린 적이 없다. 원래 가족끼리는 그런 짓하지 않는 법이 아닌가. 기웅 오빠가 영오와 재성이에게 엄포를 놓긴 했다.

"야, 니들 은지한테 손끝이라도 댔다간 봐라. 그땐 죽음이야. 우리가 처지가 어려워서 이런 식으로 만나긴 했지만 사는 건 똑바로 살자."

아 뭐, 방이 워낙 좁다 보니 밤에 잘 때는 몸뚱이가 부딪치긴 한다. 내가 벽에 바짝 붙고 나면 그 옆에 재성이, 영오, 기웅 오빠 순서로 눕는다. 그러다 보면 재성이의 다리와 내 다리가 겹쳐지고 잠결에 재성이가 팔을 내 가슴 위에 척 걸칠 때도 있지만 그냥 그뿐이다.

여느 가정이 다 그렇듯 우리도 먹고사는 게 제일 고민이긴 하다. 기웅 오빠가 공사판 인부로 나가 일당을 벌어 오지만 일을 나갈 때보다 안 나갈 때가 더 많다. 기술이 없다 보니 벌이가 신통치는 않은 모양이었다. 영오와 재성이는 조를 짜 이삿짐센터에서 알바를 뛰기도 한다. 재성이는 아직 반몫 일당밖에 받지 못한다. 공사판 일이나 이삿짐센터 일이나 힘들긴 마찬가지여서 남자들이 밤에 끙끙하고 신음을 내는 걸 보면 마음이 짠해진다.

기웅 오빠는 나더러 집에서 살림이나 살라고 하지만 뭐 살림이랄 것도 없고 혼자서 뒹굴뒹굴 놀면 뭐 하겠나. 나도 알바를 뛰긴 한다. 하지만 편의점이라든가, 맥도날드라든가, 파리바게트라든가 하는 곳은 대학생 애들이 다 차지해서 나처럼 미성년자에겐 잘 돌아오지 않는다. 그것도 일자리라고 부모동의서니 가족관계부 따위 서류를 가져오라는 곳도 있다. 그러니 고작 할 수 있는 건 동네 족발집 따위의 홀 서빙 정도인 거다. 식당 주인들은 어찌 그리도 내 처지를 잘 아는지 최저임금 따위를 지켜주는 곳은 한 군데도 없다. 일은 힘들고 손에 쥐는 돈은 몇 푼 안 되니까 한 집에 한 달 이상 버티기가 힘들다. 참, 세상 먹고살기 어렵다.

그래도 우리가 늘 궁짜 낀 생활만 한 건 아니다. 돈이 없으면 코펠에다 라면을 끓여 먹는 것도 감지덕지이지만 이삿짐센터에서 일당을 받거나 알바 월급을 받아 온 날은 고기를 사와서 구워 먹기도 한다. 삼겹살에 소주 한잔 걸치면 부러울 게 없다. 그럴 때 기웅 오빠는 애들에게 설교를 한다. 이런 생활 한다고 해서 너무 풀어지면 안 된다, 얼른 기술이라도 하나 배워서 진짜로 독립할 생각을 해라, 따위. 뭐 자기도 기술 하나 없는 주제에 거룩한 소리나 한다고 영오나 재성이는 입을 삐죽거리기는 하지만.

큰마음 먹고 노래방에 갈 때도 있다. 노래방에 가면 편의점에서 술을 몰래 사 들고 와서 마실 때도 있지만 우린 다른 애들처럼 담배는 피우지 않는다. 애들이 숨어서 담배를 물면 기웅 오빠가 눈을 부라리며 나무라기 때문이다. 때로는 24시간 햄버거 가게에 밤늦게까지 죽치고 앉아 시시덕거리기도 한다.

제일 골칫거리는 원룸 월세다. 보증금이 없으니까 월세를 선납해야 하고 그나마 우라지게 비싸게 받아 처먹는다. 다섯 평짜리에 월 사십이면 너무 비싸지 않나 말이다. 우리가 언제 뜰지 모르는 뜨내기라고 비싸게 받아먹긴 하겠지만. 기웅 오빠는 월세 낼 때를 대비해서 돈을 좀 모아놓자고 입버릇처럼 이야기하지만 하루 벌어 하루 입에 털어 넣기 바쁜 우리 형편에 말이 쉽지 그게 잘 될 리 없다.

어쨌거나 기웅 오빠가 늘 강조하는 대로 내게는 꿈이 있다. 헤어 기술이거나 네일 아트이거나 간에 무어 기술을 얼른 배워서 제대로 된 취직을 하고 선규를 빨리 데려오는 거다. 그러려면 학원에라도 다녀야 하는데 지금으로선 꿈같은 일이긴 하다. 그래도 어떻게 해서라도 돈을 좀 모아야 한다.

얼마 전에 족발집에서 서빙을 하는데 홀에 설치된 대형 텔레비전에서 아동학대 어쩌고 하는 뉴스가 흘러나왔다. 일곱 살, 다섯 살 먹은 남매가 있었는데 이혼으로 엄마가 집을 나가고 노래방 도우미 하던 여자가 새엄마로 들어왔단 거다. 이 새엄마란 여자가 애들을 걸핏하면 굶기고 멍이 들도록 때리고 해서 누나는 할머니 집으로 갔지만 동생은 그대로 남았다고 했다. 그러다가 아이가 똥오줌을 속옷에 지렸다고 새엄마란 여자가 애를 벌거벗겨 락스와 찬물을 뿌려대고는 욕실에 가두는 바람에 애가 얼어 죽었다는 끔찍한 이야기였다. 죽은 애는 극심한 영양실조 상태에다 여러 군데 골절상도 있었다고 한다. 아빠란 인간은 여자와 함께 애를 야산에 암매장해놓곤 알리바이용 가짜 카톡을 주고받았다는 소리도 흘러나왔다. '세원이는 뭐 해?' '예, 아까 나랑 볶음밥 같이 먹고 양치질도 잘했어요.' '애 잘 챙겨.' '아유, 걱정 마세요.'

"에이 죽일 연놈들…… 귀신은 저런 것들 안 잡아가고 뭐하나."

"에휴, 세상이 어떻게 되려고 저래? 말세여, 말세."

중년 사내 둘이 소주를 마시며 족발을 질겅질겅 씹다가 부부가 주고받았다는 카톡 캡처가 뜬 텔레비전 화면을 지켜보며 푸짐하게 욕을 퍼부어댔다. 나는 도무지 일손이 잡히지 않았다. 뉴스 속의 이야기가 어찌 그렇게 우리 이야기랑 똑같을까. 선규는 지금 어쩌고 있을까. 어쩌면 벌써 새엄마에게 맞아 죽었을지도 모른다. 조바심이 나서 그대로 있을 수가 없어 나는 앞치마를 팽개치고 무작정 가게 밖으로 뛰쳐나갔다. 그리고 집으로 가는 시내버스를 탔다.

아파트의 다른 집은 베란다 너머로 불이 환했지만 우리 집은 어두컴컴했다. 내가 쓰던 방도 컴컴하고 거실도 어두컴컴한데 안방 쪽에서만 희미한 빛이 새어 나왔다. 가슴이 덜컹 내려앉았다. 동네 초입의 공중전화부스를 찾아가 전화를 걸었다. 신호가 간 지 한참 만에야 누군가가 전화를 받았다. 새엄마란 여자였다. 나는 송수화기를 귀에 대고는 아무 말도 하지 않았다. 그 여자는 서너 번 "여보세요"를 반복하더니 "어느 놈이 밤늦게 장난질이야?" 하고 앙칼지게 내뱉곤 전화를 쾅 끊어버렸다. 정류소에서 원룸으로 가는 버스를 기다리는데 공연히 눈물이 났다.

아, 지난달은 정말 악몽의 연속이었다. 손님이 한창 많은 시간에 일하다 말고 뛰쳐나가는 바람에 알바에서 잘린 나는 그렇다 치고, 이삿짐 일을 나간 영오가 발을 다쳤다. 재성이와 냉장고를 마주 들고 계단을 올라가다가 재성이가 냉장고 모서리를 놓치는 바람에 그만 발을 찧은 것이다. 재성이의 실수라고 이삿짐센터에서 치료비도 받지 못했다. 푹 찍힌 발등에 붕대를 칭칭 감고서 절뚝거리는 영오를 볼 때마다 재성이는 얼굴을 들지 못했다. 영오가 다치니까 재성이 혼자 할 수 있는 일이 없었다. 엎친 데 덮친 격으로 기웅 오빠도 공사장 십장과 싸우고 뛰쳐나오는 바람에 그 무렵엔 놀고 있었다. 좁은 방에서 벽에 등을 기대고 마주 앉아 서로 멀거니 바라보는 것밖엔 할 게 없었다.

집주인이 찾아와 사흘 안에 월세를 계좌로 입금하지 않을 거면 짐 싸들고 나가라는 통고를 한 저녁이었다. 라면도 떨어져서 저녁마저 굶은 참이었다. 저녁나절 슬그머니 나간 영오가 늦게야 들어왔다. 기웅 오빠가 영오에게 신경질을 냈다.

"너 또 피시방 갔지? 새끼야, 월세도 없어서 쫓겨날 판에 다리 절뚝거리면서 동전 꼬불쳐 들고 피시방 갈 생각이 나디?"

영오가 얼굴이 벌게져서 딴전을 피웠다. 그러더니 한참 만에 우물쭈물 말을 꺼냈다.

"저기, 피시방에서 다른 팸 애들에게서 들은 이야긴데, 조건 사기란 게 있다던데……"

처음엔 무슨 이야긴지 알아듣지 못했다. 기웅 오빠가 화를 벌컥 냈기 때문이다.

"이 새끼! 그러니까 은지 팔아서 우리 입 틀어막자는 이야기 아냐. 이 개새끼가 말을 해도 참……"

"……다른 팸 애들도 궁짜 끼면 그렇게 한다더만 뭐. 형, 그게 아니구, 은지에게 정말로 그 짓을 시킨다는 게 아니라 그저 미끼로만 쓰고……"

"미끼고 뭐고, 이 새끼야 다시 그런 소리 꺼냈다간 봐라.

주둥이를 문대버릴 테니……"

　기웅 오빠는 영오를 사납게 노려보고는 벽을 향해 돌아누워버렸다. 다음 날 기웅 오빠가 일을 알아보러 나간 사이에 나는 영오에게 조건 사기가 뭐냐고 물었다. 영오 말로는 스마트폰 앱에 '조건 만남'이란 게시물을 올려놓으면 호구가 댓글을 달아 올 거란 거였다. 그러면 흥정을 하고 적당한 장소에서 만난 호구와 내가 모텔에 들어간 순간 지네들이 덮쳐서 쇼부 치겠다는 거였다. 영오는 몸을 대줄 필요는 없다고 했지만 나는 무슨 말인지 알아들었다. 아무리 호구라도 그 짓도 하지 않았는데 그냥 모텔에 들어갔다는 이유만으로 돈을 뜯기지는 않을 것이다.

　나는 하루 종일 고민했다. 몇 달 동안 정이 들 대로 든 애들이었다. 나도 놀고 있는 판이라 무엇이든 그 애들에게 도움이 되고 싶었다. 무엇보다 여기서 쫓겨나면 당장 나부터 갈 데도 없었다. 사실 그 짓이 처음인 것도 아니었다. 중3 때 가출해서 얼떨결에 학교의 노는 애들과 어울린 적이 있었다. 그리고 그 애들 아지트인 자취방에서 며칠 자고 먹는 대가로 옆 학교 남자애들과 노는 자리에 끌려갔다가 술을 억지로 먹이는 바람에 정신을 잃고 당했던 거다. 나를 따먹고는 생까버린 그 양아치 새끼들은 지금 어디서 뭘 하고 자빠졌을까.

　하지만 기웅 오빠가 마음에 걸렸다. 나는 처음부터 어쩐지 오빠가 좋았다. 오빠의 얼굴에서 우울한 빛을 거둘 수 있으면 무슨 일이든지 할 수 있을 것 같았지만 오빠가 날 발랑 까진 날라리로 볼 것이 두려웠다. 오후 내내 고민하다가 나는 그 일을 하기로 작정했다. 나는 입술을 꼭 깨물었다.

'그래 뭐 한 번이면 된다. 나만 희생하면…… 잠깐이면……'

저녁에 힘없이 터덜터덜 돌아온 기웅 오빠를 밖으로 불러냈다. 그리고 단도직입적으로 조건 사기란 걸 한번 해보자고 제안했다. 예상대로 오빠는 펄쩍 뛰었다.

"너 미쳤냐? 그게 무슨 짓인지나 알고나 그래? 내 없는 새 영오 새끼가 널 꼬드겼지? 내 저 새끼를 그냥……"

나는 집으로 뛰쳐 들어가려는 기웅 오빠의 팔을 붙잡았다. 그리고 그건 오로지 나 혼자 생각해서 결정한 일이라고 했다. 나는 오빠의 얼굴을 똑바로 바라보며 또박또박 말했다. 그럼 그것 말고 여기서 쫓겨나지 않을 방법이 있냐고, 오빠가 뭐 금은방이라도 털어 올 거냐고, 영오 발등을 저대로 두면 썩어 갈 수도 있을 건데 병원에 데려가지 않아도 좋으냐고…… 이십 분이나 설득하자 오빠가 겨우 고개를 들었다. 그리고 내 시선을 피하며 우물쭈물 말했다.

"너…… 정말 괜찮겠냐? 나중에 후회 안 할…… 자신 있어?"

나는 힘주어 고개를 끄덕거려주었다. 오빠가 내 어깨를 감싸더니 내 입술에 자기 입술을 가져다 댔다. 처음 있는 일이었다. 나도 몰래 눈이 감겼다.

딱 한 번만 하자던 일이 오늘로 세번째가 돼버렸다. 처음 하던 날엔 다들 정신이 너무 없었다. 기웅 오빠의 승낙이 떨어진 이틀 후 나는 호구를 서면 천우장 앞에서 만났다. 휴대폰 채팅 앱에 조건만남 글을 올린 건 영오였다. 올린 지 삼십 분 만에 답이 왔다. 약속이 이뤄지자 영오는 잽싸게 글을 내렸다. 채팅할 때는 회사원이라더니 가서 보니 공무원 시험을 준비한다는 삼십대 초반 백수였다. 나도 그랬지만 기웅 오빠도 영오도 초짜여서 돈이 없다고 버티는 그 치를 제대로 족치지도 못하고 꼴랑 백만 원에 합의해주고 말았다. 그 자식보다 족치는 기웅 오빠의 목소리가 오히려 더 떨렸다. 한 달 치 월세를 내고 영오가 병원에 두어 번 다녀오고 한 일주일 먹고 노니까 돈이 바닥나버렸다.

두번째는 회사원이란 치에게서 삼백만 원이나 건졌으니 비교적 왕건이였다. 하지만 그 돈이 큰 줄 알고 노래방에도 가고 고기도 좀 사 먹고 했더니 삼 주 만에 사라지고 없었다. 세번째 이야기가 나올 땐 나도 짜증이 났다. 얘네들이 공돈에 맛을 들이고 나선 일을 안 하려고 하는 거다. 돈이 떨어졌다니까 다들 내 얼굴만 쳐다보았다. 기웅 오빠가 미안해하긴 했다.

"은지야. 이번 한 번만 딱…… 이번이 마지막이야. 영오도 다 나아가니 이젠 이삿짐 일이라두 나갈 거야. 나도 일을 잡을 거고…… 이번에 돈 생기면 월세 갚고 나서 네 미용학원인지, 네일아트학원인지부터 제일 먼저 등록하자."

하지만 이번엔 오빠의 말도 듣기 싫었다. 참, 사람 심리란 게 뭔지. 처음엔 팸을 위해 내가 뭔가 해줄 게 없나 싶어서 자청했던 일인데 자꾸 내게 기대려 하니까 싫어지는 거다. 그래도 돈이 떨어지니 할 수 없었다. 나는 딱 한 번 만이라며 마지못해 고개를 끄덕였다.

이번 접선 장소는 해운대였다. 해수욕장 근처 엔제리너스에서 호구를 만났다. 사십대 초반쯤 된, 아마도 무슨 영업사원처럼 보이는 남자였다. 망고 주스를 한 잔 사주면서 학생이냐고 묻기에 대구 사는데 친구들과 부산 놀러 왔다가 돈이 떨어졌다고 대답했다. 부산 애가 아니라니까 남자가 좀 안심하는 기색이었다. 사내가 시간 없다고 얼른 하고 가자고 해서 나는 주스를 채 다 마시지도 못하고 일어섰다. 그랜드 호텔 쪽으로 가기에 호텔로 데려가나 보다 했지만 사내는 호텔을 쑥 지나 뒷골목으로 들어갔다. 그리고 낡고 허름한 모텔로 들어섰다.

뭐, 그다음엔 정해진 코스대로였다. 근데 아빠보다 한 대여섯 살이나 작을까, 이 사십대 사내는 변태 같았다. 온몸을 물고 빨고 장난이 아닌 거다. 나는 눈을 감은 채 욕지기를 참으며 속으로 '이 새끼야, 얼른 끝내라, 얼른……' 하는 소리를 열 번도 더 했을 거다. 예상보다 늦게 오빠와 애들이 출동했다. 영오가 내 몸 위에 올라탄 사내의 엉덩이를 걷어찼다. 셋에게서 다구리를 당한 사내는 옷만 겨우 챙겨 입은 채 기웅 오빠에게 멱살을 잡혀 모텔 밖으로 끌려 나갔다. 그날따라 나는 맥이 빠지고 기분이 더러워져서 한참 침대에서 뭉개고 있다가 어기적거리고 일어나서 겨우 샤워를 했다.

재성이가 놀란 토끼 눈을 하고 모텔 방에 뛰어든 건 이십 분쯤 후였다. 팬티를 주워 입고 브래지어를 막 차리려는데 문이 벌컥 열리는 통에 나는 재성이에게 신경질을 냈다.

"쌔끼야, 누나 옷 입고 있는 것 안 보여? 왜 문을 벌컥 열고 지랄이야?"

"누, 누나…… 그, 그게 아니고……"

"그게 아니면 뭐야, 짜식아!"

재성이를 따라 계단을 따라 모텔 밖으로 내려갔다. 모텔 뒤 어스름한 뒷골목에 사내가 쓰러져 있었고 기웅 오빠와 영오가 어쩔 줄을 모르고 서성대고 있었다. 사내의 뒤통수에서 흘러나온 피가 시멘트 바닥 위에 흥건히 괴어 있었다. 영오가 기웅 오빠에게 덜덜 떨리는 소리로 물었다.

"형…… 어, 어떡하지? 이 새끼 죽어버렸으면……"

일그러진 표정을 하고 있던 기웅 오빠가 영오에게 소리를 냅다 질렀다.

"이 새끼야, 그러게 왜 벽돌로 뒤통수를 까고 지랄이냐구!"

"이 자식이 내 턱을 갈기고 튀는 바람에 당황해서 나도 모르게 그랬단 말야."

세 사람에게 둘러싸인 사내가 처음엔 무릎을 꿇고 빌다가 영오가 한눈파는 사이에 픽 치고 도망을 가려고 했던 모양이었다. 기웅 오빠가 쓰러진 사내에게 다가가 어깨를 흔들었다. 그러나 사내는 미동도 하지 않았다. 팔짱을 끼고 잠시 생각에 잠겨 있던 기웅 오빠가 영오와 재성이를 돌아보고는 작은 소리로 외쳤다.

"이 자식을 들어서 저기 화단 아래 나무 뒤쪽에 숨겨둬. 누가 보기 전에 얼른!"

영오와 재성이가 사내의 어깨와 다리를 들고 질질 끌다시피 해서 어두컴컴한 나무 뒤에 던져놓았다. 재성이가 기웅 오빠를 쳐다보았다.

"이, 이젠 어, 어떻게 해?"

"어떻게 하긴 이 새끼야, 일단 여기서 튀고 봐야지."

우리는 한 사람씩 흩어져 모텔 거리를 빠져나왔다. 그리고 지하철을 타고 삼십 분쯤 후에 수영 사거리에서 다시 만났다.

기웅 오빠가 다시 혀를 차며 영오를 노려보았다.

"아, 조낸 재수 옴 붙었네. 저 자식은 늘 사고만 친단 말야."

그리고는 내게로 시선을 옮겼다.

"은지야, 그 자식 정말로 죽어버리면 나중에 곤란할 수 있으니까 니가 119로 전화해줘라."

"119에? 전화해서 뭐라고 해? 그리고 왜 내가 해야 해?"

"뭐라긴? 지나가다 보니 나무 밑에 사람이 쓰러져 있는 것 같아서 신고한다고 하란 말야. 우리보다는 여자인 네가 전화를 하면 의심을 덜 받을 거잖아. 휴대전화로 하지 말고 저기, 정류소 옆에 있는 공중전화를 써."

시키는 대로 전화를 걸고 나니 등판에 땀이 축축이 배여 있었다. 벌써 자정이 넘어 있었고 하나둘 네온사인이 꺼져가는 거리엔 술 취한 사내들이 비틀거리며 내 어깨를 부딪치고 지나갔다. 어디서 왔을까. 길고양이 한 마리가 골목 사이에서 튀어나왔다. 아직 새끼였다. 그놈은 찻길로 뛰어들더니 자동차 사이를 요리조리 빠져나가며 빠르게 도로를 건너질렀다. 쓰레기통이라도 뒤지려는 걸까, 그 고양이는 할금할금 주위를 살피며 후미진 골목으로 사라졌다. 나는 고양이가 사라진 어두컴컴한 골목을 한참이나 바라보았다.

우리가 경찰에 달려간 것은 사흘 후였다. CCTV 때문이었다. 모텔 뒷마당에 카메라가 매달려 있다는 걸 몰랐던 건 실수였다. 아니, 그 생각을 하지 못했던 건 아니다. 그날 튀기 전에 기웅 오빠가 재성이에게 주변을 둘러보고 오라고 시켰던 것 같긴 했다. 아마 재성이는 어디 나뭇가지에나 혹은 사층짜리 모텔 처마에나 매달려 있었을 카메라 렌즈를 못 보고 지나쳤을 것이다. 하기야, 있다는 걸 알았대도 별다른 대책은 없었을지도 모른다. 우리에겐 이 다섯 평짜리 원룸 말고는 도망갈 데도 없었으니까. 새 방을 얻자 한들 수중에 돈도 한 푼 없지 않았나.

형사들이 생각보다 빨리 우리를 덮치긴 했다. CCTV에 나온 얼굴과 기웅 오빠의 전과기록에 붙어 있는 사진을 대조했을 거다. 그리고 우리 같은 가출 팸 아이들을 족쳐서 우리 집 위치를 알아냈을 거다.

저녁나절 여섯 명이나 되는 형사들이 한꺼번에 들이닥치는 바람에 우리는 꼼짝없이 붙잡혔다. 수갑을 찬 채 기동대의 봉고차에 실려 경찰서에 도착하자마자 나는 다른 애들과 격리돼 조사를 받았다. 영상녹화실이란 곳이었다. 좁은 방에 책상이 놓여 있었다. 책상을 사이로 나는 우리를 붙잡아 온 형사 중의 한 사람과 마주 앉았다. 형사는 내가 한 말들이 모두 CCTV로 녹화된다고 말했다. 그놈의 CCTV…… 그는 나를 때리거나 험한 욕을 하진 않았지만 가끔 눈을 부라리며 겁을 주었다.

그곳에서 나는 재성이에게 벽돌로 뒤통수를 맞은 사내가 죽지는 않고 병원에 입원해 있다는 소리를 들었다. 내가 119에 전화한 목소리가 녹음돼 유력한 증거자료가 돼 있다는 것도 알게 되었다.

나는 조건만남 한 걸 순순히 인정했다. 몇 번을 했냐고 물어서 세 번을 했다니까 형사가 거짓말 말라며 수사철로 책상을 쳤지만 세 번밖에 하지 않은 건 사실이었으므로 일부러 부풀려 말할 수는 없었다. 조건만남을 한 날짜와 시간, 장소, 상대의 인상착의 따위도 곧이곧대로 대답했다.

형사는 기웅 오빠가 내게 돈을 벌게 해준다고 꾀어서 오피스텔에 감금하지 않았느냐, 오빠가 강제로 내게 조건만남을 시키지 않았느냐, 조건만남으로 번 돈을 오빠가 가로채지 않았느냐는 질문을 연거푸 했다. 나는 그때마다 고개를 가로저었다. 형사는 이번에는 달래고 어르는 투로 같은 질문을 되풀이했다.

"야, 니가 사실대로 진술하면, 너는 네 의사와는 관계없이 강제로 매춘행위를 한 것으로 처리돼 곧 풀려날 수도 있어. 니가 피해자를 때린 것도 아니니까 특수강도나 상해치상죄도 적용되지 않구. 우리가 너를 정상 참작해 선도조건부 기소유예 처분을 할 수도 있단 말야. 근데 왜 니 스스로 죄를 뒤집어쓰려고 하는 거냐구?"

나는 그의 말에서 경찰이 기웅 오빠에게 죄를 뒤집어씌우려 한다는 걸 짐작했다. 그들은 기웅 오빠를 악질 포주로 만들고 영오와 재성이를 성매매 조직의 일당으로, 그리고 나를 꽃뱀으로 만들 작정인 것 같았다. 아마 그러면 뉴스를 탈 수도 있을 거고 실적이 더 커지기 때문일 거라고 나는 짐작했다.

형사는 슬쩍슬쩍 겁도 주었다.

"아, 기웅인가 하는 걔는 말야, 이미 스물이 넘었으니까 정식 재판에 회부된다구. 폭력 및 사기 조직 구성에다 불법 성매매 교사, 협박공갈죄까지 죄가 감나무에 연 걸리듯 주렁주

링 걸리겠더구먼. 글고, 피해자를 벽돌로 내리친 그 꼬마는 말야, 협박공갈죄에 살인미수까지 더해지겠는데."

나는 자신도 모르게 언성을 높였다.

"살인미수라구요? 걔가 벽돌로 내리친 건 그 사람이 주먹을 휘두르고 도망을 치려니까 당황해서 얼떨결에 그랬던 거라구요!"

형사는 피식 웃었다.

"우발적이니까 살인은 아니다? 이 계집애야. 살인미수로 걸든, 폭행치상으로 걸든 우리가 조서 꾸미기 나름이야. 그러니까 걔를 살인미수로 달려가게 만들고 싶지 않으면 사실대로 진술하란 말야. 야, 너도 공범이 돼 소년원에 가서 몇 년 썩고 싶어? 내 말만 잘 들으면 널 청소년 쉼터에 보내줄 수도 있어. 나중에 후회하지 말구 지금 잘 생각해봐. 아저씨가 생각할 시간을 두어 시간 줄 테니까."

나는 바깥에서 의경이 지키는 취조실에 혼자 남겨졌다. 솔직히 말하면 그때 마음이 좀 흔들리긴 했다. 기웅 오빠와 재성이는 아마 교도소와 소년원에 가서 최소한 몇 년은 썩어야 할 것이었다. 영오도 무사하지는 못할 것이다. 어차피 기웅 오빠가 감방에 들어가야 한다면 형사 말대로 몽땅 책임을 뒤집어씌우고 나는 풀려날까 하는 생각도 들었다. 하지만 나는 곧 마음을 다잡았다. 나 살자고 기웅 오빠 혼자 구렁텅이에 밀어 넣을 수는 없는 일이었다. 설사 풀려난대도 갈 곳도 없었다. 청소년 쉼터라구? 그곳에 가면 나는 헤어 디자이너가 될 수 있을까. 그래서 선규를 데리고 나와서 함께 살 수 있을까. 글쎄, 그곳이 내게 무얼 해줄 수 있는지는 몰라도 아마 그 꿈은 쉽게 이루어지지 않을 것이었다. 그곳에서 적응해나갈 수 있을지도 자신이 없었다.

두어 시간 후 돌아온 형사에게 나는 또박또박 말했다.

"기웅 오빠는 죄 없어요. 우리가 돈이 떨어져서 원룸에서 쫓겨나게 될 판국이서 내가 먼저 하자고 했어요. 조건만남을 한 남자들 겁을 줘서 돈을 뜯어내자고 한 것도 저구요."

형사는 이런 등신 같은 걸 봤나, 하는 표정으로 나를 한참 동안 쳐다보았다. 그리고는 하는 수 없다는 듯 웃었다.

"그래. 그것도 니가 선택한 것이니까 어쩔 수 없지. 나중에 후회는 말아라."

사흘 후 나는 검찰청에 불려가 조사를 받았다. 검찰청 복도에서 나는 형사에게 끌려 온 기웅 오빠와 영오, 재성이와 잠깐 마주쳤다. 기웅 오빠가 수갑 찬 손을 들어 올리며 어설프게 웃어 보였다. 오빠가 소리를 내지 않고 입 모양을 크게 만들어 뭐라고 말했다. 나, 오, 면, 다, 시, 만, 나, 자. 나도 마주 웃으며 고개를 끄덕여주었다.

검찰청에서 조사를 받고 난 다음 날 나는 경찰서 유치장에서 소년분류심사원이란 곳으로 넘겨졌다. 형사의 말로는 법원 소년부에서 정식으로 재판절차가 진행될 것이라고 했다.

나는 영오, 재성이와 함께 소년원에 장기 수용되는 10호 처분을 받을 가능성이 높다고 형사가 말했다. 기웅 오빠는 어른이니까 구치소로 넘어가겠지.

봉고차에 실려 심사원으로 갈 때 나는 창문 커튼을 살짝 벌려 바깥 풍경을 보았다. 햇살이 밝은 한낮이었고 거리의 가로수엔 새잎이 푸르게 빛나고 있었다. 하고 보니 사월이었다. 가로수 아래 동그란 시멘트 화분엔 보라색 팬지, 빨간 데이지, 새파란 무스카리 따위가 오후의 봄 햇살을 받아 원색으로 알록달록 빛나고 있었다. 아마 저 거리에 다시 서려면 꽤 오랜 시간이 지나야 될 것이었다.

대여섯 살이나 됐을까, 엄마와 아빠의 손을 하나씩 맞잡은 꼬마애가 길을 가고 있었다. 이따금 엄마와 아빠가 팔을 동시에 치켜들었다. 엄마와 아빠에게 손을 붙잡혀 공중으로 치켜져 올라갈 때마다 아이가 까르르 웃었다. 글쎄, 울지 않으려고 했는데 나도 모르게 눈물 한 방울이 툭 떨어졌다.

정염

나주목의 젊은 관원이 강진현 귤동 정약용의 적소로 찾아
온 것은 을해년(1815년) 정월 열엿새였다. 오후 내내 잔뜩 찌
푸렸던 하늘이 목화 같은 굵은 눈송이를 떨어뜨리던 신시 말
이었다.

 점심을 먹고 나서 약용은 산책을 나섰었다. 왠지 아침부터
안절부절못하는 심사가 되었던 것이다. 며칠 전 아들 학연이
집안 종 구들이 편으로 보내온 편지 때문인지도 몰랐다. 꿀,
약재, 누비 두루마기와 배자가 담긴 부담과 함께 온 그 편지
에서 학연은 아비의 안부를 물은 다음 집안 돌아가는 사정을
전해왔다. 그리고 말미에 어쩌면 유배가 풀릴 수도 있을 것
같다는 사헌부 장령 이태순의 전언을 써놓았던 것이다. 약용

은 담담하게 아들의 편지를 접어 서낭 안에 밀어 넣었다.

해배령이 내렸다가 철회된 게 벌써 세번째였다. 십이 년 전 수렴청정하던 대왕대비가 풀어주라 명했으나 좌의정 서용보의 반대로 좌절되었고 오 년 전엔 아들 학연의 상소로 해배령이 내려졌으나 공서파(攻西派)가 벌떼처럼 일어나 철회됐다. 작년에도 형조에서 석방명령서까지 작성됐지만 전 수안군수 강준흠의 상소로 취소됐었다. 흑산도에 유배된 형 약전에게 유배가 풀리면 찾아가 뵙겠다고 인편에 편지까지 보냈다가 좌절된 다음엔 약용은 더는 연연하지 않으리라 다짐했던 터였다.

그랬는데, 아침에 자리에서 일어나서부터 왠지 마음이 산란해졌다. 책도 눈에 들어오지 않고 글도 써지질 않아 점심을 먹고서는 짚신을 꿰고 초당 뒤편 만덕산 숲을 거닐었던 것이다. 이럴 때 백련사의 혜장(惠藏)이라도 있어 찻상을 마주하고 시시껄렁한 농담이나 나누면 샘물에 떠다니는 티끌 같은 잡념이 가라앉을 텐데. 유배지에서 사귄, 속마음을 털어놓을 유일한 벗의 죽음이 그는 새삼 아쉬웠다.

약용은 언덕바지에 서서 성긴 눈발이 휘날리는 강진만을 내려다보았다. 썰물 때라 바다는 널따란 갯벌을 남기고 저만치 물러나 있었는데 물색은 하늘을 닮아 칙칙했다. 아득한 저 바다 건너 흑산도가 있을 테고 약전 형님이 배소의 지붕 낮은 토방에 웅크려 기침을 쿨럭이고 있을 것이었다. 두어 달 전

인편에 전해온 소식으론 형님의 허로(虛勞, 폐결핵)가 악화돼 기침이 더해졌다니 걱정이었다.

아내 홍씨 생각도 떠올랐다. 학연은 편지에서 어머니가 편찮다고 썼다. 유배된 지 십사 년 동안 얼굴 한 번 보지 못한 아내였다. 삼 년 전 혼주 없이 막내딸 혼사를 치렀을 때는 그 심사가 오죽했으랴. 칠 년 전, 병석에 누운 아내가 사십 년 전 시집올 때 입었던 붉은 명주치마 다섯 벌을 아들 편에 유배지로 들려 보냈을 때 그 마음은 또 얼마나 애틋했을까. 어쩌면 이승에선 다시 보지 못할지도 모를 남편을 향한 이별의 정표나 아니었을까.

눈발이 눈앞을 가릴 지경이 됐을 때에야 그는 초당으로 돌아왔다. 사립문을 들어서는데 딸랑딸랑하는 워낭 소리가 들렸다. 싸리 울타리 옆 석류나무 둥치에 나귀 두 마리가 매여 있었다. 마당을 들어서는데 제자들의 숙사인 서암에서 황상이 종종걸음으로 뛰어왔다. 강진현 아전의 아들로 약용이 처음 이곳에 이배돼 왔을 때 열다섯의 나이로 문하에 든 이후 십이 년을 변함없이 모셔온 청년이었다.

"선생님, 나주에서 웬 관원이……"

두 손을 마주 쥔 상의 얼굴엔 낯선 관원의 느닷없는 방문이 준 긴장과 불안이 서려 있었다. 약용은 고개만 끄떡여 보이고는 초당의 섬돌을 디뎠다. 며칠 전엔 학연이 편지를 보냈고 오늘은 이 적막한 적소에 평소엔 얼씬도 않던 관원이라. 설마 한들 사약이야 오지 않았을 테고 이배령이라도 내렸나.

짚신을 벗고 마루로 올라서는데 한구석에 짚 둥구미가 놓여 있었다. 씨알 좋은 나주 배가 가득 들어 있었고 보자기에 싸인 두루미병도 보였다. 장지문을 열고 들어서니 윗목에 젊은 관원이 단정히 앉아 있다가 황급히 일어섰다. 키가 크고 마른 체구였는데 눈썹이 짙고 하관이 좀 강팔라 보였다. 관복이 아니라 양태 긴 갓에 도포 차림이었다. 약용이 좌정하자 관원이 절을 올렸다. 약용 역시 두 손을 방바닥에 짚어 맞절했다.

"참의 영감, 시생은 나주목의 교수(敎授)로 있는 정기원이라 합니다."

"허어, 참의라니 망발이오. 나라에 죄를 지어 귀양살이하는 죄인에게……"

교수라면 수령을 보좌해 정사를 처리하고 향교의 유생을 훈육하는 종육품 문관직이었다. 젊은이는 잠깐 우물쭈물하더니 말을 이었다.

"그렇게 말씀하시오면…… 선생님이라 하겠습니다."

약용은 빙긋 웃으며 가볍게 고개를 끄덕여 보였다.

"그래, 언제 환로에 드셨소? 관향은 어찌 되시고?"

"예, 신축생(정조 5년)으로 경오년 식년문과 을과로 입격했습니다. 동래 정가 직제학공파이옵고 제 선친은 현 자, 순 자를 쓰시온데 밀양부사를 지내셨습니다. 하옵고…… 제가 선생님의 선성을 일찍이 들었사오니 말씀을 낮추시지요."

이 관원의 아비인 정현순은 병오년(정조 10년) 약용이 정시 초시에 수석했을 때 함께 입격했던 사람이었다. 신축생이라면 이제 서른넷, 장남 학연보다 두 살 위였다. 약용의 망막 위로 아비를 잘못 만나 폐족이 되어 과시에도 나서지 못하는 아들의 모습이 스쳐 지나갔다.

"아, 그런가? 선친은 나와 동년 입격한 분이니 죄인의 처지로 관원에게 하대하는 게 민망하네만 크게 망발은 아닐 듯하구먼."

그런 수작이 오가는 중에 방문이 조심스레 열리더니 상이 찻상을 들고 들어왔다. 집 뒤 차나무에서 따낸 우전이었다. 약용은 데워낸 사발에 담긴 물을 찻잎이 든 다관에 따랐다. 그리고 얼마간 우려낸 다음 찻잔에 따랐다.

"자, 드시게."

정기원은 아직까지 벌겋게 곱은 손으로 찻잔을 집어 들고는 조심스럽게 한 모금 삼켰다.

"헌데, 무슨 일로 이 초라한 적소를 찾으셨는가?"

정기원은 대답 대신 바람을 맞아 제풀에 반쯤 열린 장지문 밖을 슬쩍 내다보았다. 눈보라가 거세게 휘몰아치고 있었고 마당엔 눈이 소복이 쌓여 있었다. 뜸을 들이던 정기원이 뚜벅 입을 열었다.

"시생이 선생님을 찾아뵌 것은 다름이 아니오라 본읍 안전의 소청을 전하고자 함입니다."

"허, 모를 일이로다. 대읍의 관장께서 한낱 유배 죄인에게 청할 일이 무어 있다고?"

정기원은 허두를 떼기가 쉽지 않은지 다시 뜸을 들였다. 이윽고 난처함을 털어버리려는 듯 빠른 어조로 말을 이었다.

"지난해 섣달에 본읍에서 해괴한 일이 일어났습니다. 상풍패속(傷風敗俗)의 일이오라 입에 올리기 자못 민망하오나……"

"허, 상풍패속이라니?"

"본읍의 한 백성이 몰래 음행을 벌이던 중 음녀와 더불어 불에 타 죽었는데 일이 하도 괴이하고 수상쩍은지라 도무지 갈피를 잡기 어렵습니다. 방화로 보기에도 석연치 않사옵고 또한 실화라 단정하기도 어려운 정황이어서……"

정기원이 사건의 경위를 설명하였다.

지난 섣달 열사흘, 나주 백성 나은갑의 셋집에서 불이 나 남녀가 타 죽은 채로 발견되었다. 은갑의 진술에 따르면 서른다섯 먹은 김점룡이란 친구가 전날 초경(밤 8∼10시) 무렵 유소사(柳召史)란 여인과 함께 찾아왔다. 점룡은 은갑에게 방을 빌려달라고 청했다. 은갑이 오래 쓰지 않은 빈방을 빌려주자 점룡은 여인을 방에 들여보내고는 지고 온 땔감 석 단으로 불을 때고는 남은 숯불을 화로에 담아 방에 들여갔다.

은갑은 제 방에 들어와 아내와 함께 잠이 들었는데 다음 날

해가 중천에 뜨도록 기척이 없어 문밖에서 점룡을 불렀으나 대답이 없었다. 방문이 젖어 있었고 문틈으로 연기가 새어 나왔으므로 문을 부수고 들어가 보니 화염이 치솟고 연기가 자욱했다. 서로 껴안고 누운 남녀가 숯덩이가 되어 있었다. 은갑이 크게 놀라 집주인인 고은옥을 불러 함께 불을 껐다. 불은 지붕까지 번지지는 않았지만 두 몸은 불에 타 문드러졌다. 점룡의 오른발이 화로에 올라 있었는데 깊이 잠든 뒤에 화롯불이 옮아 붙었는지 어쩐지는 알 수 없었다. 그런데 화로에 걸쳐진 발은 멀쩡한데 몸뚱이만 타서 다들 괴이하게 여겼다.

"흠."

약용은 말없이 정기원의 이야기를 들었다.

"화롯불에 의한 실화라면 두 남녀가 불에 타면서도 꼭 껴안은 채로 죽었을 리 없는데다 화로에 걸쳐진 발만 오히려 성할 수 없지 않겠습니까. 나은갑이 신고에 늑장 부린 경위를 의심해 문초했더니 김점룡에게 반년 전에 돈 쉰 냥을 빌린 정황이 나왔습니다. 그래서 이자가 남녀를 미리 죽인 다음 실화로 조작한 것으로 초검장(初檢狀)을 작성해 감영에 보고했더니 순천부사에게 복검이 맡겨졌습니다."

"그런데?"

"감영에서 제사(題詞)를 보내오기를 사건 정황이나 수사 결과에 의문이 많다고 삼검을 명해왔습니다. 본읍 안전께서 다시 형방에 영을 내려 조사해보았지만 달리 다른 단서를 잡을 수가 없었습니다. 해서 안전께서 소직을······"

"그러니까 나에게 자문을 구해보라고 하셨다는 겐가?"

"그렇습니다. 선생님은 일찍이 곡산부사로 고을살이를 하실 적에 송화현과 수안군의 살인 사건 같은 난제를 해결하신바 있고, 형조참의로 계실 때에도 양주의 살인 사건을 재조사해서 십이 년 만에 진범을 잡으시지 않으셨습니까. 게다가 요즘 전국의 형사 사건을 수집하여 책으로 쓰고 계시다는 소문을 듣기도 했고······ 해서, 선생님께서 조용히 본읍에 내왕하셔서 검안 문서도 살피시고 죄인들을 취조해 진상을 밝혀주십사 하는 것이 저희 안전의 당부입니다."

"허어, 그건 안 될 말이네. 내가 적소를 무단이탈할 수는없는 노릇일세. 나주목사는 영명한 분인데 일개 화재 사건으로 죄인에게까지 아쉬운 소리를 하실 리 없네. 잘 헤아려서가닥을 잡으실 테지."

기원이 무릎걸음으로 약용에게 다가왔다. 그리고 목소리를낮추었다.

"실은, 지금 조정에서 각 군현이 적용한 형률의 잘잘못을점고하고 있습니다. 얼마 전 경상도 상주의 살인 사건 수사가잘못되었다고 한 선비가 상소를 올렸는데 전하께오서 진노하셔서 미제 사건은 물론 확정 판결이 난 것도 다시 법에 따라회계(回啓)하라 형조에 명하셨습니다. 이번 사건도 감영에 올린 초검장과 순천부사가 올린 복검장의 내용이 달랐다고 합니다. 해서 감사께서 초검과 복검장을 첨부한 계장을 형조에 올리는 한편 저희 안전께 삼검을 명했습니다. 나은갑의 처가 감영에 탄원서를 넣은 게 결정적이었지요. 해서 안전의 고심이 큽니다."

약용은 고개를 끄덕였다. 사정이 그렇다면 나주목사가 좌불안석인 이유를 짐작 못할 바도 아니었다. 살인 사건이 발생하면 해당 군현 수령이 수사한 다음 초검장을 관찰사에게 보내면 감영이 인근 군현의 수령에게 복검을 의뢰하는 것이 절차였다. 복검관은 사건 내용을 전혀 모르는 상태로 초검 때와 똑같이 검시하고 관련자들을 심문한 후 복검장을 관찰사에 보낸다. 관찰사는 두 건의 보고서를 대조한 후 의혹이 없으면 사건을 종결하고, 시체를 유족에게 내주어 매장하도록 한 후 검안(檢案)을 정리하여 형조에 보고했다. 만일 의혹이 남으면 형조는 삼검은 물론 사검도 명했다. 수사에 소홀함이 있거나 뇌물을 받고 조작한 사실이 들통나면 수령의 파직은 물론 중형에 처해지는 것이 법도가 아닌가.

전조[정조] 때인 기미년(1799년) 4월 약용이 곡산부사에서 내직으로 돌아오는 길에 임금의 특명으로 형조참의로 승차했을 때도 그랬었다. 전국의 형사 사건을 재심하라는 어명이 자신에게 내려졌던 것이다. 확정 판결이 난 지 십 년이 넘은 것을 포함해 특히 부당한 사안을 뽑아 경연에서 상주하자 임금이 제반 문건을 어람하시고는 초검을 잘못한 수령을 파직했고 약용은 전하의 수결을 받아 무고히 죄를 입은 자들을 석방했던 것이다. 자칫 목이 달아날 판이니, 나주목사는 예물과 나귀까지 갖추어 이 젊은 관원을 보냈을 것이었다.

"자네 안전의 처지는 딱하네만, 그렇다고 어디 내가……"

"선생님께서 곧 해배되어 조정에 귀임하실 것이란 소문이 파다한데 별일이야 있겠습니까. 저희 안전께서 강진 현감에게 묵인해줄 것을 청하는 서찰을 쓰셨으니 며칠만 시간을 내주십시오."

약용은 눈길을 마당으로 돌렸다. 어느새 날이 저물었는데 마당가 연못의 얼음판에도 눈이 소복이 쌓여 있었다. 적소의 관할지를 넘는 건 마음에 걸렸지만 유배된 지 어언 십오 년, 초기의 엄중한 감시도 느슨해진 마당이라 강진 현감이 눈감아준다면 며칠 비운다 해서 새삼 문제 될 것은 없을 것이었다. 게다가 사건 역시 흥미를 끌었다. 남녀가 꼭 껴안고 죽었는데 방화인지 실화인지도 알 수 없다니. 갖가지 기이한 형사 사건을 분석해 형률 집행의 옳고 그름을 따지는 책을 쓰고 있기도 하니…… 무엇보다 억울하게 죄를 입는 백성이 있어선 안 될 일이었다.

약용은 고개를 돌려 젊은 관원을 마주 보았다. 정기원은 약용의 얼굴만 바라보고 있었다. 그는 천천히 고개를 끄덕였다.

"자네 안전의 청이 그렇듯 곡진하시니……"

정기원은 하룻밤 묵으라는 만류에도 불구하고 초당을 내려갔다. 강진현의 객사에서 유숙하고 다음 날 일찍 찾아오겠다며 어두운 대숲 길을 내려갔다.

이튿날 진시에 약용은 상을 데리고 길을 떠났다. 솜을 둔 두루마기를 입고 휘양(머리에서 목덜미까지 덮는 방한모)까지 썼건만 목깃을 파고드는 바람은 매서웠다. 붓과 벼루, 그리고 안경이 든 필낭이 나귀의 엉덩이에 매달려 달랑거렸다.

나주까지의 이백 리 길은 멀었다. 높고 험한 월출산 풀티재를 넘을 적에는 관노에게 견마 잡힌 나귀가 눈길에 자주 미끄러져 몇 번이나 낙마할 뻔했다. 영암의 객주에서 하루를 묵고 다시 여운재를 넘어 금정, 동창을 지나 나주 읍성에 도착한 것은 다음 날 유시 무렵이었다. 동문을 지나 밤마을에 들어섰을 때 약용은 옛 생각에 문득 목이 메었다. 십오 년 전 약전 형님과 함께 유배를 왔을 때 형제는 이곳 주막에서 하루를 묵고는 흑산도와 강진으로 생이별을 했던 것이다.

이슥해서야 나주 관아에 닿았다. 정문인 정수루(正綏樓)를 넘어 동헌 앞에 서자 기원이 댓돌 앞에 서서 "참의 영감을 모시고 왔습니다" 하고 거래를 올렸다. 장지문이 벌컥 열리더니 목사가 상반신을 드러냈다. 약용은 짐짓 두 손을 맞잡았다.

"죄인 정약용, 목사께 현신이오."

목사는 버선발로 뛰쳐나와 약용의 손을 끌었다.

"정 참의, 원로에 노고가 크셨소이다. 현신이라니 그 무슨 민망한 말씀을…… 날이 찬데 어서 오르시오."

정청 옆 큰방에 들어서서 약용은 목사와 맞절을 했다. 군불을 얼마나 넣었던지 온돌방이 절절 끓었다. 출사가 늦었던 듯 목사는 환갑을 두어 살 앞둔 늙은이였다. 크게 모진 데는 없어 보였지만 축 늘어진 볼살에 총기 없는 눈빛은 선정을 베푸는 목민관의 풍모와는 거리가 멀었다. 상석에 앉은 목사가 설렁줄을 당기자 미리 준비를 해두었던지 곱게 차린 기녀 둘과 함께 다담상이 나왔다. 산적에, 떡갈비에, 갖가지 해물과 나물에다 나주 특산인 홍어애탕까지 곁들인 떡 벌어진 상이었다. 약용은 쓴웃음이 나왔다. 사학 귀신이라 타매하며 자신을 송충이처럼 피했던 지방 수령들이 아니었던가. 이자가 급하긴 급한 모양이구나. 목사가 직접 술을 치며 설레발을 쳤다.

"자 자, 따끈한 술 한잔하시오. 소관이 무능하여 이 추운 날 먼 길을 오시게 했으니 면목 없소이다. 참의께서 직접 우리 고을 형옥의 일을 살펴주신다니 한시름 놓았소이다."

목사와 술잔을 서너 순배 나누던 약용은 자리에서 일어섰다.

"관장께서도 이제 내아로 돌아가 쉬셔야 할 것인즉 저는 이만……"

곁에 앉힌 기녀를 데려가라는 목사의 은근한 제의를 약용은 쓴웃음으로 사양했다.

다음 날 새벽 약용은 소세하고 옷을 갖춰 입은 다음 필낭에서 안경을 꺼내 쓰고는 간밤에 기원이 가져다준 문건을 읽었다. 나주목의 초검장은 기원의 말과 큰 차가 없었다. 약용은 시장(屍帳, 시신검험서)도 읽어보았다.

'두 눈구멍에서는 선혈과 흰 즙이 흘러나와 서로 섞였고 어금니는 꽉 다물었으며 왼쪽 어깨의 쇄골이 데어 꺼멓고 왼쪽 견갑과 겨드랑이가 데어 문드러졌으며 팔꿈치와 두 손도 데어 문드러졌다. 또한 갈빗대와 옆구리, 하복부나 사타구니가 데어 문드러졌고 살갗은 오그라들었다. 자지는 발기되었으나 까맣게 데었고 불알도 까맣게 탔다. 피가 흐른 자국이나 칼에 찔린 흔적은 없었다.'

여인의 시장도 남자와 비슷했는데 오른쪽 겨드랑이와 가슴이 까맣게 탔고 생식기도 까맣게 데었으나 두 다리와 얼굴 그리고 열 개의 발톱은 온전하다고 쓰여 있었다. 약용은 초검과 재검 때 『무원록(無冤錄)』이 정한 절차를 밟았는지도 꼼꼼히 살폈다. 별다른 잘못은 없어 보였다. 시신 역시 규정대로 거적에 말아 구덩이에 넣은 다음 문짝으로 덮어 그 위에 흙으로 봉토를 만들고 회를 뿌려놓았다고 돼 있었다.

객사로 날라져 온 조반을 치렀을 때 관복 차림의 정기원이 찾아왔다.

"어떻게…… 죄인을 심문하시겠습니까."

약용은 고개를 끄덕였다.

"허나, 내가 동헌 뜰에서 소란 떨 처지가 못 되니 죄인을 객사의 뒤뜰로 조용히 데려오게. 형구를 차릴 필요는 없네."

끌려온 사내는 한 달 넘은 옥살이로 초췌했다. 떡이 진 머리 칼은 봉두난발이었고 피멍 든 얼굴은 시퍼렇게 추위에 얼었으며 차코를 찬 발목은 벌겋게 짓물러 있었다. 나졸이 사내의 무릎을 차 섬돌 앞에 꿇렸다. 약용은 문이 활짝 열린 객사 상방에 앉았고 기원이 배석관 시늉으로 약용의 발치에 앉아 있었다. 툇마루엔 붓을 든 나주목의 형방이 서안을 끼고 있었다.

"고개를 들라."

약용과 사내의 눈이 마주쳤다. 나이깨나 먹은 낯선 도포짜리를 보자 또 무슨 경칠 일인가 싶었던지 사내의 눈에 겁이 더럭 실렸다. 약용은 어조를 낮추어, 그러나 목소리에 힘을 실어 물었다.

"네가 나은갑이 맞느냐?"

"예? 예에."

"네가 김점룡과 유 소사를 방화 살해하였다지?"

사내의 눈이 한껏 벌어지더니 펄쩍 뛰는 시늉을 했다.

"몇 번을 말씀디리야 한다요? 소인은 절대로 점룡이를 죽인 적이 읎구만이라. 하룻밤만 방을 빌려달람시로 하도 졸라 싸서 마지못혀서 빌려준 죄 말고는 읎어라."

약용은 서안에 놓인 검험서를 집어 흔들어 보였다.

"여기 본읍에서 조사한 내용이 다 있다. 한 치라도 거짓말을 해선 살아남지 못할 게야. 네가 점룡에게 진 빚을 갚지 못하자 두 사람을 죽인 연후에 방에다 불을 지른 게 아니냐."

"아, 아니어라. 지가 점룡이에게 돈을 빌리긴 혔어도 올 삼월까지는 갚겠다고 약조를 혔고 점룡이가 갚으라, 재촉한 적도 읎었는디라."

"그럼, 네가 무슨 약점을 잡혔기에 그자가 외간 여인과 음사를 벌이도록 방까지 빌려줬단 말이냐?"

"그, 그건……"

사내가 말을 더듬자 툇마루에 앉았던 형방이 눈을 부라렸다.

"이놈아, 얼른 이실직고하지 못하겠느냐? 저런 육시랄 놈 같으니……"

약용은 말없이 사내를 내려다보았다. 추위 때문인지 두려움 때문인지 어깨를 떨던 사내는 한참 만에야 더듬더듬 말을 시작했다.

"지, 지는 점룡이와 고추 친구였제라. 성 밖 싸릿골에서 함께 자랐는디요. 수향이는 우리네 옆 마을인 물골에서 살았고요. 헌데, 두어 달 전에 점룡이가 허는 말이……"

수향이란 유 소사의 이름일 것이었다. 약용이 더 말하라는 듯 고개를 주억거려 보였다.

"그러니께 그게 벌써 이십 년 가까운 옛날이야그구만요. 점룡이와 지는 농사꾼 자식이었고요, 수향이 아버지는 성내 관아의 장교살이를 다녔구만이라. 장교라고는 혀도 급료가 박

허니께 농사도 항군에 지었제라. 그려도 인근에선 수향이네 집이 질로 포실혔지라. 점룡이가 수향이와 눈이 맞았는디 둘이 죽고 못 살았지라. 그란디 어느 날 덜컥 수향이가 서울의 높은 무관의 첩이 되어뻤졌구만요. 뭐 녹도만호를 지내던 이가 호군(護軍)인가로 승차혀서 한양길로 가던 길에 나주목에 들렀는디 수향이 아부지가 이 냥반을 하룻밤 자기네 집에 모셨다등만요. 동네 사람들은 수향이 아부지가 딸을 첩살이로 팔아먹었다고 손가락질도 혔제라."

약용은 나은갑의 진술을 가만히 듣고 있었다. 무시할 수 없는 벼슬아치가 유숙을 청하는데 관아의 객사가 비좁으면 병방이 끼끗한 집 꼴이나 가진 관내 장교에게 모시라 지시했을 법도 했다. 중인이라고는 하지만 향읍의 하급 장교 따위로서 막 승차해 기고만장한 한양 사영의 정사품 호군짜리의 위세에 눌려 딸을 내준 것도 드물기는 하나 있을 수 없는 노릇도 아니었다.

"수향이가 한양 양반을 따라가고 나서 점룡이의 낙망한 정경은 친구로서 보기 딱할 정도였당께요. 어쨌든지 세월이 흘러서 다른 여자와 혼인을 허고는 아들딸 낳었지요. 점룡이는 고향에서 농사를 짓고 지는 장사로 생업을 바꾸어 나주성 안에 들어와 살았구만이라. 지는 점룡이가 옛날 일은 다 잊어뻤진 줄만 알았지요. 헌데, 긍께 한 두어 달 전 이 친구가 느닷없이 찾아와설랑 지를 주막으로 끌고 가더랑께요. 술이 들어가니께 미친높처럼 웃고 울고 알아듣지 못할 소리를 중얼중얼 해쌌등마요. 머시냐, 수향이가 한양 양반 첩살이를 작파하고 나주로 돌아왔다나, 뭐라나. 혀서 소인이 옛날 일은 이미 물에 다 떠내려간 것이니 아여 딴맘일랑 묵지 말라고 침을 줬지라. 그란디 작년 섣달에 친구가 느닷없이 찾아왔어라. 아무것도 묻지 말고 빈방이 있으면 하룻밤을 빌려달라등마요. 무슨 뚱딴짓소린가 싶어 담 밖을 보니 희끗희끗 그림자가 어리는 거이 장옷을 쓴 여자 하나가 서 있등마요. 혀서 소인이 '이 미친높아, 그여 일을 벌이는 게비냐'고 눈을 부라렸더니 점룡이가 내 소매를 붙들고 통사정을 하지 않겄어라. 지가 점룡이와 수향이의 첫정을 아는 터라 그 정경이 애달프기도 혀서 박절하게 쫓아내지를 못혔제라. 그래서 이 일을 어쩔끄나 함시롱도 방을 내주었는데 그 꼴이……"

약용은 나은갑에게 몇 가지 더 묻고는 다시 하옥하라 일렀다. 그러고는 오후에는 김점룡의 아내 김 소사를 불렀다. 농사꾼의 아내답게 엄전한 여염 부녀였다. 약용이 남편이 죽던 날의 행적을 묻자 그녀는 이렇게 답했다.

"지난해 섣달 열이틀이 시아버지의 대상이었는디 점심을 묵자마자 남편이 아들을 시켜 제사 지낸 고기를 단골 술집에 보내라 하등마요. 저녁을 묵고는 밖에 일이 있어 나간다던 남편은 밤새도록 돌아오지 않았는디 이튿날 이웃집 아그가 숨이 차 뛰어와 하는 말이 남편이 고은옥이네 집에서 불에 타 죽었다고 혔제라. 낭중에 술장수 노파에게 물어본께 그 고기를 대접한 사람은 반남(潘南) 길가에 사는 여자라 하등마요."

"그럼 남편이 죽은 현장을 직접 목격했던가?"

"예. 급히 가서 본께 연기가 방에 가득 차 있더구만이라. 남편의 머리가 웬 여자의 오른팔을 베었고 여자의 다리는 남편의 배 위에 걸쳐 있었제라."

여인의 진술 역시 검험서와 크게 다른 대목은 없었다. 눈물을 비 오듯 흘리던 여인이 말을 이었다.

"쩌기…… 그란데 나리, 제 남편의 시신을 그만…… 내주시면 안 되겠어라?"

"수사가 끝나지 않았으니 임의로 내줄 수는 없네. 그런데 왜 그러나?"

여인은 한참을 쭈뼛거리다가 말을 이었다.

"지 남편이 남의 손에 죽었거나 급살 맞았거나 한 달이 넘도록 장사를 못 치르고 있응게 미우나 고우나 계집 된 마음에 하도 짠혀서…… 그려도 제 남편은 평생을 못 잊던 정인과 한날한시에 죽었으니 여한은 읎을 게라."

"알았네. 빨리 수사를 종결해서 시신을 내줄 테니 기다리게나."

김 소사를 내보낸 다음 약용은 사건의 의문점을 하나하나 정리해보았다. 복상사하는 일은 가끔 있지만 대개 남자만 죽는 법인데 이번처럼 남녀가 함께 죽은 것이 첫째 의문이었다.

불이 나면 밖으로 뛰쳐나가려고 버둥거리는 게 보통인데 팔을 베고 껴안은 채 죽어 있었다니 그 또한 괴이한 일이었다. 불이 붙어 옷이 탔으나 버선은 오히려 멀쩡한 것이 셋째 의문이었다. 불은 아래로부터 타기 시작하여 위로 올라가는 법인데 허리와 배가 새카맣게 탄 반면 등은 거의 타지 않았으니 이 또한 수수께끼가 아닐 수 없었다. 그 와중에 사내가 자지가 발기된 것도 이해하기 어려웠다. 그들이 누웠던 곳의 재와 먼지를 깨끗이 쓸고 초(醋)를 뿌려봤는데도 방바닥에 핏자국이 발견되지 않았으니 칼에 찔려 죽은 것은 아니었다. 목구멍에 들어간 은비녀가 변색되지 않았으니 독살 또한 아니었다. 『무원록』에 이르기를 '강제로 목이 졸려 살해된 후 시체를 몰래 불 속에 던져 넣은 경우엔 머리털이 누렇게 타고 얼굴에서 전신에 이르기까지 위아래가 모두 검게 타며 피부가 쪼그라들어 쭈글쭈글해진다'고 했지만 남녀의 머리카락이 온전하니 다른 곳에서 목을 졸라 죽인 다음 시신을 옮긴 위장 방화일 가능성도 크지 않았다.

약용은 뒷짐을 지고 객사의 방을 서성거렸다. 생각할수록 사건이 미궁에 빠져드는 느낌이었다.

두 남녀의 죽은 모습이 마치 꿈꾸는 듯 보였다……

그는 초검발사에 쓰인 구절을 곱씹었다. 불에 타서 죽어가는 순간에도 서로 굳게 껴안은 채 꿈꾸는 듯했다니 도무지 알 수 없는 노릇이었다. 그 남녀의 음욕이 얼마나 강했기에 그럴 수가 있었을까. 글쎄, 음욕이라……

　다음 날 조반을 치른 다음 약용은 관아를 나섰다. 현장 검증을 나선 길이었다. 정기원과 병방 나졸 하나를 딸린 채였다. 그동안 초검이니, 재검이니 해서 여러 관원이 다녀갔을 터이지만 일단 현장에 가보지 않을 수는 없었다. 약용은 김점룡과 유수향이 불에 타 죽은 방에 쳐진 금줄을 젖히고 안으로 들어갔다. 타다 만 방은 벽이고 천장이고 거멓게 그을음이 눌어붙어 있었고 방바닥엔 화로가 뒹굴고 있었다. 타다 만 요에는 사람 둘의 형상으로 누런 기름기가 배어 있었다. 이곳저곳 주의 깊게 살폈지만 한 달이나 지난 터라 예상대로 건질 단서는 없었다. 현장에서 나오는데 기원이 뚜벅 물었다.

　"선생님, 어떻게…… 실마리가 잡히는 것 같습니까?"

　약용은 빙긋 웃었다.

　"글쎄, 무어 아직은……"

　객사인 금성관으로 들어서다가 약용은 문득 정기원을 돌아보았다.

　"김점룡에게 노모가 있다고 했던가?"

　"예, 그렇게 들었습니다만."

　"초검과 재검에서 그 어미를 불러 진술을 들었던가?"

　"글쎄요. 사건과 직접 관계가 없어서 따로 진술을 듣지는 않았던 것 같습니다."

"그래? 그럼 내일은 그 어미를 불러오도록 하게."

"예."

몇 발자국 더 떼다 약용은 한마디 덧붙였다.

"아, 그리고 두 사람 사이에 오간 서찰이나 뭐 정표 같은 것도 있을 법하니 나졸을 시켜서 한번 훑어보게나."

김점룡의 어미가 불려온 것은 다음 날 사시 무렵이었다. 그 어미를 데리러 갔던 나졸은 점룡의 방 문갑에서 유수향이 보낸 편지도 찾아 왔다. 수향의 집에서도 점룡의 편지가 나왔다. 점룡의 어미는 환갑이 넘은 노파였다. 약용은 노파를 객방으로 올라오게 했다. 노파는 황송한 기색으로 윗목에 쪼그려 앉았다. 그녀가 긴장한 기색이 역력했으므로 약용은 부드러운 목소리를 냈다.

"그래, 아들이 비명횡사했으니 얼마나 상심이 크겠나."

"……"

노파는 방바닥에 시선을 고정한 채 말이 없었다.

"내가 자네를 부른 것은 새삼 괴롭히려는 게 아니라 망자의 사인을 밝히려는 뜻이네. 죽임을 당했다면 범인을 찾아내야 망자의 원한이 풀릴 것이고, 스스로 죽었다면 또한 그 까닭을 밝혀내야 억울하게 죄를 입는 자가 없을 게 아니겠나."

그래도 노파는 말이 없었다. 잠깐 뜸을 들이다가 약용은 말을 이었다.

"그래, 나은갑의 이야기로는 자네 아들과 유 소사가 처녀 총각이었을 적 첫정이었다는데 사실인가?"

노파는 고개를 떨어트린 채 한참을 앉아 있더니 기어드는 소리로 중얼거렸다.

"그렇구만이라."

"좀 더 자세히 말해보게."

"저희는 지금은 비록 무지렁이 농사꾼이라 하나 원래는 양반 가문이었지라. 점룡이의 육대조가 효종대왕 때 함평 현감을 지냈지만 그담에는 현관이 나오지 않았고 더구나 저희는 지손이라 점룡이의 조부 대부터 농사꾼 지체로 떨어져부렸구만이라. 가난한 살림이었어도 점룡이 아부지가 아들을 서당에 보내 소학권이나 떼게 했제라. 이웃 마을의 서당에 다니면서 그 마을 장교네 딸과 눈이 맞았등가 봅디다."

"그래서?"

"그 소문이 제 아부지의 귀에 들어가서 점룡이가 경을 쳤구만이라. 점룡이 아부지는 비록 집안이 영락해 토반 부스러기도 못 되는 농사꾼의 처지가 됐다고는 혀도 엄연히 족보가 있는 양반의 후예로서 어찌 중인의 여식과 혼인을 할까비냐, 너를 서당에 보낸 것은 혹시라도 과거나 해서 집안을 일으킬랑가 허는 기대 때문인데 공부는 뒷전이고 계집과 분탕질이 머시냐고 귀쌈까지 때렸제라. 그 장교 집에서도 농사꾼인 우리 처지가 마음에 들지 않았던가 딸을 단속했다등마요."

"흠……"

"서리 맞은 푸성귀 꼴인 아들놈이 보기 딱혔지요. 혀서 쉰 네가 점룡이 아비에게 대들었당께요. 우들이 양반의 핏줄이라고는 혀도 세상에 누가 양반으로 대접허느냐, 무슨 수로 다시 버젓한 현관을 내겄느냐, 저리다가 공연시리 아이 하나 망치겄다. 애 아부지가 말이 없길래 되든 안 되든 통혼이나 혀 보자고 매파를 부를 참인디, 한양의 높은 무관이 그 집 딸을 양첩으로 채갔다는 소리를 들었어라."

이 대목에서 노파는 말을 끊더니 저고리 고름으로 마른 눈물을 찍어내는 것이었다. 노파는 한참 만에야 갈라진 목소리로 이야기를 이어갔다.

"그 이후로 점룡이의 정경은 딱혀서 볼 수가 읎을 지경이었제라. 식음을 전폐하고 드러누워 있더니 산이고 들판이고 밤낮으로 쏘댕겼어라. 지 말로는 속에서 불이 솟구치는 듯해서 미칠 것 같다고 혔제라. 그라더니 대처 바람이나 쐐야 쓰겄다고 애비 몰래 집을 나가서는 반년 만에 지게에 실려왔는디 온 삭신에 피멍이 들고 엉덩이가 걸레처럼 해지고 뼈마디 하나 성한 곳이 없었제라. 혈분까지 내서 보는 사람마동 살아나지 못할 것이라고 했습지요. 두 달 만에 자리를 털고 일어났는디 그때부터 말을 잃었제라. 한참 후에야 알고 보니 이눔이 한양의 무관집을 찾아가선 월장을 혔다가 멍석에 말려 무릿매를 맞았다고 험디다. 하인들이 집 밖에 내쳤는디 수향이가 수발

드는 안잠자기를 시켜 몰래 사람을 사서 점룡이를 의원에게
보여 제우 목심을 살렸다 하등마요."

약용은 묵연히 이야기를 들었다. 노파는 하소연하듯, 갈라
진 목소리로 오래 묵은 이야기를 중얼거렸다.

"아들이 몸을 추슬르자 서둘러 맞춤한 양민 집 딸과 혼인
을 시켰지라. 이놈이 이번에는 수격수격 시키는 대로 하등마
요. 메누리가 무던한 아이라 지금까지 아들딸 낳고 십팔 년
동안 탈 없이 농사짓고 살아왔제라. 재작년에 시아비가 세상
을 떠난 후 대상도 아금받게 치렀고요. 그런데 반년 전에 사
달이 나고야 말았습니다. 아 글씨, 고 급살 맞을 년이 고향으
로 쫓겨 내려왔다등마요. 소문을 듣자 허니 첩살이허면서 딸
을 낳았답디다. 사 년 전에 그 무관이 죽었는디 안방마님이
원래 투기가 많았던 모양이등마요. 더는 첩과 한집에서 살 수
없다면서 맨몸으로 모녀를 내쫓았다더구만요. 수향이는 셋집
에 살면서 바느질로 호구를 했는디 딸까지 역질에 잃었다등
마요. 졸지에 적막해진 수향이가 친정 근처에서나 살겄다고
여그로 왔는디 그 친정이 또한 첩살이하다 쫓겨 온 딸을 부끄
럽게 여겨 집에 들이지 않았답디다. 혀서 나주 읍내에서 기생
첩들 바느질을 하며 살았는디 그만 지난해 여름에 나주장에
닭을 팔러 나갔던 점룡이와 마주쳤뻔지지 않았겄어라? 이 속
읎는 눔이 술에 꼭지가 돌아 왔는디 그런 실성한 놈이 없었지
라. 닭을 넣었던 어리는 달아나고 개천을 건너다 자빠졌는지

이마는 깨지고 물에 빠진 생쥐 꼴이었는디 밤새도록 기집 이름을 부르며 난리를 쳤어라. 그라더니 담날부터 농사를 작폐하고 읍내로만 댕겼지라. 이눔아, 지금 아버지 대상인데 상주 된 놈이 이럴 수가 있간디 하고 따지면 한 사날 집에 처박혀 있다가 다시 미친눔 맹키로 빠져나가니 어디 메누리 볼 낯이 있었간디요."

약용은 고개를 주억거렸다. 그 이후의 이야기는 더 들어볼 것도 없을 것이었다. 노파를 내보내고 난 다음 약용은 나졸이 찾아온 언문 서찰을 펼쳐 읽었다. 먼저 점룡이 보낸 편지였다.

내 지난 이십 년이 천지간에 적막하더니 이제 다시 자네를 만나 마른 가지에 새잎이 돋은 듯하오. 자네와 해후할 때를 다시 생각하면 기연이었거니와 자네를 그리던 내 간절함에 하늘이 응답하심이 아닐까 하오. 그때 내가 읍성 안 남문외장의 주막에 있지 않았다면, 막걸리 잔을 놓고 거리를 무심코 내다보지 않았다면, 그리고 돌개바람이 일어 자네가 쓴 장옷을 날려 보내지 않았다면 내 어찌 자네를 알아챌 수 있었으리오. 긴가민가 주춤주춤 다가갔을 때 놀람으로 한껏 눈이 커지며 나를 올려보던 자네의 얼굴을 내 어찌 잊을 수 있으리오. 아리땁던 규수의 얼굴은 세월의 풍상에 추연히 잔주름이 졌건만 그래도 내 어찌 자네를 몰라볼 수 있으리오.

내 자네를 마지막 본 것이 십팔 년 전이었거늘 그때의 통분한 심사는 아직도 어제 일인 듯 선연하이. 녹의홍상, 삼회장저고리에 스란치마 입고 곱게 분단장한 채 아미를 숙이며 가마를 탄 자네가 구렁말에 구군복을 입은 사내를 따라 동구 밖 들길 너머로 나비처럼 가뭇없이 사라졌을 적에 나는 피가 솟구치도록 이마를 동산의 소나무 둥치에 처박고 또 처박았다네. 나는 살아도 산목숨이 아니오, 그저 허깨비였거니 생각할수록 자네가 야속하고 원망스러워 앉도, 서도 못하는 세월이었소.

주막거리에서 잠깐 만난 자네 얼굴이 꿈속인 양 하 삼삼하오. 이제 자네를 다시 만난 것도 하늘의 인연이 아니겠소. 자네와 내가 처음 만났던 길목의 주막 할미에게 은근히 부탁하여 호젓한 사처를 잡을 터이니 자네는 부디 내 간절한 바람을 뿌리치지 말고 사흘 후 술시에 나와주기를 청하오.

약용은 이번엔 수향의 답서를 펼쳤다. 꼭두서니로 물들인 듯 옅은 주황빛 한지에 한 줄 한 줄 써 내려간 곱고 단정한 언문체였다.

천지간에 뜻밖으로 오라버니를 만난 지 이제 닷새, 제 가슴이 아직도 먹먹하고 벌렁벌렁 뛰나이다. 오라비께서 길을 막고 서서 '이보오, 아짐씨' 하고 저를 불렀을 때 소녀는 그만 쓰러질 듯하였나이다. 눈과 눈이 서로 마주쳤을 때 입에서 탄성인지 신음인지 모를 소리가 아! 하고 튀어나오더이다. 십팔 년 만의 노중상봉이라니 이 무슨 기박한 운명인가요. 하지만 소녀는 나주로 온 후 오라비께서 후덕한 실인을 만나 아들딸 낳고 잘 산다는 소식을 이미 들었더이다. 하오니 소녀가 무슨 염치로 나설 수 있었겠나이까.

생각해보면, 참으로 아득한 세월이었나이다. 서울 양반의 강압에 못 이긴 제 아비가 소녀를 손님방에 밀어 넣으려 했을 적에 소녀는 목을 매었나이다. 박복한 년이 그조차 어미에게 들켜 뜻을 이루지 못한 채 끝내 몸을 버리고 가마 타고 먼 길을 떠날 적에 소녀는 껍데기만 남아 있었을 뿐 정신은 물골에 남겨놓고 간 것이었나이다. 오라버니께서 한양으로 찾아와 제 거소로 월장을 하였다가 하인배들께 무릿매를 맞고 거적에 싸여 버려졌다는 소식을 들었을 제 소녀의 심정이 어떠했겠는지요. 찢어지는 마음을 드러낼 수도 없어 가슴 깊은 곳에 피멍울이 졌답니다. 이제 오라버니가 일가를 이루어 잘 사신다니 소녀는 그것만이 다행이옵고 다른 욕심이 아무것도 없삽나이다. 오라버니의 뜻은 너무도 잘 아오나 이제 다시 소녀를 만나신다면 모처럼 이룬 집안의 화평이 깨질 터이니 부디 자중자애하옵소서.

그러고는 만나자느니, 안 된다느니 하는 편지가 다시 두어 번 더 오간 눈치였다. 그랬다가 사건 전날 김점룡이 주막 할미를 시켜 제수 음식과 함께 만날 것을 청하는 편지를 보내자 유수향이 마침내 뜻을 굽혀 찾아온 모양이었다. 그리하여 점룡이 호젓한 곳을 찾노라고 수향을 데리고 나은갑의 집을 찾아갔을 터였다.

그런데, 점룡과 수향은 어쩌다 불에 타 죽었단 말일까. 어쩌다 그 간절한 만남이 화마에 휩싸여 파탄 났단 말일까. 이승에서 못다 이룬 사랑을 저승으로 옮겨가려고 함께 죽기를 기약했다는 것일까.

약용은 뒷짐을 지고 금성관 뜰을 거닐었다. 생각할수록 오리무중이었다. 고심을 거듭하는 그의 모습에 상도 스승의 눈치만 볼 뿐이었고 정기원도 말을 붙이지 못하였다. 그렇게 이 생각, 저 생각만 궁굴린 지 이틀 만이었다. 서안에 앉아 초검, 복검 검험서와 두 남녀의 편지를 뒤적거리던 약용의 머리에서 문득 아득한 옛날의 기억이 섬광처럼 튀어 올랐다.

피맛골 어느 술자리에서 박제가와 이덕무가 젊은 선비들을 불러 만든 술자리였다. 약용이 소과에 합격해 진사가 됐을 무렵이었다. 박제가와 이덕무는 서얼이었지만 그때 정조의 부름을 받아 규장각의 검서관으로 일하고 있었다. 술기운이 오르자 음담도 왁자했을 것이다. 무슨 말끝엔가 이덕무가 술에 취해 떠들었다.

"사람의 몸은 모두 물과 불이 모인 것이거든. 그래서 도가

(道家)에선 물을 올리고 불은 내리는 것을 극공(極工, 지극함을 다함)이라 했고, 의가(醫家)에선 음(陰)을 북돋아 불을 내리게 하는 것을 지요(至要, 지극히 중요함)라 했단 말일세. 음욕이란 것은 섶과 같아서 음욕에 이끌려 정욕의 불이 세차게 되면 사람의 몸이 타는 것은 얼마든 있을 수 있단 말이지."

만 권의 경서를 읽어 별명조차 '책만 읽는 바보[看書癡]'였던 이덕무였다. 술에 취하면 동서고금을 넘나드는 박람강기를 과시하곤 했던지라, 이 검서관은 이제 보니 음담까지 꿰뚫은 모양일세, 하고 다들 웃고 넘어갔던 터였다. 그랬는데, 삼십 년도 더 지난 기억이 망각의 장막을 뚫고 불쑥 솟아올랐던 것이다.

'음욕이란 섶과 같아서 정욕의 불이 세차지면 몸이 탄다……'

이덕무가 남녀가 방사를 할 때 음욕이 지나치면 스스로 몸에서 불이 일어난다고 했을 때 약용은 '원, 세상에 설마 그런 일이 있으려구. 허풍하고는……' 하면서도 덕무가 이십 년이나 존장이어서 따지지 않고 웃고 넘어갔었다. 그런데 이제 보니 막상 허풍만은 아닌 듯싶었다.

사람이 손을 마주 비비면 뜨거운 열이 생기지 않는가. 병가(兵家)에서도 사람의 기름 덩이로 맹화유(猛火油)를 만들어 성벽을 기어오르는 적에게 불덩이를 쏘아 보낸다 하지 않았던가. 그만큼 사람의 기름은 인화성이 강하다는 이야기일 터였다. 가만, 초검 보고서에 뭐라고 돼 있었더라. 그래, 두 남녀의 심장과 배 속에 있던 황고(黃膏, 지방)가 다 타고 없어졌다 했지.

약용은 급히 옆방에 있던 상을 불렀다.

"너, 지금 정 교수에게 가서 책실에 주양공(周亮工)의『인수옥서영(因樹屋書影)』이란 책이 있는지 찾아봐달라고 해라."

주양공은 명조에 진사에 오르고 청조에서 시랑 벼슬을 산 사람으로 고금의 시문과 서화에서 금석문까지 통달한 박물군자였다. 두어 식경 후에 상이 책을 가져왔다. 약용은 서둘러 책을 뒤적였다. 기억 속의 대목이 책에 있었다.

'곡주현(曲周縣)의 영동(令桐) 진우계(陳于階)가 말하기를, 그 고을의 부잣집 며느리가 친정에서 돌아온 다음 날 일어나지 않았다. 문을 뚫고 들어가니 연기가 코를 찔렀는데 마치 유황이 타는 것과 같았다. 침상으로 가서 보니 이불이 반쯤 타서 구멍이 났고 두 몸이 함께 탔으나 다리 하나만은 불에 타지 않았으니 인간의 이치로는 이해할 수 없었다.'

약용은 저도 모르게 무릎을 쳤다. 여기 중국 곡주현의 일과 김점룡의 사건이 똑같지 않은가. 그렇다면…… 그는 눈을 감고 사건을 재구성했다.

고기를 싸들고 간 주막 할미를 따라나선 유수향은 주막에서 점룡과 은밀히 만났을 것이었다. 너울거리는 촛불 아래 점룡은 저고리 고름만 만지작거리는 수향의 하얀 가르마를 내려다보았을 것이다. 그러고는 술상을 앞에 놓고 지나간 추억담을 나누었을 것이다. 서로의 얼굴을 이윽히 들여다보며 무상한 세월을 탄식하기도 했을 것이다. 세상 곡절을 겪을 만큼 겪은 남녀인지라 마주치는 눈빛에서 뜨거운 정욕도 읽었을 것이다. 그래서 둘만의 공간이 필요했을 것이고 어둠이 짙어지자 점룡은 나뭇짐을 구해 들고 나은옥의 집으로 갔을 것이었다.

냉방에 불을 지피고 화로에 불을 붙인 다음 둘은 누구라 할 것 없이 껴안고 입을 맞추었을 것이다. 점룡이 떨리는 손으로 수향의 저고리와 치마를 벗겨낸 다음 무지기와 단속곳, 가슴가리개와 다리속곳을 차례로 벗겨내고…… 훌렁훌렁 제 옷을 벗어 던진 점룡이 부서져라 수향을 끌어안는다. 이십 년 동안 그리던 몸뚱이였으니 맨살이 부딪칠 때 불꽃같은 정욕이 오죽했을 것인가. 술도 한잔했겠다, 살과 살이 맞비벼지고 팔다리가 빈틈없이 얽히자 불이 튀는 듯 눈앞이 아뜩하면서 입에선 단내가 나고 온몸이 벌겋게 달아올랐으리라. 마침내 점룡의 몸이 수향을 비집고 들어가 힘차게 방아를 찧을 적에 달대로 단 오장육부에서 불길이 솟아올랐다……

약용의 망막에 벗은 몸을 겹쳐 안고 서로 어찌할 바를 몰라 버둥거릴 때에 폭약 터지듯 삽시간에 몸뚱이에 확하고 불길이 치솟는 장면이 떠올랐다. 평생을 억누르고 억눌렀던 그리움이 일시에 폭발했을 터이니. 정염(情炎), 욕정의 불꽃이란 말이 있기야 하지만 어디까지나 비유인 줄 알았더니 정말로 제 몸을 태워버리는 욕정이 있었단 말이던가. 약용은 아무리 생각해도 서로의 몸뚱이까지 태워버린 그 사랑과 절망의 깊이를 젤 수는 없었다.

"허……"

그는 저도 모르게 탄식을 뱉어냈다. 어둠을 힘겹게 밀어내고 있는 객방의 황촉불이 가볍게 흔들리고 있었고 건넌방에서 상이 코 고는 소리가 들렸다.

다음 날 오시경 약용은 동헌으로 목사를 찾아갔다. 점심을 먹고 낮잠에 들었던지 목사는 의관을 정제하느라 한참이나 지체한 후 맞았다.

"그래, 내막은 살펴보셨소이까."

약용은 잠시 뜸을 들이다 사건의 진상을 설명했다. 목사는 얼굴을 찌푸렸다.

"원 세상에…… 남녀가 방사를 하다 음욕이 과해 오장육부에 열이 나서 제 몸뚱이를 태우다니요. 그런 일이 어떻게 있을 수 있겠소."

약용은 목사의 얼굴에 서리는 의혹을 보면서 쓴웃음을 삼켰다. 그는 약용이 사건의 실마리를 찾아내지 못하자 엉뚱한 소리를 하는 것으로 생각하고 있을 것이었다.

"하기야, 나도 처음엔 의심을 했소만, 그것 말고는 다른 이유를 발견할 수 없었소. 관장께서도 수사를 해보셨지만 방화 살인이란 증거도 없고 실화일 까닭도 없지 않았소이까. 그러하니……"

약용은 이어서 초검과 재검장에 나온 내용을 들어 중국의 사례와 비교하고 동서고금의 예를 자세히 들었다. 목사는 고개를 끄떡이긴 했지만 끝내 얼굴이 펴이지는 않았다.

"수사의 달인이라는 참의께서 내리신 결론이니 소관은 믿을밖에 없소이다만 감영이나 형조에선 어떻게 받아들일지……"

"너무 걱정은 마시오. 내가 직접 조목조목 삼검장 초본을 써드릴 테니 그걸 베껴 제출하면 큰 추궁은 없을 게요."

"참의께서 그렇게 해주신다면 한번 올려보도록 하지요. 그럼 사건 처결은……"

"나은갑과 고은옥은 살인의 죄가 없으나 상풍의 정을 알면서도 방을 빌려주었고 관에 사건을 즉시 발고하지 않았으니 곤장이나 때려 방면함이 옳을 것이오. 김점룡과 유 소사의 시신은 각기 유족에게 내주어 장례를 치르게 하시고……"

약용은 삼검장을 쓰느라 하루를 더 머무른 후 강진으로 돌아왔다. 목사와 하직하고 돌아서는데 정기원이 정문인 정수루까지 따라 나왔다.

"선생님께서 이번 사건을 밝게 처결해주셨으니 저희 안전도 한시름 놓으셨을 겁니다. 이거 제가 모시고 가야 하는데 한사코 마다하시니……"

"허허, 관무에 바쁜 몸이 무얼…… 그래 자네도 곧 내직으로 올라가겠지. 신중히 처신하여 나처럼 관재를 입지 말게나."

약용은 관노가 견마 잡은 나귀를 타고 나주 거리를 빠져나갔다. 점룡과 유 소사가 처음 만났다는 남문외장의 주막거리를 지날 때 약용은 고개를 돌려 이엉이 삭아 주저앉은 주막을 이윽히 바라보았다.

"선생님, 세상에 정말로 그런 일이 있을 수 있겠습니까. 저는 아직도 도무지……"

성문 밖을 빠져나올 때쯤 목사가 사례로 준 포목과 어포 등짐을 멘 상이 뚜벅 한마디 던졌다.

"이 녀석아, 세상엔 인간의 머리로는 이해할 수 없는 일이 참으로 많으니라. 그래서 불가에서도 '말길이 끊겨서 더는 논의할 수 없고 생각의 길이 끊겨서 더는 생각할 수 없다(言語道斷故不可議 心思路絶故不可思)'고 하지 않더냐."

약용이 이틀 노정으로 귤동으로 돌아온 것은 정월 스무엿새였으니 꼬박 열흘간의 외출이었다. 아들 학연이 다른 노복을 시켜 보낸 서찰이 그새 다시 와 있었다.

"전하께서 해배령을 내리려 했사오나 이번에도 공서파들이 들고 일어나 좌절되었습니다. 아버님께서는 부디 마음을 굳게 잡수시고……"

약용은 말없이 아들의 편지를 접어 서낭에 넣었다. 그날 밤 그는 까무룩 잠이 들었다가 김점룡과 유수향의 일이 퍼뜩 떠오르는 바람에 깨어났다. 더듬더듬 호롱불을 켜고는 서랍에 간직해둔 서첩 하나를 꺼냈다. 아들과 딸들에게 줄 요량으로 아내가 보낸 치마를 가위로 잘라 시와 그림을 그려 『하피첩(霞帔帖)』이라 제목을 단 서첩이었다. 노을빛으로 바스러진 명주 화첩을 쓰다듬을 때 열다섯 꽃다웠던 아내의 얼굴이 삼삼해 그는 그 밤 더는 잠을 이루지 못했다.

약용이 유배에서 풀려 고향인 경기도 양주의 마재로 돌아온 것은 삼 년 후인 순조 18년 8월이었다. 그의 나이 쉰일곱이었다. 그는 강진에서 쓰던 형옥에 관한 글을 마재에서도 이어갔는데 나주의 그 기이한 일을 못내 잊을 수 없어 그 사건의 기록을 끼워 넣었다. 이듬해 원고가 완성되었을 때 그는 붓을 들어 표지에 제목을 썼으니 『흠흠신서(欽欽新書)』였다.

금발의 제니

무엇 때문이었을까. 공항 대합실을 서성거리는 내내 나는 가슴 한쪽에서 무지근한 통증을 느꼈다. 안개 깊은 바다에서 암초의 존재를 알리는 등대의 무적(霧笛)처럼, 아련한 이명이 내 귓전을 울리고 있었다. 그것은 영준의 전화를 받은 사흘 전쯤부터 간헐적으로 찾아오는 증상이었다.

밤의 국내선 도착 대합실은 을씨년스러웠다. 스낵바도, 환전소도, 약국도 문을 닫은 구내엔 스무 명쯤 되는 사람들이 마지막 비행기가 도착하기를 기다리고 있을 뿐이었다. '환영! 일본 구마모토현 주부클럽 방한단'이라거나 '제임스 김 선생님, 여기로 오세요!'라고 쓰인 피켓을 들고 출구 앞에 선 사람들도 눈에 띄었다. 이따금 여닫히는 자동문에서 차가운 바람이 새어 들어왔다. 희뿌연 수은등 빛이 퍼지는 대합실 바깥 대기엔 드문드문 눈발까지 날리고 있었다.

대합실 정문 벽 위에 붙은 붉은 자판의 대형 시계가 '9:20'이라는 숫자를 찍어내고 있었다. 십 분만 더 있으면 서울발 부산행 마지막 비행기가 도착할 것이었다. 나는 담배를 빼물고 대합실 밖으로 나갔다. 성긴 눈발이 섞인 차가운 겨울바람이 기다렸다는 듯 얼굴을 때리고 지나갔다.

담배 연기를 길게 내뿜으며 나는 잠시 후면 만날 영준의 변한 모습을 상상해보았다. 결혼과 동시에 미국으로 유학을 떠났으니 정확하게 십칠 년 만의 만남이었다. 따지고 보면 녀석도 이젠 마흔하고도 여섯이다. 내 얼굴에 잔주름이 생기고 흰머리가 늘어난 만큼 녀석도 그 세월의 분량만큼 늙어버린 얼굴로 나타날 터이지만 변해 있을 그 얼굴이 쉽게 상상되지 않았다.

"야, 내가 이번에 한국에 들어가게 되거든. 십칠 년 만에 드디어 귀국한다는 거 아니냐. ……짜식, 왜 들어가긴. 형님이 네놈 어쩌고 사는지 감찰하러 들어가는 거지. 형님 들어갈 때까지 목욕재계하고 손님 받을 준비나 잘해둬라, 인마."

보름 전 느닷없이 국제전화를 걸어온 녀석의 말본새란 게 그랬다. 삼 년 만의 통화였다. 처음 녀석이 미국에 갔을 때는 이따금 전화나 편지를 주고받았건만 한 해, 두 해 흘러가는 사이에 차츰차츰 연락이 뜸해졌다. 급기야 영준이 조지아의 에센스라는 조그만 대학도시에서 해오던 공부를 중도 작파하고 시애틀로 옮긴 십 년쯤 전부터는 시나브로 연락마저 끊겨버렸던 터였다. 어떻게 수소문을 해봐야지 하면서도 사람 챙기는 일에 워낙 무심한 나는 먹고살기 바쁘다는 핑계로 그냥저냥 잊고 살았던 터였다. 그러면서도 가끔 생각날 때마다 제편에서 연락을 주지 않는 녀석을 원망하기도 했다.

그러다가 삼 년 전 어느 가을날 저녁나절에 술에 잔뜩 취한 녀석이 갑자기 전화를 걸어왔었다. 녀석은 그때 혀 풀린 소리로 전화통을 붙들고 징징거렸다.

"야, 여긴 지금 새벽이야. 샌디에이고라구. 거긴 지금 몇 시냐? 이 새끼야, 넌 왜 그리 인정머리가 없냐. 친구가 살았는지 죽었는지도 모르고 나 몰라라 하는 니 같은 새낀 인간도 아냐. 이 나쁜 새끼야."

녀석이 십칠 년 만에 귀국한 것은 서울의 근교 소도시에 살고 있는 제 형을 만나보려는 것이 가장 큰 이유였겠지만, 또 다른 목적도 있는 듯싶었다. 그동안 이곳저곳 떠돌던 녀석은 재작년에 샌디에이고에 있는 효소 배양회사인지 뭔지 조그만 회사에 들어갔다는 것이었고, 이번 한국행에선 국내의 제약회사와 화장품회사를 돌아다니며 세일즈를 하고 있다는 것이었다.

녀석이 미국 가서 전공했다는 효소 유전공학이란 게 뭔지, 한국 회사를 상대로 무슨 세일즈를 한다는 건지 나로서는 도무지 모를 소리였지만 녀석은 한국에 들어와서도 바쁜 모양이었다. 귀국한 첫날 삐죽 전화를 걸어오고는 꿩 구워 먹은 소식이더니 간밤 늦게야 전화를 걸어와 부산으로 찾아오겠다는 것이었다. 그것도 이렇게 늦은 시간 마지막 비행기 편으로.

술에 취해 징징거리던 영준의 전화 목소리에 섞여 또 다른 울음소리가 내 귀를 스치고 지나갔다.

"이 나쁜 놈들아! 문둥이 콧구멍의 마늘 빼묵을 놈들아! 니 놈들은 사람도 아이다!"

청원경찰에 의해 사무실에서 끌려 나가던 아낙네의 고함이었다. 까맣게 탄 얼굴에 기미가 잔뜩 끼어 있는 사십대 중반의 여자였다. 트럭에 청과물을 싣고 남편과 함께 아파트를 돌아다니며 행상을 한다고 했다. 여자가 끌려 나가면서 "변호사 어데 있노! 변호사 나오라꼬 해! 이 나쁜 놈들아!" 하고 악에 받친 고함을 질렀지만 굳게 닫힌 김 변호사의 방은 기척도 없었다. 눈물범벅이 되어 복도에 주저앉아 왜장치던 여자는 청원경찰에 의해 질질 끌리듯 엘리베이터에 태워졌다. 그리고 땡 하고 엘리베이터 닫히는 소리와 함께 그녀의 고함도 묻혔다.

피우던 담배꽁초를 재떨이에 비벼 끄고 나는 다시 대합실 안으로 들어갔다. 사람들이 우르르 출구 쪽으로 몰려가고 있었다. 이윽고 승객들이 줄지어 출입문을 빠져나오기 시작했다. 청바지와 두꺼운 스웨터 차림의 아가씨들과 휴가를 나온 듯한 군인들이 잇달아 빠져나왔다. 당일치기 출장이라도 다녀오는 듯 정장 차림에 서류 가방을 옆구리에 낀 샐러리맨들의 피로한 얼굴도 스쳐 지나갔다.

영준의 모습은 좀체 보이지 않았다. 많지 않은 승객들이 거의 다 빠져나왔을 즈음엔 나는 목을 빼 출입구 안을 들여다보았다. 공항 직원들이 열어젖힌 출입문을 닫으려고 할 즈음엔 뭐가 잘못됐나 하는 생각이 슬며시 일어났다.

그때였다. 물이 날아간 청바지와 구겨진 사파리 차림에 챙이 넓은 운동모자를 깊게 눌러쓴 사내 하나가 모습을 드러냈다. 어깨에 더플백을 멘 그 사내의 얼굴엔 수염이 무성했다. 긴가민가하는데 출입구를 빠져나온 사내 역시 누군가를 찾는 듯 텅 빈 대합실을 휘휘 둘러보고 있었다. 그때서야 나는 비로소 그 사내가 영준임을 깨달았다. 나는 영준에게로 천천히 다가갔다. 그리고 그의 어깨를 가볍게 쳤다.

"주영준!"

영준은 천천히 몸을 돌렸다. 나를 쳐다보는 그의 눈동자가 커졌다. 영준은 내 어깨를 두 손으로 움켜쥐더니 다짜고짜 나를 제 가슴으로 왈칵 끌어당겼다. 그리고 제 뺨을 내 뺨에 비비는 것이었다. 삐죽삐죽 솟은 구레나룻이 내 뺨을 찔러댔다.

"야, 이게 누구냐, 인길아. 이게 우리가 도대체 몇 년 만이냐."

중년 사내들이 껴안고 비비는 모습이 이상해 보였던지 종종걸음으로 대합실을 빠져나가던 사람들이 우리를 흘끗흘끗 훔쳐보았다. 나는 천천히 그를 밀어냈다. 그리고 그의 얼굴을 마주 보았다. 콧수염과 무성한 구레나룻 때문에 낯설어 보였다. 하고 보니 바짝 야윈 몸피에 이마엔 굵은 주름살이 서너 개 그어져 있었고 눈가에도 잔주름이 뚜렷이 잡혀 있었다. 녀석은 마치 티베트의 고산지대에서 수도 생활을 하다 온 은자처럼 보였다.

"그래, 반갑다. 근데 너 미국 가더니 히피가 돼버렸네."

그는 피식 웃었다.

"짜식, 히피는 무슨…… 먹고살려다 보니 그렇게 된 거지 뭐."

나는 그를 데리고 공항 주차장으로 갔다. 우리는 천천히 공항을 빠져나왔다. 눈발은 아까보다 조금 더 굵어져 있었다. 공항로는 텅 비어 있었고 낙동강 둔치 위 허공에 눈발들이 어지럽게 흩날리고 있었다.

"아직 저녁은 못 했겠네?"

"응."

"그럼 어디서 요기부터 해야지…… 지금은 늦은 시간이 돼놔서 이 근처엔 식당들이 다 문을 닫았을 거라. 천상 시내로 나가야겠는데. 좀 견딜 수 있어?"

"밥도 밥이지만 어디 가서 소주나 한잔했으면 좋겠는데……"

"그래? 그러면 너 생선회 먹어본 지 꽤 됐지? 그럼 어디 바닷가에나 갈까?"

"그것도 좋지."

나는 이제는 공무원을 작파하고 서울 근교 도시에서 작은 슈퍼마켓을 열고 있다는 그의 큰형과 대덕 어디 국영 기업체 연구원으로 있다는 그의 작은형의 근황을 물었다. 그도 몇 년 전에 돌아가신 내 부모님에 대해 이것저것 물었다. 그리고 한국에서 했다는 세일즈 이야기도 잠깐 나왔다.

자동차가 낙동강을 가로지르는 다리로 진입했다. 한산한 다리 위를 자동차들이 질주하고 있었다. 허공에서 춤을 추던 눈발이 차창에 곤두박질쳤다. 주황빛 나트륨 가로등 불이 검은 강물 위에서 도깨비불처럼 일렁거렸고 건너 강안에 줄지어 선 아파트촌에서 환한 불빛이 새어 나왔다.

광안리로 가기 위해 도시고속도로를 찾아들면서 나는 영준의 옆모습을 흘끗 훔쳐보았다. 어두컴컴한 차 안에 앉은 그의 실루엣 위로 빠르게 지나치는 가로등 빛이 얼룽덜룽 물들고 있었다. 그 순간 삼십 년도 더 된 옛날의 까까머리 중학생의 모습이 짐시처럼 무성하게 구레나룻을 기르고 있는 중년 사내의 모습 위에 겹쳐지는 것을 나는 보았다.

내가 영준을 처음 만난 것은 중학교 입학식에서였다. 말이 중학생이지 귀밑 솜털이 아직도 뽀얀 꼬마들이 참새 떼처럼 재갈거리는 소리로 운동장은 장터처럼 시끄러웠다. 반이 편성되고 입학식을 하기 위해 담임 선생님의 지시에 따라 줄을 늘어서는데 어떤 아이 하나가 내 눈길을 끄는 것이었다. 다른 이유 때문이 아니었다. 그 애의 교복 때문이었다.

그 아이는 '양달양'이란 싸구려 합성 재질의 교복을 입고 있었는데, 그마저도 새 옷이 아니었다. 얼마나 바랬던지 검은 염색이 날아가 희끗희끗했다. 아니, 희끗희끗한 정도가 아니라 숫제 허옇다고 해야 옳을 지경이었다. 눈썹을 가릴 만큼 푹 눌러쓴 교모에다 우비를 뒤집어쓴 허재비처럼 헐렁한 꼬락서니였지만 그래도 다들 새 옷을 입고 온 아이들 틈에서 녀석의 허연 양달양 교복은 첫눈에도 도드라졌다. 퇴역할 때가 한참 지났는데도 여전히 일선 부대에 근무하는 늙은 하사관처럼 그 낡은 교복은 아직도 현역으로 복무를 해야 한다는 것이 대단히 자존심 상한다는 듯 심드렁하고 후줄근하게 녀석의 몸뚱이에 걸쳐져 있었다. 담임선생마저도 그 골동품급 교복이 이상했던지 녀석의 얼굴을 흘끗흘끗 살피는 것이었다.

하고 보니 입학식이라고 다른 애들은 학부모가 한둘씩은 따라왔건만 녀석에겐 아무도 없었다. 교실로 들어가 자리를 배정받았을 때 녀석은 내 짝이 되었다. 내가 자못 신기하다는 눈길로 제 교복을 살피는데도 녀석은 아무 말 없이 씨익 웃으며 손을 내미는 것이었다. 그것이 중학교와 고등학교, 대학을 함께 다니며 삼십 년간 단속적으로 이어진 녀석과의 첫 만남이었다.

"나는 주영준이야. 반갑다."

얼떨결에 손을 마주 내밀면서 나는 녀석에게 물었다.

"근데, 도대체 그 옷은 몇 년이나 된 거야?"

녀석은 제 옷을 내려다보면서 다시 씩 웃었다.

"몰라. 글쎄 한 십오 년은 됐을걸? 우리 큰형이 첨 입었던 거라니까."

알고 보니 녀석은 조실부모한 처지였다. 형이 셋이었는데, 그때 이미 서른 가까웠던 큰형은 시청의 하급 공무원이었고, 작은형은 대학을 다니다 군대에 가 있었으며, 막내 형은 고등학교를 중퇴하고 수출자유지역의 시계 공장에서 일하고 있다고 했다. 그리고 초등학교에 다니는 여동생도 딸려 있었다. 큰형이 그들 일가의 생계를 꾸리는 가장인 셈이었다.

녀석의 집이 우리 집에서 십 분 정도밖에 떨어져 있지 않아서 우리는 학교에서도, 하교해서도 단짝이 되었다. 학교를 파하면 우리는 함께 버스를 타거나 혹은 십 원씩이던 버스비를 털어 붕어빵을 사 먹고는 한 시간쯤 되는 거리를 터덜터덜 걸어 집으로 돌아오곤 했다. 무리 지어 하교하는 여학생들과 부닥칠 때면 일부러 사이를 뚫고 가방으로 계집애들의 엉덩이를 툭툭 건드리고 지나가기도 했다. 그럴 때면 계집애들은 눈을 희뜩거리며 고함을 질렀다.

"옴마야! 뭐 저리 몬땐 머스마들이 다 있노! 머리에 소똥도 안 벳기진 것들이!"

낡은 양달양 교복 말고는 녀석에겐 별다른 특징은 없었지만 그림 솜씨 하나만은 그럴듯했다. 인체의 골격 따위를 그려 오라는 생물 숙제로 녀석이 그려낸 그림은 교과서의 원본보다도 정교하고 섬세했다. 미술 시간에 그린 그의 수채화도 교실 뒤에 나붙었다. 우리 집의 내 골방이나 그들 남매가 쓰고 있는 삼층짜리 건물의 옥탑방에서 엎드려 숙제를 할 때면 내가 미처 손도 대기 전에 녀석은 쓱쓱 제 것을 해치워버리는 것이었다.

"야, 도저히 몬 하것다. 니가 내 꺼도 하나 그리도라!"

그러면 녀석은 씩 웃으며 제 것보다 더 그럴듯하게 식물세포의 물관이나 체관 다발 그림을 그려 내게 내밀곤 했다.

"애는 잘 있니? 지금 몇 살쯤 됐더라?"

차가 황령터널 입구로 들어서면서 내가 지나치듯 물었을 때 녀석의 얼굴이 좀 굳어지는 듯했다. 약간의 틈을 두고 녀석이 나직하게 대답했다.

"……지금 열두 살이지. 제 엄마랑 샌프란시스코 근교에서 사는데……"

내친김에 은영의 근황을 물으려다가 녀석의 얼굴에 불편해하는 기색이 어리는 것 같아서 그만두었다. 나는 재작년 가을 친정에 다니러 온 은영이 부산에 들렀던 이야기를 꺼낼까 하고 잠깐 망설였다. 그러나 나는 그 이야기를 도로 밀어 넣었다.

황령터널을 빠져나온 자동차는 곧 광안리 해안도로로 접어

들었다. 나는 해수욕장 방파제 옆에 차를 세웠다. 저녁 시간이었지만 차가운 날씨 때문인지 유원지 거리는 한산했다. 광안대교가 야수처럼 어둠 속에 웅크려 있었다.

"부산에도 저렇게 큰 다리가 있었나?"

"응, 몇 년 전에 개통됐어. 우리나라에서 두번째로 긴 다리라든가 그렇다더군."

나는 영준을 허름한 횟집으로 데려갔다. 밤새도록 장사를 하는 집이라지만 늦은 시간이어서 텅 비어 있었다. 할 말이 많은 것 같으면서도 마주 앉으니 막상 떠오르지 않았다. 그것은 녀석도 마찬가지였던지 나를 마주 보며 피식 헤식은 웃음을 터트리는 것이었다.

"야, 그러고 보니 너도 많이 늙었네. 살도 붙고 배도 나오고…… 날랜 백정이 달려들어도 살 한 점 떼내지 못할 만큼 비쩍 말랐던 녀석이 제법 중년티가 나네……"

"사돈 남 말하고 있네. 그건 그렇고 무슨 수염을 그렇게 기른 거야?"

"아, 이거? 글쎄, 뭐…… 양키들이 말야, 동양 애들이라면 괜히 호락호락하게 보거든. 미국에서 비비적거리고 살자면 깡패 비슷하게 보여야 할 때두 있다구. 그래서 한 오 년 전부터 길러봤지 뭐."

생선회를 담은 쟁반과 상추와 깻잎이 담긴 소쿠리가 들어왔다. 나는 소주를 영준의 술잔에 가득 따랐다. 그리고 잔을 들었다.

"건배!"

차가운 소주가 빈 위장을 타고 흘러내리는 느낌이 짜르르
했다. 하고 보니 나도 저녁을 걸렀던 터였다. 소주잔을 단숨
에 비운 영준은 횟점을 우물거렸다. 잔이 서너 순배 도는 동
안 영준도 나도 별로 말이 없었다. 영준은 소주잔을 손에 쥔
채 감회 서린 얼굴로 창밖을 내다보고 있었다. 훨씬 굵어진
눈발이 휘몰아치고 있었다.

"눈이 제법 내리네."

"그러네. 여기선 일 년 가도 눈 구경하기가 쉽지 않거든.
그런데 올핸 벌써 두번째 내리는군. 그건 그렇고 눈을 보니까
옛날 생각이 나네."

"무슨 생각?"

"그 왜 있잖아. 우리 대학 다닐 때 네가 수원서 자취했을
때 말야. 네 방 연탄보일러가 터져서……"

"아하, 그때……"

벌써 이십삼 년 전의 일이었다. 4학년으로 올라가기 전 겨
울방학 때였다. 그해 겨울 한철을 나는 영준의 자취방에 빌붙
어서 지냈었다. 선배로부터 '도바리를 치라'는 다급한 연락을
받고서였다. '도바리'란 경찰의 수배를 피해 은신한다는 뜻의
일종의 은어였다. 지하서클의 선배 하나가 운동권의 내부 운
동지침을 담은 문건을 만들다가 자취방을 덮친 형사들에게 달

려갔기 때문이었다. 타이프라이터와 등사판까지 증거물로 압수됐다는 것이었다. 나 역시 그 선배의 자취방에서 이따금 문건 작성하는 일을 도우곤 했으므로 도바리를 뜨지 않을 수 없었다. 그 몇 달 전엔 '무림'이니 '부림'이니 하는, 무슨 무협지의 문파 이름을 연상시키는 조직 사건들이 터지기도 했으니.

부랴부랴 자취방을 치우고 나오긴 했으나 도무지 갈 만한 곳이 생각나지 않았다. 같은 과 시골 출신 아이들의 자취방에서 며칠씩 번갈아 빈대를 붙을 수는 있겠지만 그것도 위험한 일이었고, 서울에는 이렇다 할 친척도 없었다. 옷가지 몇 개와 책 몇 권을 쑤셔 넣은 가방을 들고 혼자 어정거리며 간 곳이 창덕궁이었다. 바람이 휘몰아치는 돈화문 앞을 서성거리자니 어디로 가야 하나 하는 생각에 난감해졌다. 그때 떠오른 게 수원 변두리에 있는 영준의 자취방이었다. 녀석의 자취방이라면 가끔 찾아가 신세를 지기도 한 터였다. 여름엔 수원의 농대 뒤 딸기농원에서 딸기를 안주 삼아 오이채를 주전자에 썰어 넣은 소주깨나 마시기도 했으니.

중학교와 고등학교를 같이 다닌 동창이지만 영준이라면 경찰들이 알아채기 어려울 듯했다. 영준은 무슨 운동권이라든가 하는 아이들과는 처음부터 인연이 없었고 제아무리 날랜 형사들이라 한들 내 중고교의 교우 관계까지 샅샅이 파악할 수는 없을 터였다. 이런 일로 오랜 친구에게 폐를 끼치는 것이 찜찜하기야 했지만 찬밥, 더운밥 가릴 처지가 아니었다.

결혼한 지 얼마 되지 않은 형네에 얹혀 있을 형편이 아니어서 방학인데도 자취방에 있던 영준은 생각보다도 더 선선히 맞아주었다. 내 사정을 말없이 듣던 녀석은 두말 않고 고개를 끄덕였다.

"좋아. 네가 필요한 만큼 여기 있으렴. 근데 말야, 밥하고 빨래, 청소는 철저히 당번제야."

그로부터 나는 영준의 자취방에 더부살이를 하는 신세가 되었다. 그 집엔 영준 말고도 자취생이 두어 명 더 있었으나 방학이어서 방이 비어 있었고, 영준이 주인 할머니에게 적당히 둘러댔던지라 나를 이상하게 여길 사람은 없었다. 영준은 아침 일찍 밥상을 차려 나를 깨우곤 했다. 이부자리를 밀어제쳐놓고 아침을 먹고 나면 영준은 학교 도서관으로 갔고 나는 설거지를 하고는 다시 늘어지게 잤다. 그때는 왜 그렇게 잠이 많이 왔는지 모르겠다. 유인물을 만들어 새벽에 빈 강의실에 던져둔다든가, 후배들과 자취방에서 은밀히 토론회를 연다든가, 혹은 방학 때면 공단 근처의 소규모 공장에서 일시 취업을 한다든가 하는 일에서 놓여나자 긴장이 풀려버린 모양이었다.

밀린 잠을 한꺼번에 해치우기라도 하듯 나는 밤낮없이 잠을 잤다. 점심땐 라면을 끓여 먹거나 그것도 귀찮으면 건너뛰고 이부자리 속을 뒹굴었다. 그러다 오후 느지막이 일어나서 청소를 대강 하고 영준이 올 때 맞춰 밥을 짓는 것이 내 일이었다. 반찬이래야 얼음이 서걱거리는 신 김치와 멸치볶음, 그리고 동네 구멍가게에서 사 온 꽁치 통조림에다 무를 썰어 넣고 고추장을 푼 찌개가 전부였지만 나는 마치 신혼살림을 하는 새댁처럼 콧노래를 흥얼거리며 저녁을 짓곤 했다. 도서관에서 공부하다 오후 나절엔 시내로 들어가 과외 교습을 하고 지친 모습으로 돌아온 영준은 차려놓은 밥상을 보곤 비시시 웃었다.

"이거 뭐, 내가 우렁각시 하나 들여놓은 것 같군."

"우렁각시가 뭐 별거냐. 내가 바로 우렁이 각시지. 서방니임, 뭐 더 필요하신 것은 없사와요. 내일은 무슨 반찬을 만들면 좋겠사와요."

"이거 왜 이래. 징그럽게시리……"

마주 앉아 저녁을 먹고 어둠이 내려앉으면 영준은 책상에 앉아 공부를 했고, 나는 방바닥을 뒹굴며 가방에 쑤셔 넣어 온 책을 읽었다. 우리는 서로의 기질이며 성벽을 잘 아는 터라 그 무렵 우리 또래들이 곧잘 벌이곤 했던 논쟁 따위는 하지 않았다. 영준은 내가 하는 짓에 아무런 간섭을 하지 않았고, 나 역시 대학원을 거쳐 교수가 되겠다는 녀석의 꿈을 두고 어깃장을 놓지는 않았다. 외풍이 심한 방이어서 새벽이면 코끝이 시렸다. 그러면 우리는 어느 결엔가 서로를 껴안은 채 새우잠을 자곤 했다.

일주일쯤 자취방에 뒹굴고 있으려니 좀이 쑤시기 시작했

다. 위험한 일인 줄 알면서도 나는 영준을 따라 그의 학교로 갔다. 그는 토익 책을 들여다보며 영어 단어를 외웠고, 나는 영준의 이름으로 도서관에서 대출한 책들을 읽으며 소일했다. 영준이 내게 초상화 모델을 서달라고 부탁한 것도 그때였다. 영준은 '그린 아트'라는 이름의 교내 그림 서클에 가입해 있었는데, 그게 녀석의 유일한 취미 활동이었다. 녀석은 공부에 진력이 나면 나를 끌고 서클룸으로 가곤 했는데 그곳 역시 방학 중이어서 늘 비어 있었다.

자물쇠를 따고 들어가 난로에 장작을 집어넣어 불을 지피면, 여기저기 캔버스니 때 묻은 석고상 따위가 너저분하게 쌓여 있긴 해도 서클룸은 어느 화가의 산장 화실처럼 아늑했다. 의자에 앉아 녀석의 주문에 따라 포즈를 취하면 녀석은 제법 전문 화가라도 된 양 심각한 표정으로 나를 요모조모 살피며 이젤에 물감을 뭉개 붓질을 하곤 했다. 내가 진력이 나서 몸을 뒤척이기라도 하면 녀석은 "야, 무슨 모델이 십 분도 못 참고 몸을 비비 꼬냐" 하고 투덜거렸다.

은영을 알게 된 것도 그 무렵이었다. 과는 달랐지만 은영은 영준네 학교 한 학년 후배였다. 말하자면 영준과 은영은 교내 커플이었다. 날렵하고 탄탄한 몸매에 단발머리와 쌍꺼풀진 눈을 가진 예쁘장한 아이였다. 서울 아이답게 성격도 사근사근하고 싹싹해서 전형적인 경상도 기질을 가진 영준과는 대조적이었지만 묘하게 어울리는 구석이 있는 것도 같았다.

은영을 볼 때마다 포스터의 노래 「금발의 제니」가 떠오르곤 했다.

"한 송이 들국화 같은 제니. 바람에 금발 나부끼면서 오늘도 예쁜 미소를 지으며 굽이치는 강 언덕 달려오네. 구슬 같은 제니의 노랫소리에 작은 새도 가지에서 노래해……"

그녀는 방학인데도 사나흘에 한 번씩은 학교로 와 도서관에서 영준의 옆에서 공부를 하기도 하고, 화실에서 영준이 나를 모델로 초상화를 그릴 땐 커피를 끓여주기도 했다. 가끔 제집에서 김치니 깻잎절임, 명란젓 따위 밑반찬을 훔쳐다 그럴듯한 저녁상을 봐주기도 했다. 따지고 보면 영준의 우렁각시는 따로 있는 셈이었다. 그 시절 선배에게 하는 여학생들의 말버릇대로 그녀는 영준을 형이라고 불렀는데, 나도 덤으로 인길이 형이 되었다.

보일러 파열 사건이 일어난 것은 추위가 맹위를 떨치던 1월 중순쯤이었다. 전날 모처럼 영준과 동네 어귀의 포장마차에서 술을 과하게 마신 것이 탈이었다. 영준을 꼬드겨 주머니에 있는 돈을 탈탈 털어 포장마차에서 꼼장어를 안주로 소주를 마셨는데 쫓기는 신세에 대한 울적함이 겹쳤던 모양이다. 나는 그날 폭음을 했고 영준 역시 취했다. 우리는 차가운 밤거리를 어깨동무를 하고 고래고래 노래를 부르며 집으로 돌아왔다. 그리고 연탄불 가는 것도 잊은 채 꼬꾸라져 잠이 들었다.

이불도 덮지 않고 잠에 취했던 우리가 깨어난 것은 새벽의 냉기 때문이었다. 오들오들 떨면서 새우처럼 웅크려 자다가 결국엔 한기를 이기지 못한 내가 깨질 듯이 아픈 머리를 흔들며 일어나 보니 방바닥은 얼음장이었고 창문으로 스며든 냉기에 윗목에 밀쳐둔 사발 속의 물은 꽁꽁 얼어 있었다. 그때서야 간밤에 연탄을 갈지 않고 잤다는 데 생각이 미친 나는 부엌으로 가보았다. 아궁이 속의 연탄은 하얗게 재가 돼 있었고 간밤에 엄습한 강추위로 보일러가 얼어 터져 있었다.

"야, 야, 일어나봐."

나는 그때까지도 잠에 취해 있는 영준을 두들겨 깨웠다. 영준은 얼굴을 찡그리며 두꺼비처럼 눈만 씀뻑거렸다.

"왜 그래……"

"야, 보일러가 터져버렸다니깐."

"뭐!"

그때서야 벌떡 일어난 영준이 부엌으로 뛰쳐나갔다. 한참 만에 돌아온 그는 우거지상이 돼 있었다. 우리는 냉골에 마주앉아 얼굴만 쳐다보았다.

"이거 야단났다. 주인집 할머니가 알면 잔소리가 장난이 아닐 텐데……"

"주인집 할머니 잔소리가 문제냐. 당장 얼어 죽게 생겼는데…… 밥은 또 어떻게 끓여 먹을 거냐."

"그러게. 낭패로세."

주인 할머니 몰래 보일러 수리공을 불러다 고쳐야 할 텐데 수중에 땡전 한 푼 없었다. 이틀 후에 받게 될 영준의 아르바이트 월급을 믿고 간밤에 죄다 털어 술을 마신 게 탈이었다. 우리는 동네 앞 분식 가게에서 라면 한 그릇 사 먹을 돈마저 남겨두지 않고 탕진한 무모함을 한탄했다. 이불을 뒤집어쓰고 있자니 속은 쓰려오는데 빈 위장이 먹을 것을 내놓으라고 아우성을 치는 것이었다.

"학교에 가서 아는 애들에게 돈 좀 꾸면 안 되냐?"

"보일러 고치려면 몇천 원은 줘야 할 텐데 그만한 돈을 갖고 있을 애들이 있겠냐? 게다가 학교 갈 시내버스비도 없단 말야."

이 처량한 몰골이라니. 속절없이 굶고 앉았는데 점심때쯤 됐을까, 바깥으로 나간 영준이 녀석이 큼지막한 소쿠리를 하나 들고 오는 것이었다. 눈이 오고 있는지 영준의 머리칼에 물방울이 맺혀 있었다.

"그게 뭐냐?"

"응 이거……"

녀석이 덮개를 열자 소쿠리 안에서 모락모락 김이 피어올랐다. 삶은 통보리였다. 주인 할머니가 보리쌀을 한 솥 삶아 처마 밑에 걸어놓고는 아장걸음으로 외출을 나갔다는 것이었다.

"야, 나중에 무슨 소릴 들으려고 그래?"

"먹는 데 죄가 있냐? 조금 덜어 먹곤 도로 걸어두고 시침 떼는 거지 뭐. 할머니가 설마 우리가 범인이라고 의심하겠냐?"

우리는 부엌에서 고추장을 가져다가 커다란 사발에 통보리를 비볐다. 보기엔 먹음직했으나 쌀알 한 톨 들어가지 않은 통보리를 씹자니 아무리 배가 고팠어도 쓰린 속이 받아주질 않았다. 몇 술 뜨다 말고 밥그릇을 밀쳐내는데 남의 통보리까지 훔쳐 먹었다는 뒤늦은 서글픔이 밀려오는 것이었다.

"야, 이러지 말고 은영이에게 전화해봐. 돈 좀 가지고 오라고. 보일러를 고쳐야 뭘 하든 할 게 아냐."

"야, 걔네 아버지가 목사인 거 몰라? 전화했다가 걔 엄마가 받으면 혼쭐난단 말야. 그러고 걔한테 무슨 돈이 있겠냐."

"그럼 이대로 얼어 죽잔 말야?"

미적거리는 영준을 몰아대자 영준은 주머니에서 십 원짜리 동전 두 개를 찾아 들고는 구멍가게 앞에 있는 공중전화를 걸려고 풀 죽은 모습으로 문을 열고 나갔다. 마당엔 함박눈이 쏟아지고 있었다. 쏟아지는 눈발에 눈앞이 온통 뿌옇게 보였다. 영준은 곧 돌아왔다. 득의만만한 웃음을 지으며 브이자 모양으로 손가락을 흔드는 영준을 나는 성급하게 재우쳤다.

"어떻게 됐어?"

"응, 여고생이 지나가기에 대신 전화를 걸어달랬지. 마침 걔네 교회 청년부에서 불우이웃돕기 예산으로 타놓은 돈이 있다네. 그래서 우선 당겨쓰자고 했지. 걔가 청년부 총무잖냐. 곧바로 온댔어."

"그럼 그거 걔 아버지가 교인들에게 연봇돈 거둔 거 아냐?"

"왜 아니겠냐. 딸이 시커먼 사내놈들 수발든다고 교회 공금을 유용했다는 걸 알면 걔 아버지가 뒤로 나자빠질걸."

"야, 불우 이웃이 따로 있냐, 우리가 바로 불우 이웃이지. 사실 말이지, 걔 오늘 우리 덕에 천국 문에 한 걸음 더 다가선 거야. 할렐루야!"

"할렐루우야!"

다시 두 시간쯤 덜덜 떨고 있는데 은영이 보일러 수리공을 데리고 집으로 들어섰다. 그녀는 이불을 뒤집어쓰고 있는 우리 꼬락서니를 보고는 혀를 찼다. 수리공이 터진 보일러를 갈아 끼우고 돌아간 후 연탄불을 피운 은영은 배가 고파 죽겠다는 우리의 아우성에 못 이겨 동네 앞 분식점으로 우리를 데려갔다. 김밥과 뜨거운 라면 국물을 들이켜자 비로소 살 것 같았다. 은영이 돈을 치르고 나오면서 우리를 돌아보았다.

"이 한심한 오라버니들. 그렇게 우중충하게 쭈그리고 있지 말구 눈싸움이나 한판 해보시는 게 어때?"

"아서라, 말아라. 춥고 배고픈 백성들이 지금 눈싸움이나 할 때냐. 하루 종일 얼어 터진 몸뚱이가 이제 겨우 풀릴락 말락 하는데 다시 동태가 되란 말야?"

그러나 은영은 집과 반대쪽 골목길로 우리를 끌고 갔다. 우리는 어기적거리며 은영을 따라갔다. 얼마 가지 않아 마을이 끝났고 마을 밖은 들판이었다. 들판은 끝없는 설원이었다. 남종화 속의 설경을 연상케 하듯 인적 없는 들판은 적요했다.

떨어지는 눈송이 소리까지 들리는 듯했다.

은영이 털장갑 낀 손으로 눈을 뭉쳐 우리를 향해 집어 던졌다. 눈 뭉치가 머리며 어깨에 맞아 툭툭 부스러지자 은영은 깔깔거렸다. 눈앞을 가릴 만큼 소담스럽게 쏟아지는 눈발을 맞으며 우리는 곧 누구에게랄 것도 없이 눈덩이를 집어 던졌다. 은영이 달려들어 두 손으로 우리의 가슴을 밀어젖히는 바람에 우리는 눈밭에 벌렁 자빠졌다. 영준이 넘어진 채 은영의 발을 걸어 넘어뜨렸다. 우리는 검둥개처럼 눈밭을 마구 구르며 눈을 한 움큼씩 서로의 얼굴에 끼얹었다.

내가 은영에게 사랑을 느꼈던 것은 아마 그 순간이었을 것이다. 하얀 파카와 청바지 차림에 자줏빛 털실 목도리를 맨 은영은 눈밭에 드러누워 목젖이 보일 만큼 입을 크게 벌리고 깔깔거리고 있었다. 부드럽게 웨이브 진 그녀의 머리카락에 물방울이 맺혀 있었다. 쏟아지는 눈발에 희끗희끗 드러나는 그녀의 희고 고른 치열이 눈부셨다. 은영의 높고 청량한 웃음이 텅 빈 들판에 쨍하고 퍼져나갔다.

왠지 가슴이 터질 것 같은 느낌에 사로잡혀서 나는 눈밭에서 일어섰다. 그리고 영준과 은영을 내려다보았다. 그 애들은 내 존재를 의식하지 않은 채 눈 장난에 몰입해 있었다. 아마 내가 없었다면 그 애들은 깊고 달콤한 입맞춤이라도 했으리라. 서늘한 질투 같은 낯선 감정이 가슴 한쪽을 스치고 지나가는 것을 나는 느꼈다.

은영을 지켜보는 내 눈빛이 지나치게 거셌기 때문일까. 깔깔거리며 서로에게 눈가루를 퍼 던지던 그들이 문득 장난을 그치고 나를 올려다보는 것이었다. 나는 영준의 얼굴을 스치는 가벼운 당혹감을 읽었다. 그제야 나는 퍼뜩 정신을 차렸다. 은영에게서 시선을 거둔 나는 우정 아무 일도 아니라는 듯 그들에게 눈을 뭉쳐 던졌다.

"이것들이 지금 영화 찍고 있네. 지들이 무슨 라이언 오닐이나 알리 맥그로우쯤 되는 줄 아나 보지."

내가 영준의 자취방을 떠난 것은 영준이 초상화를 완성하기 직전이었다. 겨울방학이 끝나가던 참이었다. 팸플릿을 만들어 돌리다 잡힌 선배는 몇 사람을 불긴 했지만 다행히 나에 대해선 입을 다문 모양이었다. 그 선배가 구속되고, 두 명이 강제 징집된 것으로 일이 마무리되자 선배들이 내게 복귀를 지시했던 것이었다.

그림 속의 내 얼굴은 광대뼈와 삐죽이 솟은 콧날을 강조하는 바람에 북어처럼 비쩍 마른 그로테스크한 모습이었지만 눈빛엔 우울하고 몽롱한 분위기가 감돌고 있었다. 두어 달을 기식시켜준 것에 대한 고마움의 말 대신 무슨 그림을 이따위로 그렸느냐는 타박을 남기고 나는 서울로 돌아왔지만 영준은 그림을 완성해 서클 회원전에 출품까지 했던 모양이었다. 영준은 전시가 끝나자 그림을 포장해 내게 보내주었다.

"요즘도 그림 그리니?"

영준은 멋쩍은 웃음을 지었다.

"글쎄, 내가 그런 것을 하고 살 팔자라면 얼마나 좋겠니. 미국 애들 눈치 보며 살다 보면 하루해가 어떻게 갔는지도 모르는데…… 밤 아홉시나 열시쯤 원룸아파트에 들어오면 쓰러져 자기 바쁘다구."

"그래? 미국서 고생깨나 한 모양이구나."

"글쎄, 여기서 생각하는 것하곤 많이 다르지. 나야 원래 개털 아니었니. 각오야 하고 갔지만 미국에서 무일푼으로 유학생 노릇 하는 게 어떤 건지 넌 잘 모를 거야. 학생 비자론 할 만한 아르바이트도 별루 없어. 주유소니 학교 도서관에서 일해봐야 한 시간 급료가 햄버거 두 개 값도 안 되니까. 세탁소 보조니, 피자 배달이니, 학생 식당 일이니 안 해본 게 없다구. 돈 벌자고 휴학도 두 번씩이나 했는데도 먹고사느라고 허덕거릴 땐 죽을 맛이었어. 한 학기만, 한 학기만 쉬자고 한 게 계속 미뤄지고…… 공부하는 게 사치란 걸 깨닫고 포기하기로 작정했을 땐 정말 미치겠더라구. 그래도 지난해에 영주권을 딴 뒤론 월급도 좀 오르고 조그만 원룸아파트도 얻었어. 하지만 미국 아이들하고 상대하다가 집에 들어가면 손가락 하나 놀리기 싫어져. 사실은 지금 일하는 회사도 임시직이야. 너 지금부터 해고야, 하면 꼼짝없이 짐을 싸야 한다구."

영준은 그러면서 이런 이야기를 했다.

"시애틀에 있을 때 말야. 항공회사의 탁송화물 택배 일을 했었거든. 새벽 네시에 일어나 프리웨이로 차를 몰고 공항으로 가서 배달화물을 받아 집집마다 배달하는 거지. 하루는 말야, 근교에 있는 어떤 집에 배달을 갔었어. 소포를 배달하고 영수증에 사인을 받고 나오는데 말야. 갑자기 그 집 앞 아스팔트로 뭔가 새까만 게 하늘에서 빠른 속도로 추락하지 뭐야. 뭔가 했더니 까마귀였어. 곤두박질쳐 내려오다가 아스팔트와 닿을락 말락 하는 순간에 몸을 틀어 하늘로 도로 솟구치더라구. 그 집 옆에 커다란 개암나무가 있었는데 알고 봤더니 그놈이 부리로 개암을 물고 하늘에서 내리박히면서 그 속도를 이용해 아스팔트에 그걸 내리쳐 깨 먹고 있더라구, 글쎄. 그걸 보니 갑자기 눈물이 핑 돌더군. 개암 열매를 깨 먹자고 제 몸을 아스팔트로 추락시켰다가 마지막 순간에 몸을 솟구치는 까마귀나 미국서 이러고 있는 나란 놈이나 아슬아슬하기는 마찬가지 아닌가 싶어서……”

영준의 이야기를 들으면서 나는 어쩔 수 없이 오늘 오후 사무실에서 왜장치던 기미 낀 아낙네의 목소리를 떠올렸다. 그녀가 사무실을 찾아온 건 벌써 사흘째였다. 그녀는 우리 사무실의 의뢰인이었다. 넉 달 전 그녀의 남편은 트럭에 청과물을 싣고 새벽길을 달리다가 새벽예배에 다녀오던 한 노파를 횡단보도에서 치었다. 노인은 현장에서 즉사했다. 졸음운전 때문이었다.

가해자의 과실이 뚜렷했으므로 여자의 남편은 구속되었다.

그리고 그 사건을 물고 온 것은 사무장인 나였다. 사건을 물어오기 위해 경찰서 유치장을 돌던 나는 면회실 앞을 서성거리던 그 여자를 만났다. 그리고 착수금 이백만 원에 성공사례금 구백만 원의 약정이 담긴 계약서를 작성해 김 변호사에게 넘겼다. 재판엔 성공한 셈이었다. 여자를 부추겨 피해자와의 합의를 유도한 끝에 남편은 집행유예로 풀려났다. 여자는 합의금을 지불하기 위해 열일곱 평짜리 아파트를 팔고 전세로 옮겨갔다. 결혼한 지 이십 년 만에 처음으로 마련한 아파트라고 했다.

그러나 여자는 성공사례금을 제때 지불하지 못했다. 합의금과 새로 옮긴 열세 평짜리 아파트의 전세금을 치르고 나니 수중에 돈이 없다는 것이었다. 김 변호사는 여자가 새로 옮긴 아파트의 전세금과 청과물 트럭에 대한 압류소송을 냈다. 어떻게 마련했는지 여자는 사흘 전 이백만 원을 들고 찾아왔다.

"전세금에다 트럭까지 뺏기고 나면 우리는 우짭니꺼. 사무장님, 한 번만 저희 사정을 봐주이소. 안 그라모 우리는 거리에 나앉아 굶어 죽어예. 가압류 풀어주시믄 남은 돈은 우리가 뼈 빠지게 벌어서 반년 안에 꼭 갚으께예."

신문지에 둘둘 말아 온 돈뭉치를 내밀며 애원하는 여자의 얼굴엔 기미가 더욱 짙어져 있었고 입술은 허옇게 말라붙어 있었다. 나는 돈뭉치를 들고 김 변호사의 방으로 들어갔다. 그는 이야기를 채 듣기도 전에 끙 하고 의자를 돌려버렸다.

"의뢰인 사정을 다 들어주면 우린 뭘로 먹고살아요. 형은 마음이 약한 게 탈이야. 그 사람들, 말로야 나중에 꼭 갚는다지만 진짜로 갚을 성싶어요? 요새 우리 사무실 운영이 어렵다는 건 형이 더 잘 아는 일 아니요."

그의 어조엔 잔챙이 사건이나 물고 오는 주제에 수임료 하나 제대로 못 챙겨 귀찮게 만드느냐는 짜증이 묻어 있었다. 나는 속절없이 그의 방을 나왔다. 이미 몇 차례 비슷한 경험을 겪은 터라 수임료 떼일 것을 걱정하는 그의 말도 틀린 건 아니었고 사무장으로서 나 자신의 능력에 대한 회의는 이미 오래전부터의 일이었다.

"내 친구 오 변호사 알죠? 이번에 새로 들인 사무장이 꽤 똘똘하다네. 경찰서고, 구치소고, 법원이고 안 돌아다니는 데가 없다네. 지난달에만 벌써 사건을 열 건이나 물고 왔대요."

김 변호사가 가끔 지나가는 소리처럼 그런 말을 흘릴 때마다 나는 모멸감과 초조감을 동시에 느꼈다. 하고 보면 내가 지난달 물고 온 건수는 겨우 세 건이었다. 그것도 경찰서 유치장과 법원을 순회해 얻어 온 교통사고나 폭행 사건 같은 잔챙이들……

여자의 악에 받친 고함을 털어내듯 나는 머리를 흔들며 영준에게 빈 잔을 건넸다. 조금씩 술에 젖어가는 머릿속으로 또다시 은영의 모습이 떠올랐고 나는 속절없이 옛날의 추억으로 빠져들어갔다.

은영이 영준의 동의 아래 내 '약혼녀'가 된 것은 대학 4학년 가을이었다. 그때 나는 학교에서 시위를 벌일 준비를 하고 있었다. 같이 활동하던 동급생들은 대부분 먼저 감방에 가 있었고, 더러는 학교를 그만두고 공장으로 들어가기도 했다. 나도 감방으로 가야 할 때였다.

　이런저런 준비를 해야 했지만 그중에서도 골치 아픈 것이 약혼녀를 만드는 일이었다. 특별면회가 아니면 미결수들은 직계가족 외에는 면회를 할 수 없게 돼 있었지만 약혼녀로 교도소에 등록이 된 여자에 한해선 면회가 허용되는 것이다. 몇 푼의 영치금을 넣어준다든가, 바깥소식을 전해준다든가 하는 일을 해줄 사람이 필요했다. 특히 책을 넣어줄 사람은 더욱 아쉬웠다. 애인이 있는 애들이야 별문제가 없었고, 대학에 다니는 여동생이라도 있는 애들은 굳이 등록을 할 필요조차 없었다. 애인이나 여동생이 없는 불쌍한 개털들을 위해선 서클의 여자 후배가 그 일을 떠맡아주는 것이 일종의 관례이기도 했다. 처음엔 형식상의 약혼녀 노릇을 떠맡았다가 나중에 진짜로 약혼녀가 되는 경우도 전혀 없지는 않았다.

　그런데 내게는 애인도, 대학에 다니는 여동생도 없었다. 뒤늦게 여자 후배를 찾아봤지만 마땅한 애를 구할 수가 없었다. 1, 2학년 여자 후배가 두엇 있었지만 그 애들은 이미 먼저 감방에 들어간 애들의 약혼녀 노릇을 하고 있는 중이었다. 고향에 계신 연로한 부모님께 책을 넣어달라고 할 수는 없는 일이었다. 고심 끝에 나는 영준에게 에스오에스를 치기로 했다.

"꼭 감방에 들어가야 하니?"

수원으로 찾아간 내게 영준은 술상을 마주하고 그렇게만 물었다. 나는 말없이 웃기만 했다. 영준은 더는 말하지 않았다. 서로의 생각은 달랐지만, 그리고 가는 길은 달랐지만 영준 역시 내가 그렇게 학교를 마감하리라는 사실을 짐작하고 있었을 터였다. 술이 얼근해졌을 때 나는 들이밀듯 뚜벅 말했다.

"근데, 너 말이다. 은영이 좀 빌려주면 안 되겠냐?"

"그게 무슨 소리야?"

그렇게 해서 은영은 내가 기결수가 돼 지방 교도소로 이감되기까지 예닐곱 달쯤 내 약혼녀 노릇을 했다. 열흘이나 보름에 한 번쯤 영준과 같이 영등포구치소로 찾아와선 영준이 바깥에서 기다리는 동안 면회실로 찾아오는 식이었다. 가끔은 혼자 들르기도 했다.

"형, 잘 있었어?"

두꺼운 투명 플라스틱 창 너머로 은영이 활짝 웃으며 손을 흔들 때면 뜨거운 물을 마신 듯 명치끝에 후끈한 느낌이 차오르곤 했다. 딱히 무슨 할 말이 있을 리가 없었다. 밖에서 기다리고 있는 영준의 소식을 묻고 나면 나는 묵묵히 은영의 이야기를 들었다. 은영은 새 학기에 장학금을 받게 됐다든지, 혹은 타과 남학생들과 단체 미팅을 했다가 상대 남학생이 쫓아다니는 통에 영준이 골이 났다든지 하는 이야기 따위를 해주곤 했다. 내 부탁으로 서클 선후배들을 만난 이야기를 전해주기도 했다. 깔깔거리는 은영의 희고 고른 치열을 창 너머로 볼 때마다 나는 왠지 가슴에 무지근한 통증을 느꼈다.

"형, 또 올게요" 하는 인사를 마지막으로 십 분간의 면회를 끝낸 은영이 돌아가고 나서 교도관을 따라 독방으로 돌아오면 소지가 식구통으로 영치품을 넣어주었다. 책 서너 권, 사탕 한 봉지, 귤 너덧 알이 전부였다. 그럴 때면 나는 은영이 넣어준, 탱자보다 조금 큰 귤을 한참 동안이나 손바닥으로 감싸 쥐곤 했다. 그러면 귤껍질의 냉기가 가셨고 이윽고 손바닥이 따뜻해졌다.

"참, 지금 같이 산다는 그 일본 여자는 어떤 사람이냐?"

내가 이렇게 묻자 영준의 얼굴에 어색해하는, 혹은 난감해하는 표정이 스쳐 갔다. 그는 말을 끊고 반나마 남은 소주를 털어 넣고는 횟점을 집어 질겅거렸다. 창밖으로 시선을 돌린 그의 얼굴에 그림자가 드리워지는 것을 나는 놓치지 않았다.

"글쎄, 뭐…… 괜찮은 여자야. 심성도 괜찮은 것 같구. 그 사람도 미국 건너와서 이것저것 제 딴엔 신산도 겪은 것 같구…… 그냥 뭐 그렇게 같이 사는 거지 뭐."

흐려진 얼굴을 펴며 영준이 제 윗도리 안주머니를 뒤지더니 지갑을 꺼내 내밀었다. 지갑엔 여자의 사진이 끼어 있었다. 서른일고여덟쯤 됐을까, 생머리를 어깨까지 늘어뜨린 눈이 동그랗고 하관이 빤 전형적인 일본 여자였다. 나는 지갑 속 여자의 얼굴을 들여다보았다.

"일본 여자와의 결혼이라. 마산 촌놈이 드디어 국제적 인물이 돼버렸군. 근데 어떻게 만났어?"

은영과는 왜 헤어졌느냐는 말 대신 나는 그렇게 물었다.

"재작년인가 내가 우울증에 걸린 적이 있었거든. 밤에 잠도 안 오고 말야. 늦은 밤에 혼자 술만 자꾸 마시게 되더라구. 말도 하기 싫어지고 사람 만나는 것두 귀찮아지고⋯⋯ 이래가지곤 안 되겠다 싶어서 병원에 가봤더니 의사가 하는 말이 스트레스 때문이라더군."

의사의 처방에 따라 무슨 음악치료 프로그램에 등록했다는 거였다. 대여섯 명의 환자가 치료사의 피아노 반주에 맞춰 손뼉을 치며 노래 부르기도 하고, 눈을 감고 명상 음악을 듣기도 하는 프로그램이었다. 치료사가 바로 그 일본 여자였다는 거였다.

정신과 치료라. 영준과 은영이 서로를 얼마나 사랑했는지, 그리고 그들의 연애가 어떠했는지 누구보다도 잘 아는 나로선 먼 미국 땅에서 그들이 헤어졌다는 소식을 처음 들었을 땐 그 말을 믿을 수가 없었다. 결혼을 하고 곧바로 미국으로 건너간 그들이 이혼을 하기까지 치러낸 십삼 년간의 세월을 짐작조차 할 수도 없었다.

금발의 제니 | **147**

그들의 사랑은 은영에 대한 내 아련한 그리움 따위는 바늘 끝만큼도 들어갈 수 없을 만큼 단단하지 않았던가. 눈 내리는 들판에서의 유희 이후로 나는 혼자서 얼마나 은영을 생각했던가. 보여줄 수조차 없는 가망 없는 사랑에 나는 또 얼마나 쓸쓸해했던가. 드러내 보인 적은 없었지만, 아니 드러내려고 생각조차 해본 적도 없었지만, 아마도 은영은 내 마음의 무늬를 알아챘을 것이었다. 방심하고 있다가 미처 가리지 못하고 언뜻언뜻 드러낸 내 마음의 속살, 구치소 면회실 창 너머로 그녀를 향해 어쩔 수 없이 쏟아지던 내 열기 어린 눈길⋯⋯

그러나 은영은 단 한 번도 내 마음의 빛깔을 알아차린 기척을 보이지 않았다. 그렇다고 나를 경계하는 것 같지도 않았다. 그저 애인의 가장 친한 친구에 대한, 혹은 가까운 남자 선배에 대한 격의 없는 싹싹함을 보일 뿐이었다. 그 명랑함과 싹싹함은 자석의 척력과 같았다. 나는 그 척력에 밀려 단 한 번도 자장 안으로 들어가보지 못한 음극일 뿐이었다.

나는 거울에 내 얼굴을 비춰보듯 영준의 얼굴을 찬찬히 훑어보았다. 이마 위에 깊게 팬 두어 개의 주름과 웃을 때마다 도드라지는 눈가의 잔주름, 그리고 거무스름한 빛이 도는 거친 피부까지 지난 세월의 흔적이 그 얼굴에 새겨져 있었다.

하고 보면 그건 나도 마찬가지일 터였다. 미국에서의 영준의 시간이 물살에 떠내려가는 가랑잎 같은 시간이었다면, 이 남쪽 땅의 지방 도시 한 귀퉁이, 대학 후배의 변호사 사무실에서 사무장으로 늙어온 내 시간 역시 삭아가는 등걸 같은 시간이 아니었던가. 나는 벗어놓은 외투 안주머니에 들어 있는, 보름 전부터 가지고 다니던 사직서를 떠올렸다. 말은 않지만, 내가 그만두어주기를 김 변호사가 오래전부터 기다리고 있다는 것을 눈치채고 있는 터였다.

양키들 틈바귀에서 끼어 살려면 강해 보여야 한다던 영준의 말이 떠올랐다. 녀석의 콧수염과 무성한 구레나룻은 따지고 보면 자신을 지키는 보호색인 셈이었다. 텃새들의 공습에서 살아남기 위해 제 몸을 배추와 같은 연둣빛으로 바꿔온 배추벌레처럼 말이다.

쉬엄쉬엄 마신 것 같았는데, 술상엔 어느새 빈 소주병이 네 개나 세워져 있었다. 시계가 어느새 새벽 한시를 가리키고 있었다. 나는 혀가 풀렸음을 깨달았다. 영준 역시 취기가 도는 모양이었다. 눈에 띄게 말이 어눌해져 있었다. 일본 여인의 사진을 돌려주다 말고 나는 주먹으로 녀석의 이마를 가볍게 쥐어박았다.

"그래, 이 녀석아, 앞으론 잘 먹고 잘 살아라. 시시하게 정신병원 같은 데 다니지 말구."

"짜식이 지금 덕담하는 거야, 악담하는 거야."

"그래, 인마. 악담이다. 악담."

"짜식이…… 십칠 년 만에 만난 친구에게 악담하는 놈이 어딨냐."

"어딨긴 여기 있다. 욘석아. 그건 그렇고 미국엔 언제 들어가니."

"글쎄, 오늘 여기서 하룻밤 자고 내일은 마산으로 가볼란다. 그러고 저녁에 올라가서 형님 댁에서 하룻밤 더 자고 모레는 가봐야지."

"마산엔 왜?"

그러자 녀석은 쑥스럽게 웃었다.

"그 뭐…… 그곳에 택시 운전하는 작은형이 있으니까. 왠지 그냥 한번 가보고 싶데. 옛날 살던 동네와 다니던 학교도 둘러보고 싶고…… 글쎄 나도 늙어가나 보다. 옛날엔 생각도 나지 않던 사람들 얼굴도 떠오르고, 어릴 때 일도 가끔 기억나고 하는 것 보니……"

"짜식, 별 싱거운 소리도 다 한다. 그럼 내일 나도 너 따라가볼까?"

"정말? 그래 줄 수 있어? 사무실은 어쩌구?"

"괜찮아. 아침에 하루 쉬겠다고 전화하면 돼."

나는 다음 날 오전 열시쯤 영준이 묵은 해운대의 호텔로 갔다. 뜨거운 물로 샤워를 했건만 숙취로 머리가 아팠고 속이 쓰렸다. 새벽에 들어왔다가 다시 친구를 보러 나가는 나에게 아내는 찢어지게 눈을 흘겼다. 간밤에 차를 세워둔 횟집 주차장에서 차를 꺼내 호텔로 가니 영준은 로비에서 기다리고 있었다. 영준의 얼굴도 꺼칠했다. 하긴 서너 시간도 채 자지 못했을 것이다. 나는 그를 옆자리에 태웠다.

"여기서 마산까진 얼마나 걸려?"

"시내를 빠져나가는 데 삽십 분쯤, 그리고 고속도로를 한 시간쯤 가야 할걸."

"……근데 어제 내가 많이 취했지?"

영준은 나를 향해 멋쩍게 웃었다. 간밤, 아니 새벽의 기억이 가물가물했다. 횟집을 나와 영준을 억지로 끌고 근처의 단란주점을 찾아간 것까진 기억에 선명했으나 그다음엔 깨진 사금파리처럼 기억의 이가 맞지 않았다. 둘이 마주 앉아 무슨 노래인지 악을 쓰고 부르던 기억, 서빙하는 여자 쪽으로 영준을 밀어붙여 춤을 추라고 몰아대던 기억, 그러다가 종당엔 영준과 내가 서로 껴안고 블루스를 춘답시고 법석을 떤 기억이 조각조각 떠올랐다.

"이 아저씨들, 둘이 사귀나 봐."

옆에서 탬버린을 흔들던 여자가 짐짓 핀잔을 주던 것도 생각났다. 단란주점을 나온 것이 아마 새벽 네시나 됐을 것이다. 비틀거리는 걸음으로 술집을 나올 땐 눈은 그쳐 있었지만 길바닥엔 제법 구두 발자국이 팰 만큼 쌓여 있었다. 술집 앞에서 영준이 갑자기 내 어깨에 얼굴을 묻고 쿨쩍이던 것도 기억났다.

차가 도시고속도로를 거쳐 남해고속도로로 진입할 때까지

영준과 나 사이엔 별다른 말이 오가지 않았다. 영준은 골똘한 상념에 사로잡힌 표정이었다. 군데군데 눈이 얼어붙은 고속도로 위로 차를 몰면서 나는 샌프란시스코에서 한인 레스토랑의 경리 일을 보며 아이를 기르고 있다는 은영을 생각했다.

은영이 나를 찾아온 것은 재작년 가을이었다. 책상 위의 전화를 무심코 들었을 때 "여보세요" 하는 여자의 목소리가 들렸다. 나는 그게 은영의 목소리임을 바로 알아들었다. 돌쩌귀가 내려앉는 듯 갑자기 가슴 한구석에서 쿵 하는 소리가 들리는 것 같았다.

"달포 전에 한국에 들어왔어요. 그동안 서울 친정에 머물다가 대학 친구를 만나러 어제 부산에 왔거든요. 걔가 망미동이란 데 살아요. 걔네 집에서 하룻밤 자고 서울로 올라가려고 고속버스 터미널로 가다가 형 생각이 나지 뭐예요."

구내 다방에서 만난 은영은 첫눈에도 초췌해 보였다. 그 옛날 금발의 제니처럼 생기 있고 통통 튀던 모습은 가뭇없이 사라지고 피로에 지친 사십대 초반의 여자가 앉아 있었다.

"이야긴…… 들었어. 마음고생이 컸겠네."

은영은 희미하게 웃었다. 내 얼굴을 이윽히 들여다보더니 그녀는 딴청을 했다.

"세월이 흐르긴 흘렀나 보네. 이제 보니 형도 나이 든 티가 완연해."

"아이를 맡았다면서⋯⋯ 그래, 앞으로 어떻게 할 셈이야?"

은영은 다시 비죽이 웃었다. 웃음을 띠자 수척한 입매에 주름이 잡혔다.

"잘⋯⋯ 모르겠어요. 사실은⋯⋯ 이참에 한국에 아주 들어와버릴까 하고 왔는데 말예요. 들어와서 보니 생각하곤 다르네요. 이 나이에 할 일도 마땅찮고⋯⋯ 애를 위해서라도 미국에 그냥 눌러 있을까 봐요."

"근데, 니들 도대체 왜 헤어진 거야?"

내 목소리가 좀 높아졌던 모양이다. 맞은편에 앉아 있던 사람들이 흘끗 나를 훔쳐보는 게 눈에 띄었다. 은영은 희미하게 웃을 뿐 대답이 없었다. 어째서 그랬을까. 그 순간 까맣게 잊고 있었던, 오래전 책갈피에 넣어둔 마른 야생화 같은 묵은 그리움이 살아나는 것을 나는 느꼈다. 민들레의 한살이를 연속 촬영한 속사 필름처럼 그 그리움에서 싹이 트고 대궁이 솟고 씨앗 주머니가 동그랗게 돋아났다. 나는 그것이 바람에 흔들리는 것을 지켜보았다.

은영은 고개를 숙이고 찻잔을 만지작거렸다. 푸른 정맥이 도드라진 은영의 마른 손등이 안쓰러웠다. 은영은 이윽고 고개를 들었다.

"글쎄⋯⋯ 뭐 그 사람도 힘들었겠죠. 워낙 빈손으로 떠난 유학길이었으니까. 형도 알다시피 그 사람이 좀 예민한 데가 있잖아요. 결국 공부를 중단하구, 그런데도 마땅한 취직자리도 안 보이구, 오랫동안 워싱턴으로, 시애틀로 이리저리 떠돌아다녀야 했으니까…… 그 와중에 교포 한 사람과 무슨 벤처사업 한답시고 동업을 했다가 사기까지 당했어요. 서울 친정에 부탁해서 빚돈까지 끌어다 썼는데…… 그 사람이나 나나 서로 조금씩 지쳐가기 시작했어요. 그러면서 서로 말을 않게 되구. 첨엔 힘들어하는 그 사람이 안쓰러웠는데 나중엔 미워지더라구요. 밤마다 술에 취해 와선 애까지 힘들게 만들었구요. 나도 그때 힘들고 지쳤거든요. 식당 일도 했구, 미용실에서 손톱과 발톱을 다듬는 일도 했구…… 이러려면 뭐 하러 미국 왔나 하는 생각도 들구……"

나는 묵묵히 은영의 이야기를 듣고만 있었다. 미국으로 떠나기 직전 영준과 함께 부산을 찾아왔던 신혼의 은영이 떠올랐다. 은영은 그때 얼마나 눈부시게 아름다웠던가. 그때 그녀의 얼굴이 결실을 맺은 사랑에 대한 자랑스러움과 미래에 대한 희망으로 가득 차 있었던 것을 나는 기억했다. 저녁을 먹는 자리에서 연신 농담을 주절거리면서도 가슴속 한 귀퉁이로 까닭 모를 상실감이 안개처럼 축축이 스며들던 것도. 그런데 십삼 년의 세월은 아교를 바른 것처럼 한 치의 틈도 없이 단단하게 붙어 있던 두 사람을 떼어놓을 만큼 그렇게 길고도 황폐한 시간이었던 것일까.

"이런 이야기…… 하면 뭘 해요. 다 지난 일인데……"

띄엄띄엄 몇 마디 이야기를 꺼내던 은영이 말을 끊었다. 그리고 우정 밝은 표정을 지었다.

"그래두 가끔 옛날 생각이 나요. 그 사람이랑 형이랑 어울려 술 마시고 놀러 다니고 하던 일…… 형을 만나게 돼서 기뻐요."

다시 내 마음 깊은 곳에서 그 옛날의 격정이 솟아올랐다. 마주 앉은 은영의 모습이 갑자기 흐릿해졌다. 그녀의 말소리가 먼 곳에서 울리는 종소리처럼 아득하게 들렸다. 흩어진 민들레 씨앗들이 종소리처럼 하늘을 동동 날아다니고 있었다.

"저녁이나 하구 가야지. 아니면 술이라도 한잔할까?"

"아녜요. 차 시간이 다 돼서…… 형, 나 요즘 술 끊었다구요. 내가 미국 가서 얼마나 술고래가 됐었는지 형은 모르겠지만."

영화가 끝나고 극장의 불이 켜지듯 나는 상념에서 깨어났다. 하늘 가득 떠 있던 씨앗들은 어디로 날아가버렸는지 자취도 없었다. 그렇다. 세월은 이미 가버린 것이다. 나는 말없이 고개를 끄덕였다. 찻잔에 남은 차를 한꺼번에 마시고 깊이 숨을 들이쉬었다. 그리고 담뱃불을 끄듯 마음속에서 솟아오른 격정을 눌러 껐다.

고속도로 주변의 들판은 하얗게 눈에 덮여 있었다. 진영휴게소에서 뜨거운 커피 한 잔을 마신 다음 우리는 계속 차를 몰았다. 차가 마산 톨게이트에 들어섰을 때 나는 영준을 곁눈질하며 짐짓 농담조로 말했다.

"내가 말야, 사실은 널 만나면 냅다 턱주가리를 한 방 갈겨
주려고 했었어."

"……"

영준은 무슨 말이냐는 듯 나를 돌아보았다.

"은영이 말야."

"……그럼 ……갈겨보지 그랬냐."

"짜식, 말하는 꼬락서니 하구선……"

영준은 피식 웃으며 차창 밖으로 고개를 돌렸다. 먼 산을
바라보는 그의 시선은 피로해 보였으나 어젯밤보다는 한결
맑아 보였다. 영준이 앉은 채로 기지개를 길게 켰다.

"저게 무학산이지? 눈에 덮여 있으니 그럴듯해 뵌다야."

어릴 적 살던 동네를 거쳐 모교를 찾아가니 방학 중인 학교
는 조용했다. 교사 지붕엔 눈이 하얗게 쌓여 있었고 교문 앞
아름드리 히말라야시더 두 그루도 하얀 모자와 외투를 뒤집
어쓰고 있었다. 운동장을 삥 둘러선 벚나무들도 눈을 덮어쓰
고 있었다.

"별로 변하지 않은 것 같지?"

"그런 것 같군."

"그땐 벚꽃 피면 참 좋았는데…… 밤이 되면 학교가 온통
하얗게 꽃으로 덮였었잖아."

"지금도 봄이 되면 그렇겠지 뭐. 언제 꽃 피는 철에 다시
한번 와보면 좋을 텐데 말야."

우리는 기억에 떠오르는 옛날 동창들의 이름을 주섬주섬 들먹이며 본관 건물을 돌아 후원으로 갔다. 한가운데 조그만 섬이 떠 있는 연못이 보였다. 영준이 돌멩이를 집어 연못에 던졌다. 얼음판에 구멍이 뚫리며 물이 풀썩 솟아올랐다. 문득 옛 생각이 떠올라서 나는 킬킬거리며 영준을 돌아보았다.

"너 기억나니? 2학년 때던가, 일요일인데 시험공부 한답시고 학교에 와서 저기 연못 비단잉어를 훔쳐냈다가 조스에게 걸려서 직싸게 맞았던 일 말야."

조스는 국어 선생이었다. 그 무렵 단체 관람했던 영화「문 레이커」에서 007과 격투를 벌이던 무시무시하게 힘이 센 거인의 이름이 조스였다. 그의 철제 이빨은 제아무리 두꺼운 사슬이라도 한 번에 툭 끊어내는 괴력을 갖고 있었다. 국어 선생 역시 덩치가 크고 이마가 툭 튀어나온데다 앞니를 덮은 투박한 보철이 영화 속의 조스와 방불하대서 붙여진 별명이었다.

그때 연못엔 수십 마리의 비단잉어들이 헤엄치고 있었다. 영준이 놈이 그날 던적스럽게도 집에 가서 스케치를 하겠다며 학교 창고를 뒤져 찾아낸 뜰채로 팔뚝만 한 잉어를 양동이에 퍼 담다가 조스에게 걸렸던 것이다. 현행범으로 붙잡힌 우리는 며칠 동안이나 다리를 절룩거리며 다녀야 할 만큼 매를 맞았었다.

킬킬거리던 영준이 문득 가볍게 탄성을 냈다.

"어! 저기, 지금도 잉어가 있네."

얇은 얼음 아래 정말로 비단잉어 떼가 보였다. 찬물 속에 숨은 잉어들은 움직임을 멈추고 동면하듯 조용히 웅크리고 있었다. 느릿느릿 유영하는 놈도 몇 마리 눈에 띄었다. 잉어의 등판에 새겨진 붉은 얼룩이 마치 막 아물어가는 화상 같았다. 그놈들은 명상에 잠긴 은자들처럼 고요히 침잠해 있었다. 무엇을 생각하는지 영준은 연못가에 쭈그리고 앉아 고기 떼를 내려다보는 중이었다.

연못 옆엔 영준과 내가 2학년 땐가 함께 쓰던 교실이 있었다. 나는 유리창 너머로 교실을 들여다보았다. 텅 빈 교실 한 귀퉁이로 햇빛이 새어들고 있었다. 책상과 의자는 신형으로 바뀌어 있었지만 나는 눈어림으로 내가 앉았던 자리를 찾아냈다. 영준은 아마 내 뒤편으로 두어 칸 뒷자리에 앉았을 것이다.

그때였다. 텅 빈 교실에 검은 교복을 입은 까까머리들이 하나둘씩 자리를 채우고 있는 것을 발견한 것은. 점심시간이었고 아이들은 삼삼오오 도시락을 까먹고 있었다. 그 애들 중의 한 아이가 나를 보고 손짓을 했다. 그러자 옆에 있던 아이도 나를 향해 활짝 웃어 보였다. 그 애들이 소곤거리는 소리가 들려왔다.

"쟤들 삼십 년 만에 찾아왔네."

"그러게. 근데 우릴 알아볼까."

나는 창에 눈을 바짝 갖다 댔다. 그 애들은 바로 영준과 나였다. 까까머리에 검은 교복 차림의 그 애들은 나를 향해 손을 흔들었다. 그러고는 나를 향해 이렇게 말했다.

"오랜만이야. 그동안 뭘 하고 살았니?"

대답할 말을 찾지 못해 허둥거리는데 누군가가 내 어깨를 가볍게 두드렸다. 돌아보니 삼십 년 후의 영준이 나를 쳐다보고 있었다. 나는 영준의 얼굴과 교실을 번갈아 들여다보았다. 삼십 년 전과 지금의 영준을 비교하기라도 하듯. 그러나 까까머리 중학생들은 연기처럼 사라져버렸고 다시 빈 교실만 남았을 뿐이었다. 영준이 다가와서 조금 전에 내가 하던 양으로 교실 안을 들여다보았다.

몇 걸음 물러나다 나는 발밑에 쌓인 눈을 뭉쳐 영준을 향해 던졌다. 포물선을 그리며 날아간 눈덩이는 정확하게 영준의 등판을 맞혔다. 영준이 나를 돌아보았다. 나는 다시 눈을 뭉쳐 그에게 던졌다. 영준이 씽긋 웃으며 눈을 뭉쳤다.

"뭐야. 해보자는 거지?"

우리는 정신없이 눈싸움을 벌였다. 허공을 어지럽게 교차한 눈덩이가 머리에, 가슴에, 다리에 맞아 툭툭 부스러졌다. 나는 짐짓 달아났다. 영준이 나를 쫓아오며 눈덩이를 계속 던졌다.

"항복! 항보옥!"

그러나 영준은 내 발을 걸어 눈밭에 쓰러트렸다. 나도 넘어진 채 손으로 영준의 다리를 밀어 넘어뜨렸다. 우리는 엎치락

뒤치락 서로의 몸을 올라탔다. 영준이 눈을 한 움큼 떠 내 얼굴에 비벼댔고 나는 영준의 옷깃에 밀어 넣었다. 한참 만에야 우리는 헐떡거리며 장난을 그쳤다. 영준과 나는 눈밭에 벌렁 누워 하늘을 올려다보았다.

이십삼 년 전, 눈이 펑펑 내리던 벌판이 다시 떠올랐다. 깔깔 웃던 은영의 웃음이 귓전에 쟁쟁거렸다. 은영의 허리를 감고 눈밭을 구르던 영준의 모습도 떠올랐다. 은밀히 교환하던 그들의 눈웃음도 눈앞에 보이는 듯했다. 아마 영준도 똑같은 회상을 하고 있었음에 틀림없다. 얼굴에서 웃음기를 거둔 그는 말없이 하늘만 올려다보고 있었다.

"인제 미국 가면 어쩌고 살 거니?"

"어쩌긴…… 그냥 살아지는 대로 사는 거지 뭐."

"우리 다시 만나겠지?"

"그래야지 뭐. 너도 언제 미국에 한번 놀러 와라. 좋은 데 구경 많이 시켜줄게."

"그래야지 뭐."

교문을 나섰을 땐 눈발이 다시 가볍게 흩날리기 시작했다. 우리는 학교 앞 분식점에서 라면 한 그릇씩을 먹고 헤어졌다. 형을 만나러 간다는 영준에게 태워다 주마고 했으나 그는 굳이 사양했다. 나는 택시를 잡는 영준을 물끄러미 지켜보았다. 햇볕에 드러난 수염이 초췌했다. 택시가 멈춰 서자 우리는 악수를 나누었다. 공항에서 만났을 때 서양 사람처럼 포옹을 하던 영준의 모습이 스쳤으나 나는 그를 끌어당기는 대신 손을 가볍게 떼어냈다.

"또 보자."

"그래야지 뭐."

산복도로 굽이를 꺾어 들면서 택시는 시야에서 사라졌다. 조금씩 굵어지는 눈발 사이로 행인들이 종종걸음을 치고 있었다.

"이 나쁜 놈들아!"

사무실에서 끌려가던 아낙의 목소리가 다시 귓전을 파고들었다. 나는 외투 주머니에 들어 있는, 모서리가 너덜너덜한 사직서 봉투를 만져보았다. 내일이나 모레쯤이면 나는 사무실의 내 책상 서랍을 정리하고 있을 것이었다.

"그러나……" 하고 나는 중얼거렸다. 투명한 슬픔이 들판의 눈보라처럼 휘날리다 마음의 지층에 켜켜이 쌓이는 것만 같았다. 내 마음의 연못에선 몇 마리 비단잉어가 지느러미를 세워 찬 물살을 가르며 헤엄치고 있었다. 나는 심호흡을 했다. 눈송이가 섞인 차가운 공기가 허파꽈리에 가득 차오르는 듯했다.

수도원 부근

숲길을 걷고 있을 때 그레고리안 성가가 들렸다. 아침 성무 일도가 시작된 모양이다. 수도원 뒤편 동산은 소나무와 느티 나무, 떡갈나무가 빽빽이 들어차 하늘이 보이지 않았다. 길이 갈라질 때마다 화살표 모양의 팻말이 붙어 있었다. 성모 동 굴, 루브르 동산, 명상의 길, 진달래 길⋯⋯

산 위에서 보는 붉은 벽돌의 수도원이 레고로 만든 장난감 성 같았다. 명상의 길로 접어들었더니 양편에 메타세쿼이아 나무가 도열해 있었다. 나는 사열하는 장군처럼 뒷짐을 지고 숲길을 천천히 올라갔다. 이슬에 젖은 마른 솔잎이 구두코에 달라붙었다. 산마루에 오르자 문득 시야가 툭 트였다.

건너편은 깎아지른 벼랑이었고 벼랑 밑은 시퍼런 물이 출렁거리는 호수였다. 물 위에 절벽 그림자가 흔들리고 있었다. 호수 끝에는 마을이 매달려 있었다. 푸성귀 밭에서 늙은 농부가 배추와 무, 대파에 거름을 주고 있었다.

길을 되짚어 돌아오니 다시 노래가 들렸다. 키리에 엘레이손, 크리스테 엘레이손, 키리에 엘레이손…… 주님 자비를 베푸소서. 그리스도님 자비를 베푸소서. 주님 자비를 베푸소서……

사내들의 낮은 화음이 떡갈나무 잎에 부딪쳐 가볍게 부서졌다. 변성기 전의 소년을 거세시켜 소프라노로 만든 카스트라토와 저 사내들을 한자리에 세워 노래하게 한다면 어떤 소리가 나올까.

'수도자 묘역'이란 팻말이 눈에 띄었다. 무심코 걸음을 옮겼더니 곱게 떼를 입힌 무덤이 줄지어 있었다. 나는 비석들을 하나하나 들여다보았다. 이름이 새겨진 검은 오석이 지상에서 명계로 여행하는 자들의 여권 같았다.

송명호 보니파시오 1920~2001, 김철석 요셉 1931~2004, 정인환 라파엘로 1940~2003…… 젊어 죽은 수사도 있었다. 유정수 프란치스코 1964~1998.

숲길을 빠져나와 수도원으로 통하는 돌계단으로 내려올 때 성가 소리가 그쳤다. 하루 여섯 차례의 기도 중 아침 성무일도가 끝난 모양이었다. 소성당에서 모자 딸린 치렁치렁한 갈색 스카풀라를 입은 수사들이 하나둘 빠져나오고 있었다. 머리가 땅바닥에 곤두박질할 듯 허리 굽은 노인에서부터 스물을 갓 넘긴 앳된 청년에 이르기까지 쉰 명쯤 되는 그들은 망토를 입고 빗자루를 타고 다니는 호그와트 마법학교의 마법사처럼 보였다. 대열 뒤편에서 라우렌시오 수사가 다가왔다.

"산책 다녀오시나 봐요."

"네. 경치가 좋더군요."

"호수 주변을 한 바퀴 걸어보셔도 좋을 겁니다."

"네에…… 그런데 원장 수사님은 안 보이는군요."

"먼저 나가셨어요. 아마 원장실에 계실 겁니다."

나는 고개를 끄떡였다.

"십 분 후면 아침 식사 시간입니다. 저쪽 손님 식당에 가시면 상이 차려져 있을 겁니다."

하얀 보가 덮인 식탁에는 쌀밥과 김이 모락모락 나는 시금치 토장국, 쇠고기볶음, 배추김치와 깍두기, 졸인 연근과 무채처럼 얇게 썬 생 야콘 따위가 차려져 있었다. 잇단 과음으로 메슥거리던 속이 따뜻한 토장국에 풀리는 것 같았다. 찬장에 가지런히 얹힌 찻잔을 꺼내 녹차를 탔다. 안드레아는 단식 중일 테고 수사들은 어디엔가 모여 밥을 먹고 있을 터였다. 수도원은 인적 없는 고성처럼 단단하고 고적했다.

수도원이라면 중세를 다룬 서양 영화에서밖에 본 적이 없던 내가 이곳을 찾아온 건 라우렌시오 수사의 전화 때문이었다. 그제 밤이었다. 시내에서 술을 마시고 택시로 돌아오는데 양복 윗도리 주머니가 부르르 떨렸다. 휴대전화를 꺼내 받았더니 낯선 목소리가 흘러나왔다.

"여보세요. 저…… 최 라우렌시오 수삽니다."

"……?"

누구인지 얼핏 떠오르지 않아서 어물거렸더니 목소리가 이어졌다.

"왜 작년 가을 안드레아 원장 수사님과 함께 부산에서 인사드렸던……"

그때서야 목소리의 주인이 기억났다. 짧게 깎은 머리에 호리호리한 몸매와 안경 속에 선량한 눈빛을 가진 삼십대 초반의 젊은 수사였다. 그의 단소 가락도 뒤이어 생각났다. 그날 무슨 말끝엔가 안드레아가 그를 가리키며 가볍게 핀잔을 주었었다.

"우리 라우렌시오 수사님은 단소 부는 걸 밥보다 더 좋아해. 너무 단소만 불어도 수도에 지장이 있을까 봐 내가 단소를 압수해놓고 일주일에 딱 하루만 내준다구."

내가 하하 웃자 민망한 듯 고개를 숙여버리던 모습도 뒤따라 떠올랐다.

"아, 예…… 안녕하세요. 어쩐 일로……"

"밤늦게 실롑니다만, 저녁에 여러 차례 전화를 드려도 받지 않으시기에……"

술집에서 휴대전화를 넣어둔 윗도리를 벗어놓고 떠드느라 몰랐던 모양이다.

안드레아가 열흘 전부터 단식에 들어갔다는 것이었다. 주위에서 아무리 말려도 단식을 풀 생각을 않는다고 했다. 예상했던 대로 레저타운 건 때문이었다.

안드레아에게서 연락이 온 것은 지난해 가을이었다. 부산 분원에 들른 길이라며 얼굴이나 보자는 것이었다. 삼 년 만의 만남이었다. 그사이 안드레아가 수도원 참사회에서 젊은 나이로 원장에 선출된 것은 알고 있었으나 피차 제 일에 골몰하다 보니 적조했던 터였다. 알려준 대로 택시를 타고 남천동 KBS 뒤편 언덕배기를 찾아갔다. 가는 날이 장날이었다. 교통이 혼잡하기 짝이 없었다. 알고 보니 광안리에서 불꽃축제를 하는 날이었다. 꼬리를 문 자동차들이 마구 울려대는 경적에 귀청이 터져나가는 것 같았다. 난민 같은 인파가 끝없이 줄지어 바다로 향하고 있었다. 꼬불꼬불 샛길을 돌아 간신히 작은 벽돌 건물에 도착했을 땐 어스름이 깔려 있었다.

안드레아가 나를 데려간 곳은 바다 쪽으로 널찍한 창이 난 방이었다. 그는 냉장고에서 와인을 꺼내 왔다. 동행한 젊은 수사가 두툼한 치즈를 자르고 엄지손가락만 한 소시지를 구워냈다.

"이거 우리 수도원에서 담근 건데 대축일에만 배급되는 특제야. 너랑 한잔하려고 포도주방 수사에게 특별히 부탁해 몇

병 얻어왔지. 이 치즈와 소시지도 우리가 직접 만든 거야."

그는 와인을 따르며 생색을 냈다.

"출세하시더니 빽이 세졌어?"

"이거 왜 이래. 나도 이거 한잔 얻어 마시려면 통사정해야 한다구."

우리는 술을 마시며 한담을 나누었다. 그는 수도원에서 특용작물을 처음 수확해 도농공동체에 납품한 이야기, 내년부터는 소형 오프셋 인쇄기를 도입해 출판 일을 시작해볼 계획이라는 이야기를 했다.

아침을 먹고 나는 손님방으로 돌아갔다. 아름드리나무가 줄지어 선 호젓한 길을 내려가면 숲 사이에 방갈로 같은 세 채의 집이 나왔다. 마당엔 붉은 꽃송이를 피운 백일홍이 서 있었다. 손님방의 황토벽에는 십자고상이 걸려 있었고 싱크대와 찬장이 딸려 있었다. 일인용 침대와 소형 냉장고, 스탠드도 있었다. 나는 가방에 쑤셔 넣어 간 책을 꺼내 들고 벽에 등을 기댔다.

책을 뒤적이다가 깜빡 잠이 들었던 모양이다. 까악까악 하는 소리에 잠에서 깨어보니 까치 두어 마리가 텃밭의 배추를 파먹고 있었다. 고무신을 끌고 마당으로 나가 훠이, 훠이 쫓아냈더니 녀석들은 꼼짝도 않은 채 검은 눈알로 나를 노려보는 것이었다. 저도 식객인 주제에 웬 참섭이냐는 투였다. 한

발 더 다가서자 위협하듯 부리를 딱딱 마주치더니 마지못해 건넛산으로 푸르르 날아갔다.

나온 김에 고무신을 신은 채 수도원 본채 쪽으로 걸어 올라갔다. 길가 녘에 널따란 밭이 펼쳐져 있었다. 작업복에 밀짚모자를 쓴 예닐곱 명의 수사들이 김을 매고 있었다. 콩잎을 닮은 푸른 잎사귀들이 밭을 꽉 채우고 있었다. 아침 밥상에 오른 검붉은 야콘이 지난해 저곳에서 수확된 것인 모양이었다. 그 옆이 천마밭이었다. 길쭉한 푸른 잎 위로 주황색 꽃대가 솟아 있었고 솜처럼 하얀 꽃이 피어 있었다. 양상추와 브로콜리도 눈에 띄었다.

한량처럼 기웃거리는 내게 수사들은 관심을 보이지 않았다. 누군가가 손을 흔들었다. 라우렌시오 수사였다. 밀짚모자를 쓴 그는 낫을 쥔 채 밭고랑 사이를 걸어 내게 다가왔다.

"여기서 일하고 계셨네요."

"네. 제가 작목반이라…… 산책을 또 나오셨나 봐요."

"아니, 원장 수사님을 만나볼까 하고……"

"선생님이 우리 원장 수사님께 말씀 좀 잘 드려주세요."

"글쎄…… 내가 다그친다고 말을 듣겠어요."

"그래두 저희들보단 낫지 않겠어요."

나는 예수성심상과 성모상이 세워진 앞마당을 가로질러 수도원 본채로 들어섰다. 문간에 딸린 사무실의 직원에게 부탁했더니 연락을 받은 안드레아가 어제처럼 나왔다. 나는 그를 따라 현관 옆의 응접실로 들어갔다. 성화 한 점이 벽에 걸린 단출한 방이었다. 밝은 빛에 다시 보니 원래 마른 얼굴이 반쪽이 돼 있었다. 퀭하게 들어간 눈두덩에 광대뼈가 솟았고 텁수룩한 수염이 티베트 설산의 동굴에 들어앉은 구루 같은 몰골이었다. 블라인드로 새어 들어온 햇살이 그의 얼굴에 얼른얼른 그림자를 지우고 있었다.

"하룻밤 잤으면 됐지 아직도 안 갔어?"

"너, 그러고 있으니 꼭 우드스탁에 출전한 히피 기타리스트 같네."

"거참, 할 일 없는 친구일세. 남 굶고 있는 게 무슨 구경거리라고……"

"밥 주겠다, 방 내주겠다, 경치까지 좋은데 뭐 하러 골치 아픈 곳에 가겠나. 그건 그렇고 수사란 사람이 단식투쟁이나 해도 되는 거야? 그게 다 하느님 걱정시키는 짓이라구."

나는 계속 이죽거렸다.

"이러다가 순교성인 한 사람 나겠군. 성 안드레아 김인섭……"

"실없는 소리 말고 저기 차나 끓여 마시든지."

친구야 굶거나 말거나 나는 찬장에서 찻잔과 차통을 꺼내 녹차를 우려 마셨다. 군청에서도 알고 있느냐고 물었더니 단식을 하기 전에 군수에게 통고했다고 했다.

"그럼 차라리 군청 앞에 거적을 깔고 앉든지. 아니면, 도청

소재지로 가서 도청 앞마당에서 데모를 하든가."

"안 그래도 그러고 있어. 나는 원장실에 앉아 있지만 매일 오후 두시에 우리 수사님들과 옆 마을 성당 신자들이 군청 앞에서 기도 모임을 열고 있지. 환경단체 회원들과 레저타운 건설을 반대하는 주민들도 참석하고 있고……"

"허참. 성무일도를 군청 앞에서 하는 셈이로군. 군청에선 무슨 반응이 있어?"

안드레아는 고개만 가로저었다. 어제 이곳에 올 때 수도원 근처 인가의 담에 어지럽게 나붙은 몇 개의 플래카드가 떠올랐다. '지역 발전 가로막는 수도원은 각성하라!', '레저타운 건설이 살길이다. 수도원은 이곳을 떠나라!', '레저타운 막으면 수도원이 우리 먹여 살릴 거냐' 따위였다. 밤마다 수도원으로 돌팔매가 날아 들어와 유리창을 깨곤 한다는 소리를 라우렌시오 수사에게서 듣기도 한 터였다. 안드레아가 단식을 시작한 것은 레저타운 건설반대 위원회에 가입한 마을 청년 두 사람이 건설회사가 고용한 용역반원들과 주먹다짐을 했다가 구속된 다음 날이었다.

"그래서 밥을 계속 굶겠다구? 단식하는 게 무슨 대책이 돼? 나 같으면 열심히 챙겨 먹고 싸우겠구먼."

안드레아는 대답 없이 슬몃 웃음을 띨 뿐이었다. 나는 혀를 찼다.

"거참…… 그때 말려야 했었는데……"

남천동 수도원 분원에서 만났을 때 안드레아가 부탁을 꺼낸 것은 와인을 두 병째 땄을 때였다. 아는 기자나 환경단체 회원이 있으면 소개해달란 것이었다. 느닷없이 그런 사람들을 왜 만나려느냐고 물었더니 수도원 근처에 재벌기업이 대규모 레저타운을 짓겠다고 나섰다는 것이었다. 골프장과 콘도, 그리고 놀이시설을 짓겠노라고 주변의 땅을 닥치는 대로 사들이고 있다고 했다. 건설회사는 심지어 수도원 부지를 사들이겠다고 찾아오기까지 했다고 한다. 그대로 두면 수도원이 골프장과 유흥지에 포위될 판이라 생각다 못해 건설 반대 운동을 시작해볼 작정이라고 했다.

　　"거기가 무슨 레저타운을 지을 데나 되나? 그 촌구석에……"

　　"글쎄, 재벌회사는 생각이 다른 모양이지. 제법 운치 있는 호수가 있거든. 골짜기며 산자락도 골프장을 지을 만큼 널찍하고…… 게다가 얼마 전에 4차선 국도가 개통됐어."

　　"흠……"

　　"수도원도 수도원이지만 지금 주민들이 찬성하는 패와 반대하는 패로 나뉘어서 동네 인심이 말이 아니야. 건설회사가 주민을 부추겨 싸움을 붙이는 것 같더군. 레저타운이 개장되면 취직을 시켜주겠다고 부추기는 통에 찬성하는 사람들의 성화가 여간 아니야. 군청은 벌써 재벌회사의 로비에 넘어간 것 같아. 곧 허가가 나온다는 말이 있더군."

"기자나 환경단체 사람들을 소개시켜달란 건 우리 원장 수사님이 나서서 여론화하겠다는 뜻일 테구?"

그는 고개를 끄덕였다.

"그런데 내가 어디 그런 일을 해봤어야지. 너야 뭐 소설가랍시고 이 사람, 저 사람 만나고 다닐 테니 그쪽 사람들도 더러 알 거 같아서……"

나는 탁자 너머로 안드레아를 바라보았다. 그는 창문 너머로 시선을 돌렸다. 짙어가는 어스름이 그의 희고 반듯한 이마에 그늘을 드리우고 있었다. 재벌회사를 상대로 개발 반대투쟁이라니, 기도나 하고 그레고리안 성가나 부르는 백면서생에게 어울리는 일이 아니었다.

"니가 그악스러운 재벌회사와 싸워서 이길 수 있을까?"

그는 약간은 서글퍼 보이는 웃음을 지어 보였다.

"그럼 어떻게 해. 그냥 쫓겨날 순 없잖아. 그 수도원이 세워진 지 구십 년이 넘었는데…… 주민들끼리 패싸움하는 것도 못 볼 일이고……"

아무래도 달걀로 바위 치기라는 생각이 들었지만 나는 며칠 후 그를 부산으로 불러 사회부 기자 두엇과 환경단체 간부 두어 사람을 소개해주었다. 그 덕인지 신문 한 귀퉁이에 기사가 실렸다. 가끔 전화를 걸어보면 안드레아는 활기에 차 있었다. 주민들을 모아 레저타운 건설 저지 대책위원회를 결성한 모양이었다. 군청 소재지 성당의 신자들과 인근 소도시에 있는 환경단체의 도움도 얻기로 한 모양이었다. 군수나 도청의 관계자를 찾아가 항의문을 전달하기도 하고 도청 기자실로 찾아가 기자들에게 브리핑도 했다고 했다. 어떻게 될 것 같으냐고 물으면 "글쎄, 하는 데까진 해봐야지 뭐" 하는 수줍은 대답이 돌아왔다.

원장실을 나온 것은 점심때가 다 되었을 무렵이었다. 단식을 그만두라고 여러 차례 다그쳤지만 안드레아는 요지부동이었다. 난감했지만 덧붙일 말이 떠오르지 않았다. 그와 나는 응접실을 나왔다. 그는 스카풀라 안주머니에서 삼각 열쇠를 꺼내 봉쇄구역의 출입문을 열고 사라졌다. 어둑한 복도를 빠져나오니 현관으로 쏟아져 들어오는 초여름 햇살에 눈이 부셨다. 손으로 차양을 치며 나는 자신도 모르게 혀를 찼다.
체칠리아 수녀가 생각난 것은 눈부신 자줏빛 꽃을 피운 마당의 라일락을 보았을 때였다. 나는 그녀의 희고 동그란 얼굴과 총명하게 반짝이던 눈매를 떠올렸다. 체칠리아라면 안드레아를 말릴 수 있을까. 환속했다는 그녀의 소재도 모르면서 나는 그런 생각을 잠깐 했다.

체칠리아가 수녀원을 나왔다는 이야기를 들은 것은 그날 안드레아와 만났을 때였다. 두 병째의 와인이 동이 나고 안드레아가 새 와인을 꺼내왔을 땐 그도 나도 얼근히 취해 있었다.

라우렌시오 수사는 두어 잔 마셨을 뿐인데 얼굴이 벌겋게 달아올라 있었다. 문득 안드레아가 옆에 앉은 그를 돌아보았다.

"우리 라우렌시오 수사님. 오랜만에 단소 실력 한번 발휘해 보시지."

"여기서요?"

젊은 수사는 난처한 듯 되물었다. 그러나 나는 그의 얼굴에서 반가운 기색이 반짝 떠오르는 것을 놓치지 않았다.

"뭐 어때. 오랜만에 한번 들어보자구……"

안드레아의 채근에 나까지 껴들어 "한번 해보세요" 하고 거들자 라우렌시오 수사는 수줍은 표정으로 가방에서 단소를 꺼냈다. 그리고 입에 대고 후후 입김을 불어넣어 음을 맞췄다. 이윽고 명징한 소리가 흘러나오기 시작했다.

바람 소리처럼 흐느끼는 음색이 방 안을 가득 채웠다. 희고 갸름한 손가락이 단소 구멍 위에서 춤추듯 움직이고 있었다. 한 구비를 넘은 소리는 이번엔 푸른 계곡에 새벽안개가 흘러다니는 것처럼 나직하게 떨려 나왔다. 곡명이 「댓바람 소리」라고 했다. 나는 그의 솜씨를 칭찬했다.

"어이구, 대단하시네. 오래 닦으신 솜씬데요."

라우렌시오 수사는 멋쩍은 듯 씩 웃었다. 나는 한 곡을 더 청했다. 달빛이 곱게 비치는 잔잔한 호수에 배를 띄운 듯 투명하고 잔잔한 곡조였다. 반짝이는 음표들이 하늘을 선회하며 물의 표면에 깃털처럼 내려앉아 부서지는 느낌이었다. 광

광안리 바다에 달빛이 내려앉고 있었다.

펑!

두번째 곡의 여음이 몽롱하게 방 안을 떠돌고 있을 때였다. 문득 창밖에서 폭발음이 들렸다. 하늘 한편이 번하게 밝아지더니 불꽃이 터지고 있었다. 화살 같은 빛줄기가 방사상으로 퍼지며 하늘을 채우더니 사라졌다. 쉭 하는 소리에 이어 펑 하고 또 다른 빛다발이 터져 나왔다. 불꽃놀이가 시작된 모양이었다.

한 시간 동안 팔만 발의 불꽃을 터트린다던가. 백만 명이 넘는 사람들이 광안리 바닷가에 모였다던가. 네온사인이 일렁거리는 바다 위 허공에서 빛의 황홀경이 펼쳐지고 있었다. 갖가지 색깔과 모양의 불꽃의 군무는 성장한 여인들이 들어찬 무도회장 같았다.

펑!

다시 눈부신 빛다발이 터지더니 황금빛 하트 두 개가 서로 얽혀 반짝이다 사라졌다. 빛의 잔해들이 유성우처럼 허공에서 떨어져 내렸다. 공작새 모양의 불꽃이 긴 꼬리를 끌며 동편에서 서편으로 쉬익 소리를 내며 날아가고 있었다. 못 먹는 술에 취했던지 라우렌시오 수사가 하품을 깨물며 제 방으로 돌아갔다.

"옛날 생각나지 않아?"

폭죽 소리에 안드레아는 내 말을 미처 알아듣지 못한 모양이었다. 나는 그를 향해 몸을 기울여 좀 더 큰 소리로 말했다.

"옛날 생각나지 않느냐구."

그가 나를 향해 멀뚱한 시선을 보냈다.

"그 왜 해운대서 술 마실 때. 그때도 불꽃놀이 구경을 했었잖아. 너랑 나랑 체칠리아, 셋이서……"

그때야 안드레아가 씨익 웃었다. 완전범죄를 저지르고는 흩어졌다 다시 만난 공범들이 옛 무용담을 떠들듯 우리는 술 취한 체칠리아를 번갈아 업고 어두운 거리를 걷던 이야기를 되살리며 낄낄거렸다.

안드레아와 체칠리아, 그리고 나는 같은 성당의 오랜 친구였다. 중고등부, 그리고 청년부를 함께했고 주일학교 교사 노릇도 함께했던 터였다. 많은 성당 친구들 중에서도 셋은 단짝이었다. 부활절 계란을 만들 때도, 레지오 회합을 할 때도, 그리고 여름 피정을 가서도 우리는 늘 붙어 다녔다. 봄날 일요일엔 미사를 마치고 남천동 벚꽃길을 함께 걷기도 했고, 가을엔 카메라를 들고 을숙도 갈대밭으로도 갔다. 체칠리아는 쾌활하고 싹싹한 아이였다. 언제부터인가 나는 안드레아를 향한 체칠리아의 노을 빛깔 같은 마음을 눈치챘다.

나는 서울의 한 사립대학에, 체칠리아는 간호대학에 들어갔다. 수도원에 들어가겠다던 안드레아는 부모의 반대 때문에 부산의 국립대학에 들어갔다. 안드레아와 체칠리아가 따로 만난다는 사실을 나는 뒤늦게 알았다. 체칠리아와 첫 입맞

춤을 하고 나서 안드레아는 내게 편지를 보내왔다. 그녀를 좋아하지만 어떻게 해야 할지 모르겠다는 이야기였다.

다시 일 년 반쯤 지난 뒤 이번엔 체칠리아가 편지를 보내왔다. 안드레아가 결국 수도원에 들어가기로 결정했다면서 나더러 좀 말려볼 수 없겠느냐고 썼다. 닷새 후 그녀는 그냥 모른 체해달라는 편지를 다시 보내왔다. 그러나저러나 내가 끼어들 수 있는 일은 아니었다.

나는 창을 향해 불꽃을 보고 있는 안드레아의 얼굴을 물끄러미 바라보았다. 반듯한 이마, 우뚝한 콧날, 사내치고는 얇은 입술에 갸름한 턱선…… 옛날의 미소년은 사라졌어도 안드레아의 얼굴은 아직 단아함을 잃지 않고 있었다. 누가 그랬더라? 저 친구를 보고 장국영을 닮았다고 한 사람이 있었는데…… 아 그래, 체칠리아였지.

이십 년 전 한 해의 마지막 날, 나는 겨울방학을 맞아 집에 내려와 있었다. 때마침 수도원에서 일주일간 휴가를 얻어 나온 안드레아가 전화를 걸어왔다. 저녁나절 성당 마당에서 만난 우리는 옛날의 단골 막걸리집을 찾아갔다. 막걸리 주전자 두 개를 비우고 나자 나는 주저하는 안드레아를 끌다시피 해서 체칠리아가 일하는 병원으로 쳐들어갔다. 그녀는 놀란 기색을 감추지 못했다. 나는 우정 과장된 시늉으로 체칠리아와 포옹을 했다. 그녀는 나를 밀어내며 안드레아에게 시선을 돌렸다.

"오랜…… 만이네."

안드레아를 바라보는 체칠리아의 얼굴에 엷은 홍조가 밴 듯했다. 안드레아는 어색한 듯 반쯤 외면한 채 헛기침을 했다. 체칠리아가 우리를 신생아실 앞으로 데려갔다. 창문 커튼을 걷어 젖히자 바구니에 누운 갓난아이들이 보였다. 가습기에서 모락모락 피어나는 수증기 사이로 발가벗고 인큐베이터에 누워 있는 미숙아들도 보였다. 체칠리아는 강보에 싸인 신생아를 안고 창가로 다가왔다.

"예쁘지?"

우리는 면회 온 젊은 아비들처럼 입을 헤벌리고 머리카락이 찰싹 달라붙은 아기를 들여다보았다. 아기를 안고 활짝 웃는 체칠리아가 새색시 같았다.

교대를 한 체칠리아와 함께 우리는 해운대로 갔다. 해수욕장 거리는 인파로 넘쳐났다. 마땅한 곳이 없어 눈에 띄는 대로 혼잡한 생맥줏집에 들어갔다. 안드레아가 더는 술 마시기를 꺼리는 바람에 술은 나와 체칠리아의 차지였다.

안드레아는 수도원 장상의 권유로 수사신부가 되기 위해 신학교에 들어갈 계획이라는 이야기를 했다. 평수사로 평생을 지내고 싶지만 어쩔 수 없는 일이 아니겠느냐고 했다. 나는 그 무렵 한 여자와 연애 비슷한 걸 하다 차인 이야기 끝에 여자들이 얼마나 속물적인 존재인가를 논증하느라 침을 튀겼다. 체칠리아는 밤낮없이 환자들의 등쌀에 시달리는 병원 일의 지겨움을 푸념했다. 평소에는 말수가 적은 그녀는 그날따라 술을 많이 마셨고 말도 많았다. 그 무렵 개봉됐던, 장국영과 장만옥이 주연한 「아비정전」 이야기도 나왔던 것 같다. 우리가 중구난방으로 떠드는 소리를 안드레아는 잠잠히 듣고만 있었다.

체칠리아가 주정을 부리기 시작한 것은 그 이후였다. 세상에 대한 장국영의 과녁 없는 증오와 장만옥의 기약 없는 기다림, 그리고 덧없이 엇갈리는 짧은 사랑 이야기가 남긴 몽롱한 분위기에 나른히 가라앉아가고 있을 때였다. 내가 언제쯤 시집갈 거냐고 물었던 게 화근이었던 모양이다. 그녀가 말을 끊고 입술을 야물게 오므렸다. 그러더니 갑자기 벌컥벌컥 오백 시시 생맥주잔을 단번에 비웠다. 그러고는 느닷없이 영화 대사를 과장된 어조로 읊기 시작했다. 다리가 없는 새가 살았다. 새는 오로지 날기만 했다. 날다 지치면 바람 속에서 잠이 들었다. 새는 평생 단 한 번 땅에 내려올 수 있었는데 그때가 바로 죽는 날이었다. 뭐 그런 내용이었을 것이다.

옆자리 손님들이 돌아보거나 말거나 게슴츠레한 눈으로 한참 동안이나 헤실헤실 웃던 그녀는 갑자기 혀 꼬부라진 소리로 안드레아에게 시비를 걸었다.

"수사님, 넌 수도원에만 가면 다냐? 술도 안 먹고 눈을 내리깔고 입을 꼭 다물고 근엄을 떨면 다냐구…… 자, 마셔, 마시라구."

182

그러고는 안드레아의 잔에 술을 부었다. 탁자를 타고 넘친 술이 그의 바지를 적셨다. 안드레아는 당황한 듯 얼굴이 벌겋게 달아올랐다. 그녀는 주정을 계속했다.

"야, 넌 옛날부터 밥맛없었어. 장국영이처럼 예쁜 얼굴을 하고선 지가 아니면 세상이 구원될 수 없다는 듯 거룩한 표정은 혼자 다 짓고 다녔잖니. 하늘나라는 등불을 들고 신랑을 맞이하러 나간 열 명의 처녀에 비유할 수 있다. 그러므로 늘 깨어 있으라, 뭐 이런 거야? 이젠 하느님과 결혼했으니 넌 동성애자가 된 셈이네? 아 참, 하느님은 남성도, 여성도 아니라니까 중성애잔가? 근데 얘가 이젠 수사님도 모자라서 신부님까지 되겠다네."

그녀는 제 앞에 놓인 생맥주잔을 들어 다시 들이켰다.

"야야, 마셔. 왜 안 마시니?"

그러더니 땅콩을 한 줌 집어 안드레아의 얼굴에 던졌다. 그 서슬에 안드레아 앞에 놓였던 술잔이 바닥으로 굴러떨어져 요란한 소리를 내며 깨졌다.

"야, 왜 그래. 얘가 못 본 사이에 와일드해졌네."

옆자리 사람들의 눈총 때문에 나는 그녀를 일으켜 세웠다.

"왜, 나 아직 술 더 마실 수 있어. 마실 수 있다구."

뿌리치는 그녀를 껴안다시피 해 술집 밖으로 나와 택시를 잡으려고 이리저리 뛰었으나 도무지 빈 차를 찾을 수가 없었다. 내 목에다 마구 입맞춤을 해대는 그녀를 해수욕장 앞 돌계단에 억지로 주저앉혔다. 안드레아도 체칠리아 옆에 앉았다. 차가운 바닷바람이 얼굴을 때렸다.

그때였다. 와 하는 사람들의 탄성이 들렸다. 무슨 일인가 했더니 건너편 달맞이고개에서 불꽃이 하늘로 올라가고 있었다. 새해가 시작된 모양이었다. 헤비메탈 가수처럼 헤드뱅잉을 하며 알 수 없는 노래를 웅얼거리던 체칠리아가 벌떡 일어나 펄쩍펄쩍 뛰기 시작했다.

"와! 불꽃이다! 우리 안드레아 수사님만큼이나 예쁜 불꽃이네! 행복한 왕자님, 아니지. 행복한 수사님이지, 해피 뉴 이어!"

나는 그녀의 팔을 끌어 주저앉혔다. 그녀는 두 팔을 벌려 이번엔 안드레아와 내 목을 한꺼번에 껴안았다. 하늘의 불꽃을 올려다보던 체칠리아가 혀 꼬인 목소리로 중얼거렸다.

"아름다운 것은 덧없다…… 아름다운 것은…… 멀리 있다."

체칠리아는 이 년 후 수녀원에 입회했다. 청첩장이 올 것이라 생각했던 나는 등불 들고 신랑을 기다리는 처녀들의 대열에 낀 그녀의 결정에 놀랐다. 그게 사랑인지, 앙갚음인지 알쏭달쏭했다. 첫 서원을 하고 휴가를 얻어 나온 검은 수녀복 차림의 그녀는 배시시 웃기만 했다. 그녀는 크리스마스나 부활절이면 간단한 안부를 적은 엽서를 보내오곤 했지만 십 년 전쯤부터는 시나브로 연락이 끊기고 말았던 터였다.

내가 그녀의 근황을 묻자 안드레아의 얼굴이 문득 어두워졌다. 그는 나직하게 중얼거렸다.

"체칠리아가 환속했대……"

"뭐? 종신 서원한 지가 언젠데 수녀원을 나와?"

"……"

"도대체 왜 나왔다는 거야?"

"……글쎄."

안드레아는 속사정을 대강 알고 있는 눈치였으나 더 이상 말할 기색이 아니었다. 그는 창밖의 불꽃에 시선을 주고만 있었다.

군수가 안드레아를 찾아온 것은 내가 수도원에 머문 지 나흘째 되던 날 오후였다. 마당을 어정거리고 있는데 검은 승용차 두 대가 경내로 들어왔다. 혈색 좋은 오십대 중반의 사내와 수행원으로 보이는 사내 셋이 차에서 내렸다. 그들은 본채 문간의 사무실 창 너머로 뭐라고 묻는 것 같았다. 그들이 들어가고 나서 그새 낯이 익은 사무실 직원에게 누구냐고 물었더니 군수 일행이라고 했다.

국외자였지만 나는 응접실로 들어갔다. 안드레아와 군수가 소파에 마주 앉아 있었고 함께 온 사람들은 문 쪽에 엉거주춤 서 있었다. 라우렌시오 수사도 와 있었다. 틈입자가 신경에 거슬렸던지 군수가 말을 끊고 헛기침을 했다. 안드레아가 군수를 바라보았다.

"말씀 계속하시지요."

군수는 차를 한 모금 마시고는 말을 이었다.

"……그러니까, 이번 사업은 행정적으로 아무런 하자가 없는 사업이란 말이에요. 원장 수사님이 잘 모르시는 모양인데, 요건에 맞으면 허가를 내주지 않을 도리가 없어요. 우리 군은 물론이고 도에서도 승인 절차가 완료됐어요. 사흘 후에 착공식이 열리는데 도지사도 참석하기로 돼 있어요. 포클레인이니 불도저니, 중장비가 다 도착한 걸 원장 수사님도 보시지 않았어요? 수도원 요구대로 허가를 취소한다고 합시다. 그럼 그쪽에서 행정소송을 걸어올 텐데 그건 누가 감당합니까? 원장 수사님이 아무리 단식투쟁을 해도 도리가 없습니다."

라우렌시오 수사가 울분 어린 목소리로 끼어들었다.

"그게 무슨 말씀이에요. 우리가 벌써 반년 전부터 군청을 찾아가지 않았어요? 환경영향평가를 받아보자, 주민공청회를 하자, 주민투표를 해서 결정하자고 입이 닳도록 이야기하지 않았습니까? 그때는 들은 척도 않더니 이제 와서 허가가 났으니 아무 말도 말고 물러나라고요?"

군수는 라우렌시오 수사를 노려보더니 꿍하고 외면했다. 안드레아가 나직한 목소리로 군수에게 되물었다.

"그러니 저더러 단식을 풀고 군청 앞 기도회도 중지해달라, 그리고 공사 중단 가처분 소송도 취하해달라, 이런 말씀인가요?"

"……결론적으로 뭐 그렇죠. 제가 말씀드렸잖습니까. 중재를 서드리겠다고…… 여기 현장소장님도 와 계시지만 원하신다면 수도원 부지와 건물 값을 시가보다 훨씬 후하게 쳐드리고 새 부지를 물색하시면 매입을 도와드리겠다고요. 옮기지 않겠다면 레저타운과 수도원 사이에 소나무를 심어 경계를 차단해드리겠다고……"

안드레아가 군수의 말을 끊었다.

"군수님의 뜻은 잘 알겠습니다만 중도에 그만둘 수는 없습니다. 저희들이 반대운동에 나선 건 수도원 때문만은 아닙니다. 골프장과 리조트 시설이 환경을 파괴한다는 건 누누이 말씀드린 일입니다. 그리고 건설회사에 속아서 헐값에 땅을 판 사람들, 우리와 함께 기도하다 구속된 형제들을 팽개칠 수도 없는 일입니다."

"그럼 끝까지 해보겠다는 말씀이시군요."

안드레아는 대답 없이 미소만 지어 보였다. 군수가 얼굴을 찡그리더니 자리에서 일어섰다. 그리고 위협적으로 씹어뱉었다.

"이젠 나도 어쩔 수 없군요. 마음대로 하세요. 착공식은 글피지만 내일부터는 공사에 착수합니다. 주민들이 수도원에 원성이 많다는 건 알고 계시겠지요. 여기 몰려오겠다는 걸 제가 여러 번 말리기도 했습니다만…… 수사님들, 앞으로는 나들이할 때 조심들 하셔야 할 겁니다."

그러고는 문을 박차고 나가버렸다. 바깥에서 자동차가 떠

나는 요란한 소음이 들렸다. 안드레아는 머리를 무릎에 묻고 꼼짝도 하지 않았다. 세월의 흔적은 어쩔 수 없는 듯 흰머리가 섞인 그의 정수리가 허전했다.

"이제 어떡할 거야?"

그는 대답이 없었다. 창밖에서 새소리가 울렸다. 박명이 내려앉는 수도원은 푸르스름한 이내에 휩싸여 있었다. 한참 만에 안드레아가 고개를 들어 손바닥으로 마른세수를 했다. 그의 얼굴은 나흘 전 내가 왔을 때보다 훨씬 더 상해 있었다. 움푹 팬 눈두덩 아래 거뭇한 주름이 반달 모양으로 잡혀 있었다.

"저녁기도 시간이 다 됐네."

자리에서 일어서던 안드레아의 몸이 휘청했다. 부축하려 했더니 그는 뿌리쳤다. 앙상한 몸이 깃털처럼 가벼웠다.

"이래 가지고 어딜 가려고 해."

"괜찮아. 잠깐…… 어지러웠을 뿐이야."

"정말 단식은 그만둬. 걱정하는 다른 수사님들 생각도 해야 잖겠어? 명색 원장 수사님이……"

그는 나를 향해 시르죽은 웃음만 보였다. 소성당 앞에서 그는 내게 손을 들어 보이고는 문을 밀고 들어갔다.

안드레아는 그날 밤 내가 묵고 있는 손님방으로 찾아왔다. 전화를 걸어온 아내에게서 집을 오래 비운다는 바가지를 긁히고 난 직후였다. 똑똑 노크하는 소리에 문을 열었더니 안드레아가 서 있었다.

"웬일이야? 이렇게 돌아다녀도 괜찮아?"

그는 방으로 들어와 와인 한 병을 내밀었다.

"술 좋아하는 친구가 나 땜에 술 굶는 게 불쌍해서 왔지."

황토벽에 마주 등을 기대앉았다. 나는 병째로 찔끔찔끔 술을 마셨고 그는 두 팔로 무릎을 감싸 안고 말이 없었다.

"밤이 되니 조용하군. 일과가 끝나면 수사들은 무얼 하나?"

"대침묵이라고 해서 다음 날 아침까지는 일절 말을 하지 않게 돼 있지. 자는 사람은 자고, 묵상하는 사람도 있고 제각각이지 뭐."

"여기 있으면 바깥세상에는 도무지 나가고 싶질 않겠구먼. 아등바등할 일도 없을 테고……"

"여기라고 별다른 줄 알아? 사람 사는 데는 똑같지. 서로 토라지기도 하고 미워하기도 하고 외로움에 시달리기도 하고…… 바깥사람들처럼 겉으로 드러내지 못하니까 어쩌면 여기 사람들의 속이 더 곪아 있는지도 모른다구."

"허……"

외로워서 산에 오른다는 알피니스트가 있었다. 외로워서 바다를 떠돈다는 마도로스도 있었다. 남미의 한 작가가 쓴 소설 속의 외로운 독재자는 육 년마다 성형수술로 다른 사람으로 가장해 대통령 선거에 출마하고 그때마다 영부인을 갈아치운다. 장관의 주머니에서 거액을 슬쩍 훔쳐내 거지에게 자

선을 베풀기도 한다. 그렇다면 안드레아도 외로워서 단식을
하고 있는 걸까.

나는 다시 술을 목구멍에 흘려 넣었다. 그러고는 짐짓 심상
하게 말을 던졌다.

"내일은 나도 가봐야 할 것 같아. 하는 일 없이 밥만 축내
자니 눈치도 보이고 말야."

그는 잠잠히 고개를 끄덕였다.

"그건 그렇고 라우렌시오 수사가 너 밥 좀 먹여달라고 일부
러 날 불렀는데 아무것도 하지 못하고 가니……"

"그러게 여긴 뭐 하러 와."

"사또 덕에 나발 분다고 한 며칠 잘 쉬었지. 수도원 밥도
먹어보고……"

그는 미소만 지을 뿐이었다. 다시 침묵이 흘렀다. 먼 곳에
서 풀벌레 소리가 들렸다. 안드레아가 체칠리아에 대한 이야
기를 꺼낸 것은 그때였다.

"그 왜 있잖아. 체칠리아 수녀 말야……"

"왜, 보고 싶니? 체칠리아가 와서 밥 먹으라면 먹을 테야?"

"싱거운 친구……" 하고 헤식게 웃던 안드레아는 말을 이
었다.

"체칠리아가 수녀원에서 나왔단 말 듣고는 작년 봄에 찾아
갔었어."

"그래?"

"남편이 있더라구."

"뭐야?"

안드레아가 체칠리아가 파견됐던 병원의 간호사에게서 행방을 물어 찾아간 곳은 대구에서도 가장 빈민촌인 비산동 달동네의 낡고 퇴락한 슬레이트집이었다. 허름한 티셔츠에 물이 날아간 청바지 차림으로 부엌문을 열고 나오던 그녀는 처음엔 멈칫하더니 곧 담담한 웃음을 띠었다. 그녀를 따라 들어간 어두컴컴한 좁은 방은 머리가 천장에 닿을 지경이었고 긴 병을 앓는 환자 특유의 퀴퀴한 냄새까지 흘러나왔다.

"도대체 걔는 거기서 뭐 하고 있대?"

"글쎄…… 마루도 없이 작은 방이 두 갠데 말야, 안방에 나이가 마흔일고여덟쯤 되는 남자가 누워 있더라구. 체칠리아가, 여보, 손님 오셨어요. 인사하세요, 하고 흔드는데 피골이 상접해서 마른 등걸 같더라구. 자리에 누운 지 오 년째라는데 몸을 쓰지 못하더군. 숨을 갸르릉거리면서 겨우 한쪽 팔을 들어 올리기에 손을 맞잡으니 가랑잎 같은 거야. 그래도 날 올려다보는 눈빛은 맑았어."

간호수녀로 일하면서 주말엔 대구 시내의 빈민촌을 찾아다니는 게 그녀의 일이었다. 주사를 놓고 약도 주고 증세가 심한 사람은 병원 치료를 주선하기도 하고, 때로는 옷가지나 쌀과 김치를 모아주기도 했다. 그러다가 만난 게 그 사람이었다. 중학교에 다니는 딸 하나와 초등학교에 다니는 아들 둘을 가진 남자인데 뇌졸중으로 쓰러지자 아내가 집을 나갔다고 했다.

나는 놀라움에 입을 다물 수가 없었다. 체칠리아의 행동은 도무지 이해할 수 없었다. 그녀는 중성애자 하느님과 사는 게 지겨워졌단 말일까. 그래서 신과 이혼하고 사람에게로 되돌아왔다는 걸까.

"걔 미쳤구나? 그렇다고 결혼을 해?"

"……"

"아니, 걔는 결혼을 무슨 구제 사업이라고 생각하는 거야? 아니면, 제가 무슨 테레사 수녀처럼 되겠다는 거야? 아니, 테레사 수녀도 환속해서 결혼하진 않았잖아."

"글쎄, 나도 비슷한 이야기를 했지. 그랬더니 웃으면서 우리 남편은 영혼이 참 맑은 사람이야, 그러더군. 애들이 엄마가 생겼다고 얼마나 좋아하는지 모른대."

"허, 참…… 그럼 넌 암말도 못하고 그냥 온 거야?"

안드레아는 입매를 끌어당겨 조금 서글퍼 보이는 웃음을 지었다.

"사실 말야, 체칠리아가 환속했다는 소릴 들었을 때…… 마음이 어수선했었어. 슬프다고 해야 할까, 설렁거린다고 해야 할까, 갈피를 잡을 수가 없었어. 찾아간 것도 오랜 망설임 끝이었는데 처음엔 무슨 수를 쓰든 끌고 나오려고 했거든."

"끌고 나와선?"

안드레아는 대답하지 않았다. 그는 얼굴을 찡그리며 고개를 수그렸다. 이래선 안 되지 하면서도 말이 함부로 튀어나오는 걸 막을 수가 없었다.

"참, 니네들 사는 꼴은 알다가도 모르겠다. 수녀 때려치우고 중풍 환자와 결혼을 하질 않나, 데모하다 굶어 죽겠다고 나서질 않나…… 그럴 바에야 수사, 수녀는 왜 됐는지 모르겠네. 차라리 둘이 같이 살아버리든가……"

안드레아가 고개를 들어 나를 보았다. 노려보는 눈빛인가 했더니 서글픔이 어린 것도 같았다. 그가 자리에서 일어섰다.

"너무 늦었군. 내일 잘 돌아가. 내 걱정은 너무 말고……"

군수의 위협이 현실이 된 것은 다음 날 아침이었다. 아침을 먹고 주섬주섬 가방을 꾸리고 있는데 라우렌시오 수사가 전화를 걸어왔다.

"선생님, 잠깐 수도원 마당으로 와보셔야겠는데요."

"무슨 일이 생겼어요?"

"글쎄, 시끄러운 일이 생겨서…… 일단 와보세요."

황황히 올라갔더니 수사들이 수도원 입구에 몰려 서 있었다. 아닌 게 아니라 소동이 나 있었다. 한 떼의 사람들이 수도원 앞에 몰려 서 있었다. 중년도 더러 섞여 있었지만 대개는 청년이었다. 그중에서도 험상궂은 얼굴에 쇠 파이프를 든 십여 명은 첫눈에도 건설회사가 동원한 용역반원이 분명했다.

누군가의 선창으로 그들은 구호를 외쳤다. "지역 개발 방해하는 수도원은 물러가라!" "레저타운 취소되면 수도원은 책임져라!"

하고 보니 나무 대문에 도끼 자국이 어지럽게 찍혀 있었다. 허연 거스러미가 여기저기 일어 있었다. 문에 걸린 수도원 문장도 반쪽 나 있었다. 게다가 악취로 코를 싸맬 지경이었다. 누군가가 인분을 통째로 끼얹은 모양이었다.

"원장 수사 새끼 나와!"

"안 나오면 우리가 들어간다!"

용역 깡패들이 중구난방으로 고함을 질러대자 수사들은 어찌할 바를 모르고 허둥거리고만 있었다. 청년 하나가 눈을 희번덕거리며 쇠 파이프로 대문을 내리쳤다.

"원장 수사님!" 하는 외침이 들린 건 그때였다. 안드레아가 본채에서 걸어 나오고 있었다. 그는 천천히 정문 밖으로 나갔다. 청년들이 그를 둘러쌌다. 안드레아는 조용한 눈빛으로 그들을 하나하나 둘러보았다. 그러고는 나직이 입을 열었다.

"돌아가시오! 여기서 소동을 부려선 안 됩니다."

그러자 청년들이 위협적으로 쇠 파이프를 흔들어댔다. 안드레아의 퀭한 눈에서 분노의 빛이 비쳤다. 안드레아의 목소리가 높아졌다.

"돌아가시오! 여기는 거룩한 곳입니다. 하느님의 집입니다."

그때였다. 어디선가 돌멩이 하나가 날아왔다. 그것을 신호로 여기저기서 한꺼번에 우르르 날아들었다. 돌멩이들은 안드레아의 가슴과 등판에 부딪쳐 떨어지더니 마침내 이마를 맞혔다.

"원장 수사님!"

수사들이 뛰쳐나가 이마에 피가 흐르는 안드레아를 감싸 안고 데려왔다. 흥분한 수사들이 밖으로 뛰쳐나가려고 하자 그는 손을 들어 제지했다. 누군가가 신고를 했던지 경찰차 소리가 들렸다. 그때서야 난입자들은 침을 퉤 뱉으며 마지못한 듯 물러갔다. 안드레아의 목소리가 나직하게 들렸다.

"자, 조용히…… 반대편 주민을 적으로 삼으면 안 돼요. 앞으로 할 일은 하느님이 가르쳐주실 겁니다. 오물을 씻어내고 대문은 목공반 수사님들이 고쳐놓으세요. 그리고 오늘부터는 공사 현장으로 기도회 장소를 옮기고 저도 참여하겠습니다."

정오에 수사들은 수도원을 나섰다. 행렬용 대형 십자가를 선두로 오십여 명의 수사들이 뒤를 따랐다. 그들은 미사 때 부르던 성가를 나지막이 부르며 비포장도로를 행진했다.

상투스 상투스 도미니우스 데우스 사바오. 플레니 순트 첼리테라 글로리아 투아 호산나 인 엑첼시스…… 거룩하시다. 거룩하시다. 거룩하시다. 온 누리의 주 하느님, 하늘과 땅에 가득한 그 영광 높은 데서 호산나……

안드레아는 앞만 응시하면서 행렬의 맨 앞에서 걷고 있었다. 차들이 스쳐 갈 때마다 뽀얀 흙먼지가 피어올랐다. 공사장엔 쇠 파이프를 든 수십 명의 용역반원들이 진 치고 있을 터였다. 수사들의 행렬은 오래전에 본 영화 「미션」의 한 장면을 연상시켰다. 아니, 그들의 행렬은 너무나 초라하고 허약해서 로댕의 청동 조각 「칼레의 시민」 같아 보였다.

나는 그들을 따라 몇 걸음 옮기다가 하릴없이 멈춰 섰다. 산굽이를 돌아가던 행렬이 이윽고 시야에서 사라졌다. 나지막한 산자락에서 불도저와 포클레인, 덤프트럭들이 언덕을 까뭉개고 흙을 퍼 나르고 있었다.

국도로 빠지는 길과 군청 소재지로 가는 길이 갈라지는 이정표 앞에서 나는 국도 쪽으로 길을 잡았다. 지금쯤 안드레아와 수사들은 어떻게 하고 있을까. 어쩌면 용역 깡패들의 습격을 받고 있을지도 몰랐다.

아마 안드레아는 승리하지 못할 것이다. 그렇다면? 그 후의 일은 알 수 없었다. 글쎄, 안드레아의 말마따나 섭리가 있을 것이라 믿을 수밖에 없을 터였다.

국도로 접어들면서 나는 체칠리아를 떠올렸다. 하얀 동정 달린 까만 두건을 쓰고 수녀복을 입은 모습 위로 달동네의 어두컴컴한 방에서 낯선 남자를 병구완하는, 입술이 까맣게 타들어간 한 여자의 모습이 겹쳐졌다. 그 어느 겨울날 해운대에서 주정을 하던 체칠리아의 입술이, 말 한마디 못하고 벌게지던 안드레아의 목덜미도 떠올랐다. 그때나 지금이나 내가 할 수 있는 일은 아무것도 없었다. 나는 부끄러움에 사로잡혔다. 그러나 그게 그들의 길이라면 그 출구는 그들이 찾아낼 것이었다.

구비를 돌자 수도원 뒷산이 보였다. 산자락에 걸린 호수가 반짝이고 있었다. 그때였다. 그 옛날 체칠리아가 술에 취해 중얼거리던 말이 떠오른 것은.

아름다운 것은 멀리 있다.

그게 칸트의 말이었던가 아니었던가. 기억나지 않았다. 후사경에 비친 산자락과 호수가 천천히 시야 밖으로 벗어났다. 한낮의 햇살이 아스팔트에 하얗게 반사되고 있었다. 눈이 침침해져 왔다. 갑자기 몰아닥친 한낮의 어둠에 나는 눈을 비볐다.

아를의 여인

1

여기 한 모자(母子)의 사진이 있다. 손바닥 반쯤 크기의, 네 모서리가 너덜거리는 낡은 흑백사진 속의 두 사람은 다정하게 미소 지으며 나를 마주 보고 있다. 노란 잎이 무성한 은행나무 아래의 벤치에 나란히 앉은 모습이 가을 어느 공원인 모양이다.

서른일고여덟 살이나 됐을까. 여인은 곱게 빗어내려 뒤로 묶은 머리카락과 반반한 이마, 그리고 반듯한 콧날과 갸름한 윤곽을 가진 얌전한 부인네의 모습이다. 무늬 없는 수수한 블라우스와 긴 주름치마 차림의 여인은 한 팔로 아들의 어깨를 살짝 감싸 안고 있다. 여염집 부인네 특유의 조금 수줍은 듯한 웃음 속에는 아들에 대한 사랑과 자랑이 묻어 있는 듯도하다.

소년의 모습은 어떤가. 이마를 반쯤 덮은 가지런한 머리카락, 어머니를 닮아 오똑한 콧날, 통통한 두 뺨, 그리고 장난기가 엿보이는 반짝거리는 눈망울. 어디 마을 공터에서 친구들과 축구라도 하고 막 돌아온 모습 같다. 반쯤 벌어진 입술 사이로 가지런한 잇바디도 살며시 드러나 있다. 흰색 셔츠 위로, 사진 속의 여인이 손뜨개로 짜주었을 법한 털실 조끼를 받쳐 입은 열두세 살쯤 먹은 미소년이다. 모자가 서로 손을 잡고 어디 나들이라도 나서면 행인들이 아마도 한번쯤은 뒤돌아볼 것 같은.

나는 그 소년의 얼굴을 자세히 들여다본다. 컬러사진이었다면 토실한 두 뺨에 감도는 옅은 복삿빛이 배어났으리라. 소년은 장난스런 미소를 여전히 짓고 있다. 문득 암전.

사진 속의 은행잎이 갑자기 우수수 떨어진다. 그러곤 다시 푸르고 연한 잎이 돋아나기 시작한다. 어린잎은 금방 황금빛으로 물들기 시작하고 노랗게 물든 은행잎이 다시 우수수 떨어진다. 그리고 다시 푸른 새잎으로…… 살며시 웃음 띠고 있는 여인의 얼굴도 빠른 속도로 늙어가기 시작한다. 삽시간에 땅에서 싹이 돋아나 줄기가 뻗고 꽃이 피고 열매를 맺고 그리고 시들어가는, 속사로 돌리는 텔레비전의 자연 다큐멘

터리 속의 식물처럼. 팽팽하던 얼굴에 주름살이 하나둘 잡히고 까맣던 머리칼엔 은발이 섞이기 시작한다.

정신없이 팔랑거리던 사진 속의 시간이 마침내 다시 정지한다. 여인은 어느새 병색에 물든 초로의 모습으로 바뀌었다. 소년의 어깨를 가볍게 감싸 쥔 윤기 없이 메마른 손등엔 검푸른 정맥만이 도드라져 보일 뿐.

소년은 어떻게 되었나.

소년은 여전히 열세 살의 미소년 그대로다. 열세 살의 시간 속에 갇혀 있는 소년은 여전히 웃고 있다. 사진 속의 미소년은 말한다.

시간이 아무리 흘러도 난 언제나 열세 살이야.

2

형은 성장정지증 환자였다. 스물아홉이 되기까지 형의 육체적 나이는 항상 열세 살, 초등학교 6학년 겨울에 머물러 있었다. 열세 살이 되기까지 형은 우리 집의 꿈이고 희망이었다고 한다. 내가 형을 처음 만난 것은 중학교 1학년 때였다. 나는 그때까지 형이라는 존재가 있는 줄도 몰랐었다. 실은 아버지를 처음 본 것도 형을 만나기 겨우 두어 달 전이었다. 나는 그때까지 시골의 외가에서 외할머니와 단둘이 살고 있었다.

다시 말하면 나는 사생아였다. 아버지와 생모가 어떻게 만났는지는 지금도 자세히 모른다. 외할머니의 넋두리로 추측하건대 법원의 집달관이었던 아버지는 자신이 음성적으로 거래하던 경매 전문 복덕방의 경리였던 생모에게서 나를 얻었던 모양이다. 호색꾼이었던 아버지에겐 도회 생활이 처음인 어수룩한 시골 처녀 하나 호리는 것은 일도 아니었던 모양이다. 아버지에게 몇 푼의 돈을 받고 버림을 받은 생모는 핏덩어리인 나를 외할머니에게 던져두고 어디론가 사라졌는데, 내가 외할머니의 곁을 떠날 때까지 한 번도 찾아오지 않았다.

아버지가 나타난 것은 중학교 1학년 여름방학 때였다. 부엌 선반 위 단지 안에 숨겨진 잔돈푼을 훔쳐 동네 아이들과 어울려 읍내 우시장 옆 공터에 세워진 천막 극장에서 서커스를 보고 시시덕거리며 돌아오니 할머니가 동네 어귀 정자나무 앞에서 서성거리고 있었다. 돈을 훔쳐낸 것 때문에 혼쭐이 날 것이라고 지레짐작한 나는 자라처럼 머리를 잔뜩 처박고 할머니의 눈을 피해 비실비실 도망치려 했으나 곧 할머니에게 붙잡히고 말았다. 그러나 할머니가 나를 기다린 것은 돈을 훔쳐내 서커스를 보고 왔기 때문이 아니었다.

"들어가봐라. 네 애비란 사람이라니까."

집 앞 담장에 이르자 할머니는 나를 집 안으로 밀어 넣었다. 어리둥절해져서 사립문을 밀고 들어서자 마루에 한 사내가 걸터앉아 있는 게 보였다. 말쑥하게 양복을 차려입은 중년 사내였다. 할머니에게 등을 떠밀려 쭈뼛쭈뼛 들어서는데, 사내는 마치 생선의 선도를 감별하는 어시장의 경매꾼처럼 날카로운 시선으로 나를 훑어보는 것이었다. 할머니는 혀를 끌끌 차고는 사립문 밖으로 도로 나가버렸다. 우물쭈물 댓돌 아래 서 있는 나를 지켜보던 그는 한참 만에야 한마디 던졌다.

"이름이 뭐냐?"

"김…… 영…… 재……"

사내의 눈초리에 기가 질린 나는 말을 입속에 담은 채 우물거렸는데, 사내는 마른버짐이 핀 새까만 내 얼굴과 비실거리는 꼬락서니에 매우 실망한 표정을 지었다. 그는 다시 한번 나를 훑어보는 기색이더니 반쯤 외면한 얼굴로 또 한마디 던졌다.

"나가봐라. 그리고 할머니 좀 들어오시라고 해."

아버지가 두번째 찾아온 날, 나는 짐을 챙겨 아버지를 따라나섰다. 무어 챙길 만한 짐도 없었다. 교과서와 노트 따위가 들어 있는 가방 하나뿐이었으니까.

아버지의 집은 내가 살던 시골에서 자동차로 두어 시간 걸리는 도시의 조용한 주택가에 있었다. 적벽돌로 쌓은 이층 주택이었다. 크지는 않지만 규모 있는 아담한 양옥이었다. 초인종을 누른 아버지는 낡은 가방을 들고 엉거주춤 서 있는 나를 외면했다. 이윽고 대문 앞의 인터폰에서 "누구세요" 하는 여자의 낮은 목소리가 흘러나왔다.

"나야."

곧 덜커덩하며 대문 자물쇠가 풀리는 소리가 들렸고, 아버지는 나를 흘끗 돌아보고는 아무 말도 없이 대문 안으로 쑥 들어섰다. 나는 다시 비실비실 아버지의 뒤를 따라갔다. 아담한 마당에는 잔디가 깔려 있었다. 사십대 중반쯤 된 여자가 현관문을 반쯤 열고 밖을 내다보고 있었다.

"……이 아이예요?"

"응."

아버지는 다시 나를 뒤돌아보았다.

"네 어머니다."

나는 엉거주춤 여자에게 허리를 굽혀 보였다. 아버지는 그것으로 자신이 해야 할 일을 다 끝냈다는 듯 나를 버려두고는 집 안으로 쑥 들어가버렸다. 현관에 선 여자는 나를 지그시 내려다보는 기색이었다. 아버지라는 낯선 사내의 손에 끌려 천둥벌거숭이처럼 이 집에 뛰어 들어왔을 때부터 나는 사실 좀 겁에 질려 있었다. 나는 고개를 숙이고 운동화 코로 잔디를 비벼댔다. 여자 쪽에서 한참 동안 아무 말이 없었으므로 나는 숙였던 고개를 슬며시 들어 올렸다. 예상과는 달리 나를 내려다보는 그녀의 시선엔 별다른 적의가 있어 보이지는 않았다. 연갈색의 블라우스와 긴 주름치마를 입은 키가 크고 마른 여자였다. 틀어 올려 묶은 머리칼 밑으로 드러난 목이 길어 보였다. 단아한 아름다움을 가지고 있었으나 얼굴엔 어딘가 병색이 있어 보였다.

"그러고 섰지 말고 이리 들어와."

나는 책가방을 가슴에 안은 채 현관 쪽으로 다가갔다. 현관문을 반쯤 연 채 내가 들어서기를 기다리던 여자는 나를 향해 비로소 조금 웃어 보였다.

"날 따라오렴."

그러고는 몸을 돌려 계단을 향했다. 나는 다시 쭈뼛거리며 그녀를 따라갔다. 그녀는 이층의 한쪽 방문을 열더니 나를 돌아보았다.

"이 방이 네 방이야. 들어가봐."

나는 방 안으로 들어갔다. 방은 그다지 크진 않았다. 한쪽 벽에 침대와 작은 옷장이, 창 쪽의 벽엔 책상과 빈 책장이 놓여 있을 뿐 아무런 장식도 없는 방이었다. 엉거주춤 방 한가운데 서서 불안하게 두리번거리고 있는 내게 그녀는 한마디 더 보탰다.

"목욕부터 해야겠구나. 이층 욕실에 물을 받아줄 테니까 목욕을 하도록 해. 그리고 옷장 안에 옷을 몇 벌 넣어뒀으니 갈아입고 저녁 먹을 때까지 쉬고 있어."

계단을 내려가는 발소리가 들리자 나는 그때껏 꼭 쥐고 있던 가방을 아무 데나 던져버렸다. 그리고 침대 한 귀퉁이에 주저앉았다. 모르는 사이에 긴장을 했던지 등판에 후줄근히 땀이 배어 있었다. 주위는 적요했고 마치 아무도 없는 외딴섬에 내팽개쳐진 듯 막막하고 아득했다. 어디선가 낮은 금속성의 투명한 음향이 흘러나오는 소리를 들었으나 나는 그것이 무슨 악기인지도 알 수 없었다.

그때였다. 누군가 내 방문을 똑똑 두드린 것은. 그 소리를 듣고서도 손가락 하나 움직이지 못할 것 같은 무력감에 빠져 나는 꼼짝도 않고 주저앉아 있었다. 다시 한번 문을 두드리는 소리가 들리더니 잠깐 사이를 두고 방문이 살며시 열렸다. 한 손에 은빛 플루트를 들고 있는, 초등학교 6학년쯤 되어 보이는 소년이었다. 그는 나를 보더니 싱긋 웃었다. 나는 침대에서 몸을 일으켰다.

"너 왔구나."

너 왔구나?

변성기를 지나지 않은 가늘고 고운 음색이었다. 나보다 어려 보이는 소년이 스스럼없이 그렇게 말을 던지자 나는 그 와중에도 불끈 화가 났다. 나는 눈을 부릅뜨고 그에게 다가갔다. 소년은 창으로 쏟아져 들어오는 햇살에 반쯤 음영이 진 채 서 있었다. 윤이 나는 머리칼이 반쯤 덮은 이마 아래로 눈썹이 선명했고 얼굴은 창백할 만큼 투명했다. 나는 화가 난 것도 잊고 미술책에 나오는 피리 부는 소년처럼 섬세하게 아름다운 그 미소년을 내려다보았다. 그는 활짝 웃음을 지어 보였다.

"넌 누구야?"

"난 네 형이야."

"뭐, 니가 형이라구?"

나는 어리둥절해졌다. 하고 보면 시골 할머니 집에서 오는 길에 아버지에게서 올해 스무 살 먹은 형이 있다는 소리를 듣긴 했다. 그런데 그가 내 형이라니, 나는 무슨 소린지 도무지 알 수가 없었다. 그러나 소년의 얼굴엔 나이답지 않은, 청년에게서나 볼 수 있는 의젓함이 배어 있었다. 범접할 수 없는 청년 같은 분위기에 나는 자신 없는 소리로 되물었다.

"니가 형이라구?"

"그래, 내가 네 형이야."

나는 대꾸를 하지 못한 채 어물거렸다. 플루트를 든 소년은 천천히 내게 다가왔다. 그리고 손을 내밀었다. 나는 우물쭈물 그가 내민 손을 맞잡았다. 내 손아귀에 들어온 그의 작은 손은 따뜻하고 부드러웠다. 눈빛을 반짝이며 그가 다시 싱긋 웃었다.

"아우야, 만나게 돼서 반갑다."

그렇게 해서 나는 그 낯선 집에서 살게 되었다. 그 집에 살게 된 지 얼마 지나지 않아서 나는 곧 집안의 분위기를 눈치로 때려잡게 되었다. 법원의 집달관인 아버지는 매우 권위적이면서도 처세술에 능한 사람이었다. 그리고 권력 지향적인 사람이었다. 장롱이며, 텔레비전이며, 자동차 따위에 빨간 딱지를 붙이는 것을 직업으로 삼았던 그는 한편으론 경매에 넘어가는 물건을 거간꾼과 짜고 솜씨 있게 싼값으로 넘겨준 대가로 권속들에게 상당한 풍요를 보장할 수 있었다. 그러면서도 그는 판사라든가 검사 같은 사람들의 권력을 누구보다도 부러워하는 사람이었다. 이런저런 방법으로 뒷돈이야 만지지만, 가장의 사업 실패로 집안이 망하는 바람에 눈이 뒤집힌 여자들에게서 입에 담을 수 없는 욕설을 듣고 드잡이를 당해야 하는 그로선 그럴 법한 일이었다. 그에겐 형이야말로 권력에 대한 아쉬움을 대리 충족시켜줄 유일한 희망이었다.

형이 한때 아버지의 희망이었음을 알아볼 만한 증거는 많았다. 형의 방에 놓인 커다란 책장엔 그때까지도 초등학교 시절 받아온 상장과 트로피와 상패, 메달들이 먼지를 뒤집어쓴 채 놓여 있었다. 우등상, 글짓기, 사생대회, 과학전람회 따위, 상의 종류도 여러 가지였다. 커다란 트로피를 가슴에 안은 형과 함께 찍은 사진 속의 아버지는 날카로운 눈매를 누그러뜨리고 입을 한껏 벌려 웃고 있었다. 형이 불던 은빛 플루트가 수학 경시대회에서 1등을 했을 때 아버지가 사준 독일제 최고품이었다는 것도 나는 나중에 알았다.

내가 그 집에 온 지 얼마 되지 않았을 때였다. 술에 취한 아버지가 형의 방으로 비틀거리며 올라온 적이 있었다. 나는 그때 형이 조립해둔 모형 자동차를 만지작거리고 있었다. 아버지는 방 안엔 들어오지도 않은 채 문턱에 서서 방 안을 휘둘러보는 것이었다. 아버지의 시선은 이윽고 형의 책장에 멎었다. 그의 시선은 책장 가득히 진열된 상장이며 트로피, 상패,

그리고 메달들을 핥듯이 천천히 스쳐 갔다. 그 시선엔 마치 관음증 환자처럼 묘한 열기와 흥분, 그리고 끈끈한 쾌감이 묻어 있었다. 그러나 그의 표정에 번져나던 흥분과 열기도 잠깐, 아버지는 다시 냉혹한 시선으로 한쪽 벽에 붙어 서서 우물쭈물 눈치만 보고 있던 우리를 노려보고는 굳은 얼굴로 다시 내려가버리는 것이었다.

형의 영광은 열세 살을 기점으로 사라졌다고 한다. 초등학교 졸업을 일주일쯤 남겨둔 어느 겨울날의 일이었다. 그것은 우연한 사고 때문이었다. 학교를 파하고 돌아오던 형은 뒤에서 빵빵거리던 트럭을 피하려고 서두르다 빙판길에 넘어져버렸고, 주르르 미끄러져가던 끝에 하필이면 시멘트 전신주에 머리를 들이받고 말았다는 것이다. 혼수상태에 빠졌던 형은 열흘 만에 깨어났으나 졸업식 날 교육감상을 수상하는 장면을 아버지에게 선사하지는 못했다. 아들이 졸업식장에서 늠름한 모습으로 교장으로부터 교육감상을 받으면 그날 저녁 그 학교 모든 선생들을 초청해 근사하게 한턱낼 작정이었던 아버지는 실망한 끝에 회식을 취소해버렸다고 한다.

어쨌든 그 일 이후 형은 자라지 않았다. 오스카처럼 단 1센티미터의 키도, 1킬로그램의 체중도 늘지 않았다. 몇 년의 세월이 흘렀어도 형은 여전히 열세 살 초등학교 6학년 그대로였다. 성장기를 맞은 친구들은 키가 쑥쑥 크는데 형의 키가 미동도 하지 않자 아버지는 형을 병원으로 데려갔다. 병원에선 성장 정지의 원인을 알아내지 못했다. 아버지로 보면 형이 성장을 멈춘 것은 커다란 횡액이었다. 도대체 열세 살짜리 판사나 검사가 존재할 수 있겠는가. 재판 때마다 법복 앞섶에 주민등록증을 매달고 다닐 수도 없는 노릇일 테니 말이다. 아니, 판검사는 그만두고 형은 샐러리맨도 될 수 없는 처지였다.

아버지는 형을 자라게 하려고 끈질기게 노력했다. 이런저런 병원을 거쳐 이웃 대도시와 서울의 병원에까지 형을 데려갔다. 용하다는 시골 한의사를 찾아가기까지 했다. 그러나 한다하는 양의도 한의도 형을 자라게 하지는 못했다. 태어나서부터 중학교 1학년이 될 때까지 한 번도 나를 찾지 않았던 아버지가 불시에 나타난 것은 말하자면 결국 고등학교 2학년 때 학교를 그만두고 만 형에게서 좌절당한 권력 욕망을 내게서 다시 이어보려는 안간힘이었음을 나는 곧 깨달았다.

그러나 나는 형이 아니었다. 누구 하나 제대로 돌봐주는 사람 없이 제멋대로 자랐던 내가 도시 학교로 갑자기 전학을 와서 아버지를 흡족하게 할 만큼의 성적을 올린다는 것은 애초부터 불가능한 일이었다. 전학을 온 후 처음 치른 월말고사에서 나는 반에서 꼴찌에서 두번째를 차지함으로써 일말의 희망을 걸고 있던 아버지를 크게 실망시켰다. 그리고 그런 사정은 시간이 지나도 조금도 나아지지 않았다. 나는 중학 시절 내내 꼴찌에서 다섯째 밖을 벗어나지 못했다. 나는 그림을 잘 그리지도, 노래를 잘 부르지도, 하다못해 운동을 잘하지도 못하는 어리버리한 촌뜨기였을 뿐이었다. 하기야 그림이나 노래를 잘한다고 한들 아버지가 거들떠보지도 않았겠지만.

아버지는 곧 나에 대한 기대를 거두었다. 저녁마다 술에 취해 비틀거리며 돌아오는 자신을 위해 대문을 열어주는 내게 아버지는 말을 걸어주지 않는 것은 물론, 단 한 번도 눈길을 주지 않았다. 어쩌다 아침 식탁에서 얼굴이 마주쳐도 아버지는 뚱한 얼굴로 가족들에게 단 한마디도 하지 않았다. 눈치로 보건대 그는 다시 어떤 여자와 바람을 피우기 시작한 듯했다. 그저 바람을 피우는 것이 아니라 젊은 여자에게 살림을 차려 준 듯, 어떤 때는 며칠씩이나 집에 들어오지 않기 일쑤였다. 어쩌면 그는 미래의 판검사를 낳아줄 새 여자를 찾아낸 것인지도 모르지만.

새어머니는 어떤가 하면 말이 별로 없는 여자였다. 폭군처럼 마음대로 모든 일을 처리하는 아버지를 어머니는 말리는 법이 없었다. 남편이 집에 들어오지 않아도, 딴 여자와 살림을 차린 눈치여도 그녀는 말이 없었다. 루푸스를 앓고 있었던 어머니는 하루 중의 많은 시간을 안방에서 누워 지냈다. 아침 식탁에서 아버지 옆에 앉는 걸 거른 적은 없었으나 그녀는 남편을 한 번도 쳐다보지 않은 채 정물처럼 앉아 있을 뿐이었다. 늘 파리한 낯색의 그녀는 목이 꺾어지기 쉬운 제비꽃 같았다. 출근하는 아버지의 옷을 다려 내밀 때도, 아버지를 현관 앞에 서서 배웅할 때도 말이 없었다.

그러나 나는 형에 대한 어머니의 안타까운 마음을 읽는 데 오랜 시간이 걸리지는 않았다. 젊어서부터 끊임없이 바람을 피우고 방탕한 짓을 서슴지 않은 아버지를 오래전에 포기한 대신 어머니는 그녀의 삶의 의미 전부를 형에게 걸고 있었다는 것을 말이다. 권력 욕망의 대리 창구로서 형을 바라보았던 아버지와는 달리 형에 대한 어머니의 사랑은 낮은 주파수였으나 훨씬 더 은밀하고 집요한 것 같았다. 아버지와 새어머니의 유일한 교집합은 형이었을 테지만, 형의 발병은 어머니와 아버지의 공생의 이유를 완전히 끊어놓은 셈이었다.

어머니는 형의 플루트 연주를 몹시도 좋아하는 듯싶었다. 학교에서 돌아오는 길에 나는 형의 방에 올라와 플루트 연주를 듣고 있는 어머니를 자주 발견하곤 했다. 그녀는 형의 의자에 앉아 책상에 턱을 괴고는 구석 벽에 기대앉아 플루트를 불고 있는 형을 내려다보곤 했다. 열린 문틈으로 기웃거리는 나를 발견하면 그녀는 가벼운 웃음을 머금으며 들어오라고 손짓을 했지만, 나는 한 번도 그들 모자의 연주회에 끼어들지는 않았다. 그러나 나는 드뷔시의 「조각배」라든지 바흐의 「폴로네즈」, 비제의 「아를의 여인」 같은 형의 레퍼토리 중에서도 새어머니가 가장 좋아하는 것은 「아를의 여인」이라는 것을 알고 있었다. 웃음을 띠고는 있었지만 한쪽 벽에 웅크려 플루트를 불고 있는, 어린 왕자처럼 고독한 형의 옆모습을 지켜보는 그녀의 시선에는 안타까움과 슬픔의 애잔함이 눅진하게 묻어 있었다.

그런 집안의 분위기 속에서 나는 말 그대로 틈입자였다. 내가 이 집에 들어온 것 자체가 아버지의 우격다짐이었지만, 아버지가 나에 대한 관심을 거둠으로써 나는 말 그대로 '주워온 자식'이 되어버린 셈이었다. 그렇다고 새어머니가 나를 내팽개쳐두었다는 이야기는 아니다. 그녀는 내 방의 빈 책장에 할부로 세계문학전집을 채워 넣어주기도 했고 카세트도 사주었다. 방학 때면 스케이트를 타고 오라고 용돈을 준 것도 그녀였다.

어느 가을날이었다. 고등학교 1학년 무렵이었으니 그 집에서 살게 된 지도 삼 년쯤이나 되었을 때였다. 석양 무렵 학교에서 돌아오는 길이었다. 나는 계단을 오르다가 형의 방에서 흘러나오는 플루트 소리를 들었다.

내 방으로 들어가려다 나는 슬며시 형의 방문을 열었다. 투명한 가을 햇살이 쏟아지는 방 한구석 책장에 등을 기댄 형이 플루트를 불고 있는 중이었다. 문을 등지고 앉은, 밝은 햇살에 음영이 진 형의 작은 잔등이 마치 누에고치 같았다. 나는 방문을 반쯤 열어둔 채 한참 동안 형의 플루트 소리를 들었다. 그 소리는 작은 새의 깃털처럼 가볍고 투명했다.

형의 플루트에서 흘러나온 투명한 금속성의 음표들은 온 방 가득히 떠돌아다니더니 이윽고 창으로 쏟아져 들어오는 밝은 햇살에 부딪혀 모래알처럼 잘게 부서졌다. 나는 한참을 기다리다 열려 있는 방문을 똑똑 두드렸다. 형이 연주를 멈추고 나를 돌아보았다.

"무슨 노래야?"

형이 대답 대신 나를 향해 씩 웃어 보였다. 나는 형에게 다가앉았다. 형의 몸피는 한창 자라고 있는 내 몸피의 절반쯤밖에 되어 보이지 않았다.

"형은 지겹지 않어?"

그는 대답 없이 다시 웃어 보였다. 나는 오래된 궁금증 하나를 떠올렸다. 그는 왜 이렇게 항상 웃기만 할까. 아도니스 같은 스물셋의 싱싱한 젊은 알몸이 고치를 벗어나지 못한 애벌레처럼 열세 살의 낡은 껍데기에 갇혀 있는데도 그는 왜 항상 밝은 얼굴일까. 그의 얼굴을 나는 물끄러미 내려다보았다. 여전히 웃음을 지우지 않은 채였지만, 내 눈빛이 당혹스러운 듯 형은 슬쩍 외면했다.

"말해봐, 형. 형은 연애하고 싶지 않어?"

"짜식이…… 연애는 무슨."

"형 친구들은 지금 대학 다니면서 연애질에 한창이잖아. 근데 형은 이렇게 하루 종일 집에만 틀어박혀서 플루트나 불고 있는 게 지겹지두 않느냐 말야."

문득 그의 얼굴에서 웃음이 지워지고 어두운 그림자가 드리워지는 것을 나는 놓치지 않았다. 고개를 반쯤 숙인 채 그는 무엇인가 골똘히 생각하는 눈치였다. 그러더니 그는 다시 고개를 들었다. 그의 얼굴엔 다시 웃음이 떠올라 있었다. 그러고는 말을 이었다. 열세 살의 앳된 목소리였지만 어조만은 같은 또래의 누구보다도 의젓했다.

"난 곧 자라기 시작할 거야. 다시 어른이 될 테고, 늦었지만 대학도 다니고 직장에도 들어가고 결혼도 하게 되겠지."

"하지만 형은 지금껏 십 년 동안이나 자라지 않았잖아. 서울의 큰 병원에서도 원인을 모른다면서?"

"그래도 언젠가는 자랄 수 있을 테지. 내가 갑자기 자라기를 멈춘 것처럼 언젠가 갑자기 다른 사람보다 몇 배나 빠른 속도로 자랄 수도 있지 않겠니?"

그러더니 형은 다시 플루트를 입에 물었다. 비제의 「아를의 여인」이었다.

아버지가 끝내 우리 곁을 떠난 것은 이듬해였다. 법원의 감사에서 비리가 드러나 직장에서 쫓겨난 것이었다. 신문에 이름이 나고 검찰청에도 불려가고 했지만 솜씨 좋은 집달관답게 그는 용케 구속은 피할 수 있었다. 잡혀 들어가지 않고 목만 달아난 게 다행이라고 사람들이 수군거리는 소리를 나는 들었다.

그러나 아버지는 꽤 타격을 받은 것 같았다. 거의 일주일 동안이나 그는 집에 들어오지 않다가 어느 깊은 밤 술에 취해 비틀거리며 돌아왔다. 그는 문을 열어주는 나를 본 척도 않고 현관문에 들어섰다. 이층으로 통하는 계단으로 형의 플루트 소리가 흘러나오고 있었다. 아버지가 미친 듯이 형의 방으로 우르르 뛰어 올라간 것은 그 순간이었다. 그리고 이어진 것은 퍽퍽 하는 주먹질과 형의 비명 소리.

뒤따라 올라가보았더니 아버지는 형에게 치도곤을 안기고 있는 중이었다. 주먹이며 발이 방바닥에 엎어진 형의 머리며 등판에 마구 내리꽂히고 있었다. 형은 신음 소리도 제대로 내지 못하며 우악스런 아버지의 주먹질을 고스란히 받아내고 있었다. 형의 작은 잔등이 애처롭게 아버지의 무릎에 깔려 있었다. 아버지를 뜯어말리려고 다가갔던 나는 그가 내지른 발길에 뒤로 벌렁 나뒹굴었다.

"이 병신 자식, 뭐 잘났다고 풍각쟁이 소리만 내지르는 거야."

아버지는 미친 사람 같았다. 그는 눈앞에 헛것이 씐 듯 형에게 주먹질과 발길질을 그치지 않았다. 쩽하는 금속성이 울린 것은 다음 순간이었다.

"아니! 당신 지금 뭐 하고 있는 거예요!"

언제 올라왔는지 어머니가 새파랗게 질린 얼굴로 형의 방으로 뛰어들었다. 그 무렵 어머니는 저녁만 되면 치솟는 신열 때문에 안방에서 자리보전을 하고 있는 형편이었다. 동네 나들이조차도 힘겨워하던 그녀가 어떻게 그렇게 한달음에 계단을 뛰어 올라왔을까. 어머니는 형의 등판을 깔고 앉아 주먹질을 해대던 아버지를 사납게 밀어붙였다.

"도대체 이게 무슨 짓이야. 당신, 애를 죽이려고 그래요? 애가 무슨 죄가 있다고……"

하얗게 질린 어머니의 얼굴엔 지금까지 한 번도 보지 못한 분노가 새파랗게 떠올라 있었다. 사납게 몰아치는 어머니의 서슬에 아버지의 얼굴에서 아연한 표정이 떠올랐다. 형에게서 물러난 아버지는 그때까지도 형의 책장 안에서 먼지를 쓰고 얹혀 있던 트로피와 상패, 메달 따위를 집어다 방바닥에 내동댕이쳤다. 한때 아버지의 자랑과 기쁨, 그리고 희망의 상징이었던 그 빛나는 전리품들은 삽시간에 부서지고 찌그러진 몰골로 나뒹굴었다. 아버지는 무지막지한 주먹을 어머니에게 몇 차례 내리치는 것으로 자신의 분노를 마감했다. 어머니의 얼굴이 시퍼렇게 멍든 것을 확인하고서야 그는 방문을 거칠게 쾅 닫고는 비틀거리며 계단을 내려가버렸다. 그리고 집 밖 어디론가 다시 사라졌다.

"이리 온!"

어머니는 방바닥에 널브러진 형을 끌어올려 가슴에 안았다. 입술과 눈두덩이 퍼렇게 멍든 어머니의 얼굴은 진땀으로 얼룩져 있었고, 표정은 아버지에 대한 분노, 형에 대한 연민이 뒤섞여 처참하게 일그러져 있었다. 어머니의 품에 안긴 형의 모습은 애벌레 같았다. 혹은 어미의 등에 매달린 새끼 박쥐 같기도 했다.

"불쌍한 내 아들……"

새어머니는 형의 작은 몸뚱이를 마치 자신의 살 속 깊이 가두기라도 하겠다는 듯 힘껏 껴안았다. 형은 숨을 헐떡이며 어머니의 품을 파고들었다. 그들은 곁에 있는 내가 보이지도 않는 것 같았다. 나는 내가 그들 모자 사이에 끼어들 한 치의 틈도 없다는 것을 알아챘다. 나는 천천히 형의 방을 빠져나왔다.

그 일이 있은 지 석 달 후에 아버지는 두 채의 집과 근교에 사둔 땅을 팔아 챙겨 캐나다로 이민을 갔다. 어떤 젊은 여자와 함께 떠났다는 것이었다. 우리에게 남은 것은 아버지의 마지막 선심이었던, 살고 있는 집을 팔아치운 잔금과 어머니가 보관하고 있던 얼마쯤의 돈이 든 예금통장 하나가 전부였다. 두 달 후에 우리는 막 새로 조성되고 있던 이웃 공단 도시로 이사를 떠났다. 잡화 가게를 열기 위해서였다.

이사를 가기 전날 나는 내 방의 벽지 위에 이렇게 휘갈겨 썼다.

아버지, 개새끼!

3

재수를 하고서도 서울의 4년제 대학은 물론 지방 신설 대학에도 미역국을 먹은 나는 집 근처 동사무소의 공익요원이 되었다. 공익요원이 된 것은 내 뜻이 아니라 군의관이 일방적으로 정한 것이었다. 나는 공수부대원이 아니면 유디티가 되거나 하다못해 휴전선으로 배치돼 그 빌어먹을 도시를 떠나고 싶었지만 그마저도 뜻대로 되지 않았다.

어머니와 형은 공단 도시 변두리에서 잡화 가게를 열고 있었고 나는 여전히 그들에게 얹혀살고 있었다. 어머니는 거의 매일 가게에 딸린 안방에 누워 있었고, 형과 나는 그 잡화 가게가 든 사층짜리 건물의 옥탑방 한 칸을 빌려 살았다. 스물여덟 살의 형은 여전히 열세 살 그대로였다. 그러나 대부분의 성장정지증 환자가 그렇듯 형의 얼굴은 오히려 같은 또래의 다른 청년들보다 훨씬 윤기 없이 바스러져 있었다. 외모는 열세 살인데 그 속에 담긴 표정은 서른, 마흔 살의 그것이랄까. 형이 풍기는 분위기는 기묘했다. 총명하고 아름답던 미소년의 모습은 힘겨운 가게 일 때문에 가뭇없이 스러져버렸다.

처음 이사를 왔을 때만 해도 집 장수들이 날림으로 지어 파는 똑같은 모양의 집들이 막 들어선 신흥 주택가였던 그곳엔 이렇다 할 가게들이 없었으나 아파트촌이 들어서면서 이런저런 잡화 가게들이 우후죽순처럼 늘어섰다. 뿐만이 아니었다. 새로 생긴 두어 개의 대형 할인마트가 손님들을 그물로 고기를 잡듯 싹쓸이하는 판이었다. 싱싱한 푸성귀나 생선을 제때 들이지 못하니 가게를 찾는 사람은 갈수록 뜸해지고, 찾는 사람이 없으니 이번엔 밑천이 모자라 구색을 갖추지 못해 가게는 파리만 날릴 수밖에 없었다.

형의 유일한 친구는 플루트와 컴퓨터였다. 열두시쯤 가게 문을 닫고 돌아온 형은 세수를 마치고 언제나 단정히 앉아 플루트를 불곤 했다. 때로는 시끄럽다고 내가 지청구라도 부릴라치면 형은 옥상의 물탱크 한쪽에 기대앉아 연습을 계속하곤 했다. 어두운 옥상 한구석에서 플루트를 불고 나면 형은 자신의 앉은뱅이책상에 앉아 컴퓨터를 켰다. 아침 일곱시면 다시 일어나서 가게 문을 열어야 하건만 피곤하지도 않은지 형은 희미한 스탠드 불빛 아래서 두세시까지 컴퓨터를 붙잡고 앉아 있기 일쑤였다.

"형, 잠 좀 자자구. 만날 그렇게 불을 켜놓아서야 어디 눈을 붙일 수 있어?"

아랫목에서 이불을 뒤집어쓴 내가 짜증을 부리면 형은 앉은 자세로 고개만 돌리며 씽긋 웃기만 했다.

"그래, 그래, 알았어. 십 분만 더 있다 불 끌게."

나는 공익요원으로 복무하면서 애초의 결심대로 집안 형편엔 일절 알은체를 하지 않았다. 낮에야 중대장의 책상을 걸레질하거나 동사무소 앞마당의 풀을 뽑거나 담배 심부름이나 다닐 수밖에 없는 신세였지만, 밤이면 가발을 쓰고 도심으로 나갔다. 그리고 그 신흥도시의 한 허름한 나이트클럽의 삐끼가 되었다. 몇 푼의 팁을 바라고 저녁 여덟시에서 새벽 서너시까지 술집 앞 혼잡한 길에서 취객의 팔을 끌어당겨 술집으로 밀어 넣는 일을 했다. 그리고 가끔 주정을 부리는 취객을 끌어내기도 하고 행패를 부리는 작자에겐 표가 나지 않을 만큼 두어 대 쥐어박아 후미진 길에 패대기치는 것도 내 일 중의 하나였다.

삐끼 일을 두어 달인가 나갔을 무렵 나는 한 계집애를 만났다. '미리'라는 이름의 나와 동갑인 애였다. 일찍부터 가출해 그렇고 그런 길로 빠진 계집애였는데, 우연히 내가 일하는 업소로 놀러 오면서 알게 된 터였다. 그 애는 혹 어느 놈팡이가 부킹을 해오지 않나 하고 한구석에서 주스나 빨고 있었지만, 워낙 생긴 게 받쳐주질 않아 허탕 치는 날이 훨씬 많았다. 은근슬쩍 배불뚝이 중년 사내들과 원조교제도 하는 눈치였다. 나는 그 계집애에게 몇 번인가 부킹을 시켜주었다. 그 때문인지 어쩐지 그 애는 나를 좋아하는 눈치였고, 어쩌다 돈이 생기는 날엔 내게 술을 사주기도 했다. 언젠가는 농담 비슷이 방 한 칸 빌려 같이 살지 않겠느냐고 물어온 적도 있었지만, 나는 그 제의를 단호히 거부했다. 물론 단 한 번도 같이 잔 적이 없었다.

그렇게 어영부영 세월을 보내던 어느 초가을 날이었다. 낮에 공익근무를 하고 밤새도록 업소에서 시달리던 나는 파김치가 되어 아침에야 집으로 돌아왔다. 어느새 아침 햇살이 훤하게 골목길에 가득 차 있었다. 일요일이었으므로 나는 늘어지게 잠을 잘 작정이었다. 옥탑방으로 올라가는 계단으로 들어서려다 가게를 슬쩍 보니 어머니가 카운터에 앉아 있었고 형은 보이지 않았다. 그는 조그만 스쿠터를 타고 아파트 진입로를 따라 비탈길을 오르고 있는 중이었다. 화장지며 과일, 채소를 가득 담은 노란 플라스틱 상자 위로 뒷머리를 바짝 치켜 깎은 형의 작은 뒤통수가 잠깐 보였다가 모퉁이에 걸려 사라졌다. 그 모습을 멀거니 보다가 나는 하품을 찢어지게 하며 방으로 올라갔다.

방바닥은 먼지 알갱이 하나 없이 쓸고 닦여 있었고, 윗목 한구석에 놓인 형의 앉은뱅이책상도 가지런히 정리되어 있었다. 형이 시간 날 때마다 들여다보던 영문법 책, 영어사전, 컴퓨터 책, 노트들이 작은 책꽂이에 조금의 흐트러짐도 없이 차곡차곡 꽂혀 있었고, 은박지로 곱게 겉을 씌운 깡통엔 연필이며 볼펜, 사인펜 따위들도 가지런히 꽂혀 있었다. 형이 가장 아끼는 낡은 플루트도 선반 위에 얌전히 놓여 있었다. 벽장에서 이불을 꺼내 드러누우려던 나는 문득 형의 책상으로 다가갔다. 그리고 책상 위 컴퓨터의 전원을 넣었다.

인터넷 포르노 사이트를 열어볼 작정이었다가 그마저 귀찮아져 막 컴퓨터를 끄려던 순간 나는 언젠가 형이 무언가를 쓰다가 내가 들어서자 황급히 컴퓨터를 꺼버리던 일을 떠올렸다. 어깨너머로 훔쳐본 형의 암호를 떠올리며 편지함을 연 나는 어느 순간 눈을 크게 떴다. 쓸데없이 가득 차 있는 광고 메일 사이에, '키티'라는 이름을 단 몇 갠가의 낯선 메일이 눈에 띄었기 때문이다. 형에게 편지를 보내온 키티가 도대체 누구일까. 이름으로 봐선 여자가 틀림없었다. 호기심이 치솟은 나는 키티가 형에게 보낸 편지 중에서 가장 최근의 것을 훔쳐 읽기 시작했다.

테오 님께

이틀 동안 편지함을 열어보았지만 답신이 없어 다시 편지를 띄웁니다. 통신을 해보려 해도 접속이 되질 않구요. 테오님은 요즘 꽤 바쁘신 모양이죠?

창밖엔 지금 밤 소나기가 내리고 있어요. 새로 태어난 기쁨 때문일까요. 골목길 가로등의 뿌연 빛무리에 드러난 빗방울이 마구 춤을 추고 있네요. 그 빗방울들의 기쁨도 너무나 잠깐, 곧 캄캄한 허공 아래로 사라지고 맙니다.

아마 테오 님도 지금쯤 쏟아지는 빗방울을 물끄러미 내다보고 있을지도 모르지요. 한 번도 뵙지 못한 테오 님이지만 어떻게 생긴 분일까 상상하는 것만으로도 저는 즐겁답니다. 요즘 연습하고 계신다는 플루트 곡 「바디네리」는 어느 만큼 느셨는지요. 언젠가 테오 님의 연주를 직접 한번 듣고 싶네요. 깊은 밤 안녕히 주무세요.

나는 키티가 형에게 보낸 메일들을 역순으로 하나씩 열어보았다. 형과 키티라는 여자는 다섯 달쯤 전부터 누군가의 블

로그에서 우연히 만나 메일을 주고받는 사이로 발전한 모양
이었다. 그녀의 편지로 미루어보건대 키티는 올해 스물두 살
먹은 처녀였다. 이 도시에서 그리 떨어지지 않은 시골 태생으
로 여상을 나와 백화점 여성복 매장의 점원으로 일하고 있으
며, 고등학교에 다니는 동생과 자취를 하고 있다는 것, 디자
이너가 되기 위해 여덟시 백화점 근무를 마치고 나면 디자인
학원에 다니고 있다는 것, 그리고 가수 이은미의 노래를 좋아
한다는 것이 편지 속에서 내가 알아낸 것이었다. 메일을 주고
받았다고 해서 꼭 만나야 한다는 법은 없을 텐데도 키티는 형
을 한번 만나고 싶어 하는 눈치라는 것도 나는 알아챘다.

편지 속의 형은 스물여덟의 벤처 사업가였다. 직장 생활을
그만두고 컴퓨터 프로그램 개발 사업을 하고 있다고 형은 그
편지에서 자신을 소개하고 있었다. 하긴 형이 자신 있게 거짓
말을 할 수 있는 것은 컴퓨터 프로그램에 관한 것 정도일 것
이다. 편지 속에서 형이 한 유일한 참말은 저녁마다 플루트를
분다는 이야기뿐이었다.

그 편지를 읽고 나는 잠시 멍해졌다. 형은 왜 낯선 여자와
이렇게 펜팔을 하고 있을까. 벤처 사업가라고 거짓말을 둘러
댈 만큼, 얼굴도 모르는 한 여자와의 시답잖은 대화가 그렇
게 중요한 일이란 말인가. 형은 이 무망한 사랑이 자신의 삶
에 기쁨을 가져다줄 거라고 정말 믿었단 말인가. 그러나 형은
아마도 끝내 그 여자를 만나지 못할 것이었다. 언젠가 끝나고

말 그 짧은 사랑이 과연 형을 행복하게 해주고 있는 것일까.

그날 이후 나는 가끔 형의 컴퓨터를 켜고 키티의 편지를 훔쳐보곤 했다. 예상대로 키티는 얼마 후 형을 만나고 싶다는 메시지를 보내왔다. 그렇게 되자 형은 그녀와의 만남을 피할 핑계를 찾느라 쩔쩔매는 눈치였다. 키티로선 형이 자신을 만나려고 하지 않는 까닭을 납득할 수 없는 모양이었다. 그녀로선 당연한 일이었을 것이다. 수줍으면서도 열정과 진지함에 가득 찬 편지를 보내던 형이 막상 대면을 요구하자 만남을 회피하고 있으니. 이런저런 핑계를 대기만 하는 형의 답신이 몇 차례 이어지자 드디어 키티도 의구심을 드러내기 시작했다.

항상 밝기만 하던 형의 얼굴에 이루지 못할 사랑의 열병을 앓는 자 특유의 고뇌의 빛이 떠오른 것도 그 무렵이었다. 형의 얼굴은 어두워져갔고 가게에서 혼자 멍하니 맥을 놓고 있는 시간이 늘어갔다.

4

눈이 내리려나. 찌뿌듯이 흐려 있는 하늘 한 귀퉁이에서부터 어둠이 쌓이기 시작하더니 곧 거리에 땅거미가 내려앉기 시작했다. 하나둘씩 켜지기 시작하는 상점들의 불빛. 길 건너 레코드점에선 철 이른 캐럴이 울려 나오고, 그 옆 치킨 가게의 간판 속에서 웃고 있는 서양 노인의 수염에도 어스름이 내려앉고 있었다. 꼬리를 물고 늘어선 자동차들이 신경질적으로 울려대는 경적. 그리고 차들이 멈춰 선 틈을 놓칠세라 도로를 함부로 가로지르는 인파가 뒤엉켜 좁은 거리는 삽시간에 엉망이 되어버린다. 시계를 들여다보니 아직 여섯시가 채 되지 않았다. 형이 나타나려면 삼십 분쯤은 더 있어야 할 것이었다.

이놈의 도시는 언제 봐도 난장판이로군.

혼잣말을 삼키며 나는 잔을 들어 이미 식어버린 커피를 홀쩍 들이마신다. 시끄러운 음악과 소음이 뒤섞인 다방 안은 마치 시장통 같았다. 마주 앉은 미리는 음악에 맞춰 꼬아 앉은 다리를 까딱거리며 무언가를 생각하는 기색이었다.

저 계집애도 생각이란 걸 할 줄 아나?

노랗게 물들인 머리에 짧은 치마, 흘러내릴 듯한 긴 삭스를 신고 있는 미리의 얼굴은 갈 데 없는 논다니였지만, 턱을 괴고 창밖을 내다보고 있는 꼴이 제법 심각해 보였다. 문득 짜릿하게 등골을 스쳐 가는 전율. 오줌이 마려웠다. 앞으로 벌어질 일에 나 자신이 더 긴장하고 있는 모양이다. 나는 다시 시계를 들여다보았다. 여섯시 반을 막 넘고 있었다. 조금 있으면 형이 저 길 너머로 나타날 것이었다. 내가 지금 벌이려는 짓은 과연 무엇일까. 분노일까, 파괴 충동일까. 어쩌면 질투심일지도 모른다고 나는 생각했다. 그 밤 우연히 목격한 장면은 오랫동안 잔상처럼 내 머릿속에 남아 나를 괴롭혔으니.

　예상대로 형과 키티의 메일 연애는 오래가지 않았다. 한 달쯤 전 나는 형 컴퓨터의 편지함을 열어보고는 형과 키티가 헤어진 것을 알았다. 드디어 키티가 형에게 교신을 끊겠다는 선고를 내린 것이었다. 단 한 번도 여자를 만나보지 못한 채 형의 사랑은 그렇게 허무하게 종말을 고한 셈이었다.
　나는 형이 실연에 얼마나 상심하고 있는지를 알고 있었다. 말하자면 형에겐 키티와의 교신이 비록 가상의 만남일망정이 세상에 대한 자신의 존재 증명이었던 것이다. 형은 키티와의 사랑을 통해서 멋있고 당당한 한 사내로 태어날 수 있었던 것 아닌가. 컴퓨터 속에선 형은 갈비뼈가 앙상하고 비쩍 마른 팔다리를 늘어뜨린 열세 살 소년이 아니라 튼튼하고 넓은 가슴과 단단한 근육을 가진, 그리고 세상에 대한 자신감에 가득 찬 스물여덟의 패기만만한 청년 사업가로 다시 태어났으니까.
　자정에 종이 울리면 황금마차가 호박으로, 멋진 무도복이 누더기로 변하는 신데렐라처럼 키티와의 사랑이 종말을 고하자 형의 얼굴에 빛나던 행복과 설렘은 삽시간에 사라졌다. 그는 밤낮 구멍가게를 끼고 사는 늙어버린 열세 살의 왜소한 소년으로 돌아갔다. 형은 이전보다 더욱 침울해졌으며 말수가 더욱 줄어들었다. 가게 카운터에 달랑 돌아앉은 형의 뒷모습에선 어쩌면 양로원 노인네에게서나 볼 수 있는 그런 음울한 분위기마저 배어나고 있었다.

 그 무렵 어느 밤이었다. 새벽 서너시에 돌아와 눈을 잠깐 붙이고 공익 근무를 하러 가곤 하던 나는 그날따라 몸살기를 느끼고 자정을 겨우 넘긴 시간에 집으로 돌아왔다. 신열이 나기 시작했으므로 나는 옥탑방으로 올라가려다가 가게 뒤편에 딸린 부엌으로 들어갔다. 찬장을 뒤져 꿀이라도 나오면 뜨거운 물에 타 마실 작정이었다. 슬그머니 부엌문을 밀고 들어선 나는 어둠 속에서 더듬더듬 찬장을 더듬었다. 그러나 꿀은커녕 설탕도 없었다. 돌아서 나오려는데 어머니의 방 쪽에서 불빛이 빤하게 새어 나오는 것을 보았다. 그즈음 들어 부쩍 쇠약해진 어머니는 저녁만 되면 일찍 잠자리에 들던 터였으므로 나는 그 시간까지 방에 불이 켜져 있는 것이 의아했다.

 무어 훔쳐보겠다는 생각도 없이 나는 부엌에서 마루로 통하는 쪽문을 밀고 들어갔다. 나는 발소리를 죽여 좁은 마루를 건너갔다. 방문이 두어 뼘쯤 열려 있었다. 무심코 방 안을 들여다보던 나는 생전 처음 보는 광경에 움찔하며 몸을 감추었다.

 벽 쪽으로 돌아앉은 속치마 차림의 어머니가 형을 품에 안고 있었다. 형의 작은 잔등을 껴안고 있는 어머니의 벗은 팔이 스탠드 불빛에 희미하게 반사되고 있었다. 어머니에게 안겨 있는 형은 마악 탈각한 누에처럼 작고 가벼워 보였다.

 문 뒤로 몸을 피했다가 나는 다시 살며시 방 안을 훔쳐보았다. 어머니의 어깨 너머로 형의 얼굴이 반쯤 내밀어져 있었다. 그의 얼굴은 언뜻 보기에도 몹시 초췌했다. 눈을 감은 형의 얼굴은 실신한 것 같기고 하고, 방심한 것 같기도 했다. 어머니의 손이 형의 뺨을 어루만지고 있었다. 이어서 귓불과 목덜미를, 그리고 러닝셔츠 안으로 새가슴처럼 작고 메마른 가슴을 그녀의 손이 집요하게 쓰다듬고 있었다. 어머니의 가슴에 안긴 형의 작은 몸피는 금방이라도 바스러질 듯 얇고 가벼워 보였다. 형의 몸을 쓰다듬는 어머니의 손길은 아기를 목욕시키는 엄마의 그것과 같았다. 어쩌면 사랑하는 남자를 쓰다듬는 여인의 관능적인 손길 같았는지도 모른다.

불쌍한 내 새끼……

문득 하얗게 질려 있던 형의 얼굴에 홍조가 떠올랐다. 형은 눈을 감은 채 작은 손을 내밀어 어머니의 벗은 팔을 쓰다듬기 시작했다. 어스름 불빛에 떠오른 어머니의 팔은 젊은 여인처럼 부드럽고 팽팽해 보였다. 형의 작은 손이 푸득푸득 떨리는 것 같았다. 그의 손이 어머니의 속치마 윗섶을 파고들었다. 그러고는 어머니의 가슴을 만지작거리기 시작했다. 마치 어린 아기가 제 엄마의 젖을 만지듯, 아니, 연인의 가슴을 애무하듯. 어머니는 형의 작은 몸을 끌어올려 가슴에 깊이 품는 것이었다. 그리고는 낮은 목소리로 노래를 부르기 시작했다. 한 번도 들어보지 못한 그녀의 자장가였다.

잘 자라 내 아기, 내 귀여운 아기, 아름다운 장미꽃 너를 둘러 피었네……

그 언젠가 아버지에게 두들겨 맞은 밤처럼 그들은 서로에게 몰입해 있었다. 이윽고 어머니의 가슴을 쓰다듬던 형의 손이 툭 떨어졌다. 어느새 형은 잠이 들어 있었다. 잠든 형의 표정은 보통의 열세 살 소년의 그것처럼 씩씩하면서도 편안해 보였다.

불쌍한 내 새끼……

나는 그들 두 사람의 은밀한 제의(祭儀)를 훔쳐보다 조용히 물러났다. 그리고 부엌 밖으로 빠져나와선 옥탑방으로 통하는 컴컴한 계단을 올라갔다. 어둠 속에서도 조금 전에 본 형과 어머니의 모습이 잔상처럼 눈앞에서 사라지지 않았다. 어머니는 언제부터 저렇게 형을 재워왔을까. 형이 한창 자라고 있던 그 옛날부터 그랬을까. 어머니와 형을 둘러싼 그 기묘한 교감을 무엇이라고 설명해야 할지 나는 알 수가 없었다. 문득 나는 가슴 한구석에서 꿈틀거리는 난폭한 파괴 욕망을 느꼈다. 몇 년 전 아버지가 사라지기 전 그 밤, 결국은 내가 틈입자일 뿐이라는 걸 느꼈을 때보다 훨씬 더 강렬한 느낌이었다.

형이다!

인파에 섞여 길 건너편 횡단보도를 건너오고 있는 작은 몸집의 사내가 보였을 때 나는 다시 마음속으로 부르짖었다. 사람들 어깨 사이로 드러났다 사라졌다 하는, 짙은 남색 점퍼는 형의 것이 틀림없었다.

"저길 봐!"

나는 미리에게 낮게 소곤거렸다. 미리는 내가 손짓하는 곳으로 목을 빼어 내려다보았다.

"저 사람이 형이야!"

"누구 말야?"

"저어기 고려당 빵집 앞으로 남색 점퍼를 입고 걸어오는 저 사람 말야."

"그런 사람이 도대체 어디 있단 말야?"

작은 키에 소년의 얼굴을 한 형이 그녀의 눈에는 띄지 않는 듯 미리는 어리둥절한 표정을 지었다. 그러다가 마침내 내 손가락이 지시한 대상을 발견한 미리의 눈살이 살짝 찌푸려졌다. 나에게서 이야기를 미리 들었음에도 불구하고 직접 본 형의 모습에 그녀는 적이 충격을 받은 것 같았다. 어머! 하고 외마디 소리를 내질렀을 뿐 그녀는 고개를 돌린 채 한참 동안 말이 없었다. 그러더니 자리에서 일어섰다.

"나 갈래!"

"왜 이래? 갑자기……"

"그냥 가겠단 말야! 너랑 약속한 그 장난 하기 싫어졌어."

"이 기집애가…… 이제 와서 무슨 소리야. 도로 앉으란 말야. 안 그러면 가만두지 않을 줄 알어."

나는 목소리를 낮춰 으르렁거리며 미리를 노려보았다. 미리는 선 채 나를 가만히 쏘아보았다. 그러더니 자리에 도로 주저앉았다. 그러더니 혼잣말로 씹어뱉었다.

"나쁜 새끼……"

나는 못 들은 척 창밖을 내다보며 딴전을 피웠다. 아닌 게 아니라 나도 도망을 치고 싶었다. 모퉁이를 돌아섰기 때문일까. 형의 모습이 보이지 않았다. 이제 이삼 분 후면, 나의 음모를 전혀 모르는 형은 어리둥절한, 혹은 수줍은 얼굴로 이 커피숍으로 들어설 것이다. 이제 어떡해야 하나. 혼자서 수없이 상상했던, 그리고 미리에게 하나하나 다짐을 받았던 일이었건만 나는 눈앞에 이내가 낀 듯 머릿속이 텅 빈 느낌이었다. 나는 마른침을 삼켰다. 다시 등골을 찌르르 타고 흐르는 전율.

겉으론 딴청을 부리고 있었지만 내 온 신경은 바짝 곤두선 채 출입문을 향하고 있었다. 출입문에 매달린 작은 종이 딸랑거렸고 형의 모습이 나타났다. 아이가 이런 컴컴한 카페에 웬일인가 싶었던지 앉아 있던 사람들이 눈길이 형에게로 일제히 향했다. 자신에게 쏟아지는 사람들의 시선이 부담스러운 듯 형의 어깨가 움츠러들었다. 그리고 구원을 찾는 사람처럼 황급히 시선을 움직였다. 이윽고 창가 구석 자리에 앉은 나를 발견한 형의 얼굴엔 안도의 표정이 떠올랐다. 형은 서둘러 내쪽으로 왔다.

"여, 영재야!"

나는 짐짓 무심한 척 뜸을 들이며 형을 돌아보았다.

"형 왔어? 근데 왜 이리 늦었어?"

"그…… 그냥…… 물건을 새로 좀 들여놓느라……"

비어 있는 옆자리를 눈짓으로 가리켜 앉으라는 시늉을 하며 나는 슬쩍 맞은편 미리에게 시선을 주었다. 미리는 반쯤은 호기심이, 반쯤은 안쓰러움이 섞인 시선으로 형을 건너다보고 있는 중이었다. 형은 엉거주춤 의자 끝에 엉덩이를 걸치려다가 맞은편에 앉은 미리를 보았다. 그의 표정에 의아함과 당혹스러움이 교차했다. 나는 모르는 척 형에게 미리를 소개시켰다.

"응, 내가 좀 아는 애야. 야, 이미리. 내 형이야. 인사해."

미리는 조금 전의 표정을 얼른 감추고 활짝 웃으며 머리를 까딱 숙여 보였다.

"안녕하세요. 말씀 많이 들었어요."

말씀을 많이 들었다는 말 때문인지 형의 얼굴에 다시 곤혹스러운 표정이 스쳐 갔다. 형은 이 애를 불러낸 것이 무슨 까닭이냐는 듯 나를 돌아보았다. 나는 그의 표정에 스치는 의혹을 무시했다.

"오랜만에 형이랑 술이라두 한잔하려구 나오라고 했지 뭐. 자, 그럼 밖으로 나가자구."

"술은 무슨…… 내가 언제 술을 먹었다구. 엄마가 기다리고 계신단 말야."

어리둥절한 와중에도 형은 거부의 뜻을 보였다. 그러나 나는 미적거리는 형을 밀어내다시피 해 커피숍 밖으로 데리고 나왔다. 하나둘 네온사인이 떠오르기 시작하는 거리는 여전히 인파로 혼잡했다. 나는 사람들의 어깨와 함부로 부딪치면서 걸음을 옮겼다. 형은 사람들에게 이리저리 쓸리면서 종종걸음으로 따라오고 있었다.

"야, 나 집에 들어가봐야 한다니까. 술은 너희들끼리 마셔."

나는 못 들은 척 형의 손을 잡아끌고 내가 일하는 나이트클럽에서 그리 떨어지지 않은 허름한 선술집으로 들어갔다. 자리를 잡자마자 나는 소주를 시켰다. 주인 여자가 소주잔을 두 개만 가져왔으므로 나는 하나 더 갖다달라고 주문했다. 잔을 가져다 탁자 위에 놓던 여자가 의아한 표정을 지었다.

나는 형의 잔에 술을 따랐다. 형은 가득 채워진 투명한 소주잔을 보고는 좀 겁을 집어먹은 표정이었다. 나는 형의 입에 잔을 갖다 댔다.

"형, 마셔봐. 기분이 좋아질 거야."

"얘가 왜 이래? 술 마실 줄 모른다는 거 잘 알면서……"

곤혹스럽게 손사래를 치는 형의 손길을 털어내면서 나는 그의 입에 닿은 술잔을 기울였다. 술이 흘러내리자 형은 얼결에 한 모금 마신 모양이었다. 미간을 찌푸리며 재채기를 하는 걸 보면서 나는 낄낄거렸다. 입가에서 목을 타고 흘러내리는 술을 손등으로 닦아내면서 형은 다시 곤혹스런 표정을 지었다. 나는 다시 잔을 채워 형의 입에 갖다 댔다.

"어때, 형. 괜찮지? 한잔 더 마셔봐."

입술을 다물고 고개를 돌리려던 형은 내가 집요하게 술잔을 갖다 대자 다시 두어 모금을 꿀꺽꿀꺽 삼켰다. 미리는 맞은편 자리에서 팔짱을 끼고 앉은 채 한마디 말도 없이 내가 하는 양을 지켜보고만 있었다. 나는 형에게 안주를 집어주며 미리에게 이제 네 차례라는 듯 도끼눈을 해 보였다. 미리는 눈을 찢어지게 흘기더니 마지못한 듯 한눈에도 억지스럽기 짝이 없는 호들갑을 떨어 보이기 시작했다.

"아유 오빠, 술 잘 드시네요. 그렇게 잘 마시면서 뭘 그렇게 빼세요? 어디 제 잔도 한잔 받으실래요?"

처음 보는 여자가 자신을 오빠라고 부르자 형은 그 와중에도 놀란 눈으로 미리를 쳐다보는 것이었다. 그랬거나 말거나 미리는 콧소리를 섞어가며 천연스럽게 오빠 소리를 뇌까려대는 것이어서 오히려 내가 면구할 지경이었다. 형의 빈 잔에 술을 채운 미리는 이번엔 아예 자리를 옮겨 내 쪽으로 왔다.

"좀 비켜봐!"

나는 얼결에 자리를 비켜주고 미리가 앉았던 맞은편 자리로 옮겼다. 미리는 한 팔을 슬쩍 형의 어깨에 걸쳤다. 그러고는 간드러진 목소리로 재잘거리기 시작했다.

"가까이서 보니 오빠 참 예쁘게 생겼다아. 자, 우리 건배 한번 해요. 남기면 안 돼."

형은 얼떨결에 잔을 들었다. 미리는 형의 잔에 제 잔을 가볍게 부딪치며 소리쳤다.

"건배!"

미리가 제 잔을 가볍게 쭉 비워버렸는데도 형은 잔을 든 채 엉거주춤했다. 미리는 형을 향해 곱게 눈을 흘겨 보았다.

"오빠 뭐 해? 안 마시고?"

미리의 재촉에 형은 안절부절못했다. 그러더니 마지못해 들었던 술잔을 한꺼번에 비워내버렸다. 형의 얼굴이 붉게 물들기 시작했다.

"어머! 오빠 너무 귀여워!"

그녀는 호들갑스럽게 박수를 짝짝 치더니 어느새 형의 볼에다 입을 쪽 맞추는 것이었다. 얼마나 당황했던지 형은 흠칫 어깨까지 떨었다.

나는 시계를 슬쩍 보았다. 지금쯤 그 여자가 와 있을 시간이었다. 두어 블록 지나 이 도시의 가장 큰 백화점 맞은편에 있는 '카미오'라는 커피숍엔 지금쯤 키티가 나를, 아니 형을 기다리고 있을 것이었다. 형은 내가 자신의 이름을 빌려 키티에게 메일을 보냈던 사실을 모르고 있을 것이었다. 나는 그녀에게 짧은 편지를 보냈다.

키티에게

당신과의 교신이 끊어지고 나서 쓸쓸했습니다. 뒤늦었지만 꼭 한 번만 만나고 싶습니다. 그리고 당신에게 내 플루트 연주를 들려드리고 싶습니다.

　—테오

　두 달 만의 편지가 의외였던 듯 기척이 없던 키티에게선 사흘 만에 답장이 왔다. 그리고 한두 번의 교신이 더 이어진 후 만나기로 한 날이 바로 오늘이었다.

　나는 미리에게 슬쩍 눈을 끔뻑이고는 화장실을 가는 척 자리를 빠져나왔다. 나머지 일은 미리가 알아서 할 것이었다. 거리에는 완연히 어둠이 깔려 있었다. 나는 나이트클럽으로 갔다. 그리고 주방 벽장 속에 숨겨둔 형의 플루트 케이스를 찾아 들었다. 그것은 오늘 오후 집을 나서면서 훔쳐 나온 것이었다. 인파를 뚫고 나는 거리를 걸어 내려갔다. 이윽고 카미오 앞에 도착하자 나는 창밖에서 커피숍 안을 기웃거렸다. 어디나 그렇듯 그곳도 붐비기는 마찬가지였다.

　저 여자다!

　자줏빛 털실 목도리를 벗어 손에 든, 베이지색 오버코트를 입은 여자의 뒷모습을 훔쳐보는 순간 나는 자신도 모르게 낮게 부르짖었다. 자그마한 몸집에 생머리가 등으로 흘러내리는 여자였다. 내 가슴은 범행을 앞둔 은행 강도처럼 거세게 뛰기 시작했다. 시간을 보내기 위해서일까, 여자는 내가 자신을 훔쳐보는 줄도 모르고 머리를 갸웃거리며 무언가를 읽고 있는 눈치였다.

나는 격렬하게 뛰는 가슴의 박동을 진정시키려고 몇 번인가 심호흡을 했다. 입술이 말라왔고 모든 것을 그만두고 싶었다. 그러나 나는 몸을 돌려 도망치는 대신 커피숍의 문을 밀었다. 호승심과도 같은 정체 모를 흥분 때문에 머리가 어찔했다. 나는 뚜벅뚜벅 그 여자에게로 다가갔다. 제 앞을 막아선 기척을 느끼고 여자가 천천히 고개를 들었다.

"키티 씨……?"

"아! 테오 씨?"

여자의 얼굴에 반가움과 수줍음의 표정이 동시에 떠올랐다. 편지에서 상상한 대로 갸름한 윤곽을 가진 귀여운 인상의 여자였다. 나는 그녀에게 가볍게 고개를 숙여 보이고는 맞은 편 자리에 앉았다.

미리로부터 다급한 전화가 온 것은 바닷가에서였다.

커피숍에서 나는 키티를 데리고 근처의 카페로 가 맥주를 마셨다. 형의 컴퓨터에서 훔쳐 읽은 기억을 되살려 백화점에서 옷을 파는 일이 할 만하냐, 디자인 공부는 어떠냐고 물었다. 키티는 내게 새로운 플루트 곡을 연습하고 있느냐고 물었다. 그러고는 연주를 들려주겠다고 약속한 것은 어떻게 됐냐고도 했다. 나는 빙긋이 웃으며 옆에 둔 형의 플루트 케이스를 툭툭 쳐 보였다.

"아, 플루트! 그럼 오늘 들려주시는 거예요?"

240

"그럼요."

"여기서요?"

"여기선 그럴 수 없죠. 나를 따라오겠어요?"

나는 다시 카페에서 키티를 데리고 나와 택시를 잡아탔다. 순진한 것인지, 세상 물정에 어두운 것인지 키티는 군말 없이 나를 따라나섰다. 내가 행선지로 그 도시의 바닷가 유원지를 댔을 때 키티는 불안한 표정을 보였으나 차에서 내리겠다고 하지는 않았다. 겨울 유원지는 썰렁했으나 인적이 전혀 없지는 않았다. 여자는 마음이 놓이지 않는지 주위를 홀끗거리며 주춤주춤 따라왔다. 그래도 바닷가 백사장에서 두어 쌍의 남녀들이 거닐고 있는 것이 그녀에게 용기를 준 것 같았다.

나는 키티를 데리고 백사장 한구석으로 갔다. 키티는 내 옆 두어 걸음쯤 떨어진 곳에 쪼그리고 앉았다. 여자 옆에 앉아 있자니 그렇게 많이 마신 술도 아니건만 웬일인지 취기가 몰려왔고 입안이 말랐다. 시간이 얼마나 흘렀을까. 근처에서 산책을 하던 사람들이 어느새 사라지고 보이지 않았다. 저 멀리 유원지 카페촌의 불빛들이 희미하게 비치고는 있었지만 키티는 인적이 끊기자 불안해진 모양이었다. 안절부절못하는 여자의 기척을 느끼며 나는 고개를 들어 키티를 바라보았다. 어쩌면 입꼬리가 비틀어진 웃음이 떠올랐는지도 모른다.

문득 키티의 눈에 의혹이 가득 찼다. 몸을 일으킨 그녀는 주춤주춤 뒷걸음치며 나를 쏘아보았다.

"당신…… 정말…… 테오 씨 맞아…… 요?"

그 순간 나는 여자에게 달려들었다. 그리고 도망치려는 여자의 어깨를 난폭하게 잡아챘다. 여자는 내 거친 손길에 비틀거리며 백사장에 쓰러졌다. 나는 여자를 덮쳤다. 여자가 필사적으로 저항했지만 나는 힘을 다해 내 가슴에 깔린 여자의 몸을 눌렀다. 그때였다. 여자는 갑자기 저항을 포기하고 흐느끼기 시작했다.

"이러지…… 말아요…… 절…… 놔주세요."

왜 그랬을까. 여자가 우는 것을 본 순간 그동안 몇 번이고 다져왔던 전의가 풍선의 바람이 빠지듯 맥없이 사라져버렸다. 모든 것이 귀찮다는 느낌, 부질없다는 느낌에 나는 사로잡혔다. 여자의 허벅지를 누르던 손을 빼고 나는 여자에게 체중을 실은 채 잠시 꼼짝도 하지 않았다.

필사적으로 버둥거리던 여자가 힘을 다해 나를 밀쳐내고 있었다. 나는 내 몸에서 힘을 뺐다. 이윽고 여자 위에 얹혀 있던 내 몸이 굴러떨어졌다. 여자는 황급하게 몸을 일으키더니 미친 듯이 백사장을 가로질러 카페촌의 불빛 쪽으로 뛰어갔다. 나는 모래 위에 주저앉은 채 도망가는 여자의 뒷모습을 멀거니 지켜보았다. 그 순간이었다. 내 입에서 문득 웃음이 새어나온 것은. 나는 검은 바다를 보며 미친 듯이 컥컥컥 웃음을 토해냈다. 아무리 해도 도저히 웃음을 멈출 수가 없었다.

미리에게서 전화가 온 것은 바로 그 순간이었다. 윗도리 안주머니에서 끊임없이 울려 나오는 휴대전화 소리를 들으면서도 나는 전화를 꺼낼 엄두도 내지 못한 채 계속 웃음을 터뜨리고만 있었다. 벨 소리는 끊질겼다. 나는 주체할 수 없는 웃음 때문에 목을 꺽꺽거리며 휴대전화를 귀에 댔다.

"여…… 여보세요."

"영재야?"

다급하게 울려 나오는 미리의 목소리. 계집애의 목소리엔 울음이 섞여 있었다. 여전히 꺽꺽거림을 멈추지 못하고 나는 한마디 쏘아붙였다.

"이 계집애야, 지금 전화는 뭣 하러 해? 시킨 일이나 잘하지."

"야, 이 쌔끼야! 지금 웃음이 나와?"

"무슨 일이야?"

"야! 이 미친 새끼야! 네 형이 죽었어! 죽었단 말야! 엉엉……"

"뭐…… 라구? 도대체 무슨 소릴 하는 거야?"

나는 어눌하게 되물었다.

"야! 이 새끼야, 네 형이 죽었단 말야! 차에 치여서……"

갑자기 귓전이 멍해지며 윙윙 이명이 들리기 시작했다. 머리를 나풀거리며 벗겨진 구두도 찾아 신지 못하고 정신없이 뛰어가던 키티의 뒷모습이 어느 순간엔가 어둠 속으로 빨려 들어가 가뭇없었다. 발밑을 덮치는 컴컴한 파도에 망연히 눈길을 떨구며 나는 전화 속의 목소리를 뜻 없이 듣고 있었다.

"이 쌔끼야, 니가 시킨 대로 술을 잔뜩 먹여 모텔로 끌고 갔단 말야. 그리고 침대에 눕혀 옷을 벗기려는데 니 형이 갑자기 날 밀치고 밖으로 뛰쳐나갔단 말야. 뒤따라 나갔는데 말야, 니 형이 큰길을 가로질러 뛰어가더라구. 그러다 달려오는 버스에…… 이 쌔끼야, 난 어떡해!"

거기까지 듣다가 나는 전화의 덮개를 덮어버렸다. 귓전을 울리던 미리의 울음 섞인 고함이 일시에 사라지고 대신 파도 소리가 귓전을 덮쳐왔다. 목에서 구역질이 갑자기 솟구쳐 올랐다. 나는 백사장에 주저앉아 헐떡거리며 토악질을 했다.

그때였다. 커다란 버스 바퀴에 고양이처럼 깔려 있는 형의 작은 몸뚱이가 환각처럼 내 눈앞에 나타난 것은. 사금파리처럼 깨진 머리에서 흩어진 뇌수와 뭉클뭉클 포도를 적시는 피, 헐떡이며 검은 하늘을 향해 마지막 숨을 몰아쉬는 창백하게 질린 얼굴…… 몰려선 구경꾼의 틈을 헤집고 직접 들여다보기라도 한 듯 그 환상은 너무도 생생했다. 나는 부르르 진저리를 쳤다. 형은 마지막 순간에 무슨 생각을 했을까. 문득 오래전 햇살 환한 형의 방에서 슬픔과 애잔함이 가득 찬 표정으로 형의 플루트 연주를 듣고 있던 어머니의 얼굴이 겹쳐졌다. 그 순간 내 귀에 가득 차오르는 형의 플루트 소리. 맑고 투명한 음색의 「아를의 여인」이었다.

나는 헛놓이는 발길을 가누며 바다 한가운데로 비틀비틀

걸어갔다. 목에까지 차오르는 바닷물의 선뜩한 감각을 느꼈을 때 그때까지 손에 쥐고 있던 휴대전화를 바다 멀리 힘껏 집어 던졌다.

그 여름, 유리의 성에서

해수욕장 백사장을 따라 길게 뻗은 해안 도로 정류장에서 나는 버스를 내렸다. 바다에선 소금기를 머금은 후끈한 바람이 몰려왔고 모래알들은 하얗게 바래져 있었다. 나는 실눈을 뜬 채 뜨거운 햇살이 내리꽂히는 언덕 위를 올려다보았다. 그때 내 시선 안에 제일 먼저 들어온 것이 바로 푸른빛 유리의 성이었다. 바로 저곳이다! 나는 달뜬 목소리로 자신도 모르게 소리쳤다.

높은 언덕 위에 세상의 모든 것을 내려다보듯 위엄 있게 서 있는 그 성은 작열하는 햇살을 받아 눈부시게 반짝이고 있었다. 세상의 모든 사악함과 천박함을 마음껏 비웃기라도 하듯 그 성은 오만하기조차 했다. 그 유리의 성을 처음 본 순간 내

가슴은 두근거리기 시작했다. 내가 이슬람 신도였다면 나는 신발을 벗고 맨땅에 엎드려 그 장엄한 성전에 경배했으리라. 내 첫눈에 비친 그 성은 하나의 거대한 상징이었다. 아름다워라. 그대 천상의 성전이여! 나는 비지땀이 온몸을 적시는 것도 의식하지 못한 채 감격에 차서 그 성을 우러러보았다. 그 순간만은 그 도시에 기상관측소가 생긴 이후로 최고의 혹서라는 그 무더운 날씨조차 나를 비껴가는 듯했다.

그해 여름 그 도시는 몹시도 무더웠다. 아니, 이렇게만 말한다면 너무 무덤덤한 표현이다. 가마솥을 닮은 지형을 가졌대서 이름조차 가마 '부(釜)'자를 가지고 있는 그 도시는 정말 가마솥 안에서 끓는 물처럼 여름 내내 자글자글 끓어가고 있었다. 그 도시의 신문과 텔레비전은 그해의 더위가 얼마나 혹심한가를 시민들에게 주지시키느라 바빴고 한낮엔 절대로 직사광선을 맞바로 쬐어서는 안 된다고 되풀이해서 경고했다. 길을 걷는 사람들은 산소 공급이 끊긴 어항 속의 붕어 새끼처럼 빠끔거리며 괴로워했고 아스팔트마저 찐득찐득 녹아내려 구두 자국이 파일 정도였으니까.

얼마나 더웠던지 그 버스를 타고 오는 길에 나는 거리에 선 조각상이 땀을 흘리는 것을 보았던 터였다. 착시 현상 때문이었는지는 혹 모르지만 나로서는 그것을 본 것만은 틀림없이 증언할 수 있다. 그 조각상은 그 도시에서 가장 큰 재래시장의 한편에 자리 잡은 한 조경 가게의 선전용 입상이었다. 오로지 인구수라는 점에서만 우리나라의 두번째를 자랑하는 그 도시에 사는 사람들은 교통 요지인 그곳을 지나면서 한두 번씩은 보았으리라. 고층 빌딩이 숲처럼 늘어선 주변 풍경과는 어울리지 않게 녹색의 기와를 달아 올린 그 가게의 지붕 위에 세 개의 조각이 하늘을 떠받치고 선 모습을. 아니, 워낙 작은 가게라 보고도 알아채지 못한 채 그냥 스쳐 가고 말았는지도 모른다. 나 역시 항상 그 길을 지나다니면서도 바로 그때까지는 무심했으니까.

그 가게의 지붕엔 건너편 전자 상가를 개미처럼 꼬물거리며 드나드는 한 떼의 사람들을 유혹적인 시선으로 바라보는 비너스와 허공 어딘가를 향해 심각한 표정으로 시위를 당기고 있는 헤라클레스, 그리고 분수를 향해 오줌을 누는 아이의 입상이 서 있다. 그런데 그것들은 하나같이 어디서나 볼 수 있는 흔하디흔한 모조품일 따름이었다. 그런데도 나는 그 입상들을 처음 본 순간 몹시도 감명을 받았다. 그것은 오로지 그 조각들이 지상이 아닌 지붕 끝에 위태롭게 매달려 있다는 이유 때문이었다.

세상에 기와지붕 용마루 꼭대기에 조각품들이 올라가 있다니!

그때 나는 만원 버스의 제일 뒤편 창가 좌석에 앉아 있었다. 퇴근 시간이 몇 시간 남아 있는 오후였는데도 교통 사정이 전국에서 최악이라는 이름을 떨치고 있는 도시답게 차들은 뱀꼬리처럼 길게 늘어서 앞이 보이지 않을 지경이었다. 버스 안은 당연히 찜통처럼 뜨거운 열기가 비등하고 있었고 사람들은 팥 알 같은 비지땀을 비죽비죽 흘리면서 하다못해 머리통이라도 창가 쪽에 밀어 넣으려고 버둥거리고 있었다. 재수 좋게 자리를 차지하고 있었긴 하지만 나 역시 숨이 막혀 후텁지근한 바람만 들어오는 창 쪽으로 목을 길게 빼고 있었는데 그때 내 시선 안에 그 입상들이 비로소 포획된 것이었다.

조각들도 땀을 흘린다! 창날처럼 내리꽂히는 뜨거운 햇살 앞에 온몸을 고스란히 내놓은 채 묵묵히 서 있는 그 입상들은 수난을 자청한 성자의 모습이었는데, 그때 내 눈에 입상에서 흘러내리는 땀방울이 똑똑히 들어왔던 것이다. 비록 시멘트로 성형을 하고 푸른 에나멜을 입힌 조악한 모조품이긴 했으나 인체의 근육만은 놀랄 만큼 사실적으로 묘사된 그 입상들의 힘줄 사이사이에서 굵은 땀방울이 배어나고 있었다. 땀방울들은 우윳빛이었다. 비너스의 감춰진 젖꼭지와 헤라클레스의 길게 늘어뜨려진 성기 끝에서 흘러내리는 땀방울은 갓 출산한 여인의 탐스러운 젖꼭지에서 흘러나오는 초유이거나 종마의 거대한 성기에서 분출하는 정액과 같다는 기묘한 느낌을 순간 나에게 주는 것이었다. 잘못 봤나 하고 고개를 기웃이 빼내 그 모습을 자세히 살피려는 순간 버스가 부르릉거리며 다시 출발을 했고 나는 더 이상의 확인을 하진 못했다.

내가 이런 이야길 하는 것은 별다른 뜻이 있어서는 아니다.

그저 그해 그 도시의 여름을 실감 나게 설명하기 위해 끌어들인 개인적인 목격담에 지나지 않는다. 하여튼 그해 여름 그 도시의 일상은 그처럼 지독한 무더위와의 싸움으로부터 시작된 것이었다.

그때 내가 그 버스를 탄 것은 취직자리 때문이었다. 그 취직자리란 다름아닌 건설회사의 모델 하우스 경비원이었다. 찌는 여름날 땀을 됫박씩이나 흘리며 찾아간 직장이 모델 하우스의 경비원 자리라니. 그러나 사실 그런 자리라도 마다할 여유가 없었다.

그 모델 하우스는 피서지로 유명한 그 도시의 남쪽 바닷가 언덕 위에 서 있었다. 바다를 낀 그 항구 도시는 바로 뒤편에 산지가 병풍처럼 둘러쳐져 있었기 때문에 시가지를 수용할 만한 땅이 몹시도 부족한 곳이었다. 따라서 인구가 급증하면서 그 도시는 남북의 폭이 몹시 좁은 대신 동서로 길게 뻗은 허리띠 모양의 기형적인 도시가 되지 않을 수 없었지만 이젠 그마저도 한계에 부딪친 모양이었다. 시의 도시 계획 당국자는 드디어 단안을 내렸는데 그것은 휴양지로 이름난 도시의 남쪽 바다를 메우고 인접한 야산을 깎아 대규모의 주택 단지를 만든다는 것이었다. 이른바 '자운대(紫雲臺) 신도시 건설 계획'이란 사업명이 붙은 이 야심 찬 계획으로 말미암아 그 도시는 삽시간에 건설 회오리에 휩싸이고 말았다. 전국의 유명한 건설회사라는 회사는 모두 이곳으로 몰려와 공사를 시작했으며 그 도시의 신문과 텔레비전들은 쏟아지는 신도시의 아파트 분양 광고로 때아닌 호황을 누리고 있다는 소문이었다.

그 광고 속의 유명 탤런트들은 푸르른 바다와 산을 정원처럼 거느린 아름다운 아파트의 실내에서 사근사근한 목소리로 자신들이 분양을 권유하는 아파트의 창문을 손끝으로 가볍게 열어 보인 후 두 팔을 활짝 뻗쳐 보이거나 베란다를 사뿐사뿐 걸어 보이면서 그 아파트가 얼마나 기능적으로 설계됐으며 얼마나 쾌적하고 편리한가를 알리는 데 여념이 없었다. 행복과 사랑이 젖과 꿀처럼 흘러넘치는 신도시로 오세요. 여기는 지상의 낙원이에요. 근심 걱정 하나 없고 알알이 꿈을 맺는 신도시로 오세요. 단돈 일억 원, 단돈 일억 원에 천국을 분양합니다. 아아르음다운 시인도오시이.

내가 모델 하우스에 취직을 결심한 것은 신문의 전면을 할애한 어느 아파트 광고의 한 귀퉁이에 보일 듯 말 듯 끼여 붙은 경비원 모집 공고를 보았기 때문이었다. 나는 그때 그 도시의 서쪽 변두리에 게딱지처럼 다닥다닥 붙은 달동네 우리집 다락방에 틀어박혀 뒹굴뒹굴 구르던 중이었다. 창문이 딸리지 않은 그 다락방은 한증막처럼 더웠는데 그럼에도 나는 하루 종일 밖으로 기어나가지 않았다. 그 광고를 보는 순간 나는 그 광고가 나를 채용하기 위해 실린 것만 같은 턱없는 예감에 사로잡혔다. 그렇다. 나는 그때 다락방에다 내 스스로를 가두었으면서도 어디론가 사라지고 싶은 충동, 무언가 비상하고 싶은 욕망에 사로잡혀 있었다. 누가 나가지 못하게 막는 것도 아닌데 토굴 속에서 면벽하는 수도승처럼 나는 그 컴컴한 방에서 하루 종일 꼬부라져 있었다. 어디론가 누구의 눈에도 띄지 않는 곳으로 뛰쳐나가고 싶은 욕망, 그러나 훤한 바깥의 햇살이 주는 공포. 욕망과 공포 그 어름에서 나는 주춤거리고 있었다. 물론 누에가 아름다운 명주실을 뽑아내기 위하여 컴컴한 고치 속에 스스로를 가두듯 내게도 그런 꿈이 없는 것은 아니었다. 내 화두는 시였다. 나는 날마다 수십 권의 시집을 펼쳐 들고는 이미 읽은 것을 읽고 또 읽었으며 내 머릿속의 캔버스에다 시의 이미지로 그림을 그리려고 애를 썼다. 그러나 내 언어의 꽁무니는 이미 딱딱하게 퇴화되어버렸으며 나는 막힌 꽁무니를 그저 종이 위에 비비적거리다가 제풀에 지쳐 나가떨어질 뿐이었다.

내 원래의 꿈은 멋진 선장 시인이 되는 것이었다. 거대한 파도 위에서 작은 나뭇잎처럼 흔들리는 뱃전에 서서 파이프를 지그시 물고 일광이 춤추는 수평선을 응시하다가 갑판에서 작업에 정신이 없는 선원들을 조용히 스쳐 지나가서 선장실 넓은 책상맡에 앉아 바다의 광막함과 깊이 모를 해구의 고독을 노래하는 시인…… 글쎄 스물하고도 다섯이나 먹은 젊은 놈이 무슨 그리 철딱서니 없는 망상이나 하고 있느냐고 핀잔을 주어도 하는 수 없다. 그러나 침침한 다락방에 누워 눈을 감으면 내 마음의 영상엔 적도의 날짜변경선을 넘어 저 먼

대양을 항해하는 거대한 배가 가르는 하얀 포말이 눈에 잡힐
듯이 나타나곤 했다.

내가 선장 시인이 되기를 갈망한 것은 고등학교 때부터의
일이었다. 학예제를 앞두고 내가 소속되어 있던 문예반에선
그 학교 출신의 시인을 초청한 일이 있었는데 그때 초청된 시
인이 바로 외항선의 선장이었다. 그 사람은 우리가 그려온 그
런 멋진 선장 시인에 대한 기대를 조금도 깨뜨리지 않았다.
마도로스 빵떡모자와 헐렁한 선상 작업복 차림의 그 시인은
이삼백 명이 모인 실내 공개 강연이었음에도 천연스럽게 파
이프 담배를 피워대며 이야기를 해나갔다. 청중들은 그때 그
의 이국풍의 분위기에 압도되어 숨을 죽인 채 그의 이야기를
듣고 있었는데 나는 어느 대목에선가 완전히 빠져버렸다. 그
는 이렇게 말했었다.

일직 사관을 제외한 모든 선원이 잠든 깊은 밤, 주위는 아
무것도 없는 칠흑의 어둠뿐이고 육지는 어디인지 아득할 때
나는 내 방에 틀어박혀 시를 씁니다. 그때의 나의 영혼은 심
해 속을 헤매는 한 마리 상어의 그것과 같습니다. 내 시작은
항로를 밝히는 표지등이자 내 배의 방향타입니다. 나는 내 시
속에 해풍에 바랜 내 반백의 머리칼과 아직도 팽팽한 구릿빛
힘살을 다져 넣는 것이지요. 이윽고 나는 갑판을 가로질러 통
신실의 문을 두드립니다. 그리고 무선기 앞에 혼곤한 잠에 빠
진 통신장을 깨워 내 시를 육지로 타전해 보냅니다.

상상이 미치지도 못하는 광활한 태평양 한가운데 보이지 않는 한 점 섬으로 떠서 시를 무전으로 타전하다니. 그가 노래한 바다의 아름다움과 광포함, 작열하는 태양 아래서 벌어지는 고래들의 사랑 이야기가 모스 부호로 점점이 바뀌어 어두운 심해를 수만 리나 건너 육지로까지 날아오다니…… 그 부호들은 검은 하늘을 나는 아픈 날개의 철새 떼와 마주쳐 안식과 희망을 듬뿍 안겨주고 검은 밤을 흐르는 구름에게도 안부를 전해줄 것이었다.

그 강연을 들은 이후 나는 날마다 푸른 바닷속에서 해초를 가로지르는 상어의 꿈을 꾸었다. 그리고 나는 당연히 사관 선원을 양성하는 해양대학에 지원했다. 그러나 결과는 낙방이었다. 이유는 내가 색약이라는 것이었다. 우스운 이유였다. 색깔을 구별해내는 능력이 남들보다 조금 뒤진다는 이유로 선장 시인이 되지 못하다니. 나는 하는 수 없이 후기 전문대학의 호텔경영학과로 진학했지만 한 학년을 채우지 못하고 그만두고 말았다. 선장 시인이 될 수 없다 해서 군악대원 같은 옷차림을 하고 호텔 로비에 드나드는 사람들에게 굽신굽신 절이나 할 수는 없는 일이었다. 그리고 나는 그때부터 철도 보선원으로 늙어가는 아버지의 지친 근육에 기생하는 벌레가 되고 만 것이었다.

나는 골방에 틀어박혀 날마다 시를 쓴다고 끙끙거렸다. 선장이 되지는 못하더라도 아름다운 서정시를 쓰는 시인이 되는 꿈까지 포기할 수는 없었다. 그 골방은 원래는 허드렛짐이나 넣어두는 다락이었지만 집에는 방이 한 칸밖에 없었으므로 나와 동생이 크면서 돗자리를 깔고 방으로 개조한 것이었다. 그래서 겨울이면 외풍과 냉기 때문에 코끝이 얼어붙을 지경이었고 여름이면 찜통을 방불케 했다. 나는 공고를 나와 조선회사에 다니는 동생 녀석과 그 방을 함께 썼는데 멀대 같은 장정이 둘이나 그 좁아터진 방에 비비적거리자니 좀 갑갑하겠는가. 그러니 내가 건설회사의 경비원 자리를 탐낸 것은 당연한 일이었다. 제발 불 좀 끄고 자자는 동생의 지청구와 장승 같은 놈이 돈 한 푼 벌어오는 일도 없이 집안에서 빈둥거리면서 쓸데없는 전기세만 올린다고 다락 아래의 아버지로부터 박해를 받으면서도 나는 밤마다 시작에 혼신의 힘을 다했다. 그러나 나는 그 몇 해 동안 한 편의 시도 완성할 수 없었다. 눈을 감으면 아름다운 시상이 떠오르는 것 같아도 종이 위에는 한 줄도 옮겨 쓸 수 없었다. 밤새워 끙끙거리며 한 줄 써놓고 보면 분명히 어디선가 본 것 같은 시구였고, 허겁지겁 낡은 시집을 꺼내보면 반드시 그 비슷한 시상을 가진 시가 눈앞에 버티고 있었다.

시를 쓴답시고 했지만 실제로 종이 위에 옮겨진 것은 잡문이었다. 그리고 나는 그것을 여기저기 투고해서 하찮은 상금을 받아내 용돈으로 쓰곤 했다. 맥주 회사가 판촉 전략의 하나로 광고하는 '오비 맥주와 관련된 아름다운 추억을 찾습니다', 축산업협동조합이 공모하는 '한우 쇠고기와 나', 그리고 화장품 회사의 '내 삶이 아름다운 순간' 뭐 이런 것들이었다. 나는 그때마다 언제쯤 마셔봤는지 기억조차 가물가물한 맥주의 시원한 거품에 침을 꿀꺽 삼키면서, 늙은 아버지가 직장에서 무슨 일로 수모를 당하고 돌아온 날 한잔의 맥주를 대접하며 주름진 두 손을 꼭 잡아드렸다느니, 장가도 가지 않은 주제에 아내를 등장시켜 수입 쇠고기로 제상을 본 아내를 호되게 나무랐다느니 하는 글들을 지어내느라 골몰했다. 그리고 어머니의 이름을 빌린 화장품 회사의 투고에선 어렵사리 학교를 마치게 한 아들놈이 첫 월급을 받아온 날 콜드크림 한 통을 사다가 어머님 감사합니다라는 편지와 함께 살며시 부엌 찬장에 놓고 간 것을 발견했을 때의 잔잔한 행복을 내용으로 한 글을 지어 투고하기도 했다. 아버지나 어머니가 만약 그 글을 보았다면 아마도 기절을 했을 것이다. 하여튼 투고한 것의 삼 분의 일쯤은 이미 오래전에 아버지로부터의 용돈이 끊겨 빌빌거리는 내게 낱개로 파는 담배와 거품이 부글부글 괸 막걸리, 싸구려 막창의 화대가 되어 돌아오곤 했다. 내가 경비원 모집 공고를 보게 된 것도 사실은 무어 그런 건수나 하나 없나 하고 신문 광고란을 샅샅이 뒤지다가 발견한 것이었다.

하여튼 나는 광고가 시키는 대로 이력서를 써서 건설회사의 현장 사무실로 찾아갔다. 그 푹푹 찌는 여름날 경비원 자리 하나 얻겠다고 거기까지 찾아온 놈이 아무도 없었던지 나는 의외로 쉽게 채용이 되었다. 무슨 과장인지 부장인지 삼십 대 후반쯤 되어 보이는, 헬멧에 작업복 차림의 사내는 내 꼴을 한번 쓱 훑어보더니만 댓바람에 반말을 지껄여댔다.

이거 말야, 일이야 별로 힘들지 않은데 월급이 몇 푼 되지 않아. 그리고 그 일이란 게 말야, 계속되는 것이 아니고 분양이 끝날 때까지니까 뭐 몇 달 하지도 못할 일이란 말야. 그래도 해보겠어?

나는 물론 찬밥 더운밥 가릴 처지가 아니었으므로 무턱대고 고개부터 끄덕였다. 사내는 내 희멀겋게 뜬 얼굴과 왜소한 몸집이 마음에 차지 않는 듯 그러고도 몇 번이나 고개를 갸웃거리더니 할 만한 녀석이 없으니 하는 수 없지 않느냐는 듯 마지못해 나의 고용을 허락했다. 어쨌든 이렇게 해서 나의 첫 직장 생활은 시작된 셈이었다. 나는 첫 출근하는 날 나의 유일한 재산인 수십 권의 시집과 몇 갠가의 허드레옷을 커다란 가방에 쑤셔넣고 아무도 모르게 집을 빠져나왔다. 그리하여 어쨌든 자운대 신도시 개발의 한 역군으로 참여하게 된 셈이었다.

신도시 건설 공사는 실로 엄청났다. 산을 깎아내고 바다를 메우는 크레인과 불도저 따위 중장비가 내는 굉음으로 온 도시가 시끄러웠으며 그 일대의 야산은 보기 흉한 황토 속살을 남김없이 드러내놓고 있어 서부영화 속의 황무지를 방불케 했다. 대형 트럭들이 실어나르는 흙들로 인해 자운대라는, 저녁 바다에 지는 햇살을 받은 구름이 보라색으로 빛난다는 그 아름다운 이름은 가뭇없이 사라지고 벌건 흙먼지가 하늘을 뒤덮는 형국이었다. 나는 모델 하우스가 세워져 있는 언덕에서 맞은편 구릉지의 공사 현장을 가끔씩 내려다보곤 했는데 그때마다 기가 질리곤 했다. 거기엔 경외스럽다는 수식어를 붙여도 좋을 만한 끈질기고 탐욕스런 자본의 의지가 꿈틀거리고 있었다. 광활한 황무지로부터 흙을 가득 싣고 수백 대씩 줄지어 교외로 빠져나가는 대형 트럭들은 죽은 지렁이를 물어다 나르는 일개미 떼 같아 보였다. 황량하기만 한 황토 땅이 이삼 년만 지나면 빗살처럼 촘촘히 늘어선 고층 아파트들의 숲이 되고 예쁜 옷을 차려입은 사랑스런 아이들이 뛰노는 널찍한 광장이 되고 푸른 가로수가 춤추는 잘 닦인 아스팔트 위로 승용차들이 쾌적하게 달리는 중산층들의 천국이 된다니! 나는 데이비드 카퍼필드의 마술이라도 보고 있는 기분이었다. 그리고 그런 인간의 의자가 경탄스럽다 못해 무서워지기까지 하였다.

어쨌든 그 신도시는 빌빌거리기만 하던 내게까지 고용의 기회를 준 셈이었다. 그 언덕바지엔 칠팔 개나 되는 건설회사들의 모델 하우스가 갖가지 기발한 모습으로 줄줄이 늘어서 지나는 사람들의 시선을 유혹하고 있었는데 내가 경비를 맡은 모델 하우스는 외양을 모두 푸른빛 유리로만 치장한 삼각

뿔 모양의 건물이었다. 이집트의 피라미드를 닮은 그 건물은 멀리서 보면 햇살을 받아 영롱히 빛나는 동화 속의 유리의 성과 같았다. 그리고 그 건물 내부는 24평, 35평, 48평, 64평, 80평 따위로 구분된 아파트 호실들이 사이좋게 분할하고 있는 것이었다.

내가 맡은 일은 사실 아주 간단한 것이었다. 건설회사에서 파견된 직원과 안내를 맡은 여사원이 퇴근한 저녁 시간 이후 밤새도록 가끔씩 순찰을 돌며 건물 안팎을 보호하는 것이 내 임무였다. 거처가 따로 없는 나는 아침이면 다른 사람의 눈에 띄지 않도록 모델 하우스 뒤편 소나무 숲에다 공사장에서 시멘트를 양생할 때 쓰는 판자로 얼기설기 얽어놓은 경비원 초소에서 늘어지게 잠을 자곤 했다. 그리고 밤이 되면 건설회사의 작업복을 입고 랜턴을 들고 다니면서 올빼미처럼 어슬렁 어슬렁 모델 하우스 주변을 걸어 다니곤 했다. 그리고 가건물 안에서 낮잠을 늘어지게 자고도 시간을 주체할 수 없는 오후 시간이면 모델 하우스 앞 구멍가게의 평상에 주저앉아서 찝 찔한 캔맥주를 홀짝거리며 오가는 사람들을 구경하거나 슬리 퍼를 직직 끌고 언덕 아래 해수욕장으로 걸어 내려가 전국 각지에서 몰려든 피서객들을 구경하곤 했다.

집을 처음 장만하려는 젊은 부부가 쭈뼛거리며 한참이나 망설이다 모델 하우스로 찾아들기도 했지만 대부분의 손님은 자가용을 날씬하게 몰고 온 멋을 낸 중년 여인들이었다. 사람마다 차이는 있지만 그녀들은 대체로 히프와 치골이 그대로 드러나는 빵빵한 청바지에 젖가슴 선이 강조되는 슬리브리스 티셔츠 차림에다 짙은 화장을 했고 검은 선글라스를 끼고 있었다. 그녀들이 차에서 내리면 가슴에 '파격적 분양 조건' '특수 재질 사용' 따위의 어깨띠를 두른 안내 아가씨들이 우르르 몰려와 자신들의 모델 하우스로 데려가려고 아귀다툼을 했는데 때로는 서로 간에 육탄전이 벌어지는 일도 없지 않았다. 그러면 그녀들은 경멸 어린 시선으로 그 꼴을 내려보다가 당당한 태도로 목에 힘을 잔뜩 주고는 선심 쓰듯 아름다운 유리의 성으로 총총히 사라져갔다. 그곳은 과연 행복이 알알이 익는 꿈의 온실이었다.

밤이면 나는 모델 하우스의 외곽을 몇 차례 어슬렁거리다가 비상 열쇠로 모델 하우스 입구의 쇠문을 열곤 슬며시 건물 안으로 숨어 들어가곤 했다. 그 속에는 갖가지 모양의 집들이 입맛대로 오밀조밀 모여 있었다. 나는 긴 복도를 사이에 두고 양편으로 배열된 갖가지 평수의 집들을 하나씩 순례하곤 했다. 그 모델 하우스는 손님의 시선을 끌기 위해 특별히 지하수를 끌어들여 배관을 했으며 사람이 실제로 거주하는 분위기를 내기 위해 화려한 집기를 배열해놓고 있었다. 나는 차가운 물이 좌르르 쏟아지는 수도꼭지를 일없이 눌러봤다가 화려하고 밝은 조명의 화장실 변기에 주저앉아 똥을 갈기기도 했다가 장식용으로 가져다 놓은 거실의 텔레비전을 켰다가졌다가 그리고 사지를 늘어뜨리고는 소파 위에 털썩 드러눕기도 했다. 건설회사 직원들이 알면 질색을 할 일이었지만 심야의 그 유리의 성은 오로지 내 차지였다.

나는 경복궁을 처음 지은 정도전처럼 내 궁전의 전각 하나하나마다 이름을 붙여주었다. 80평짜리는 당연히 정전이 되어야 했으므로 사정전(思政殿)이라 이름 붙였고, 64평형은 언젠가 찾아올 나의 왕비를 위해서 옥합루(玉閤樓)라 이름 지었으며 35평형은 봄꽃처럼 화려한 유원지의 입구가 정면으로 보인대서 완춘전(玩春殿)이었다. 나는 누구에게도 방해받지 않고 유리 성의 왕자처럼 그곳에 군림하여 아름다운 신데렐라 아가씨와 무도회를 여는 꿈을 꾸기만 하면 되었다.

그런 상상조차도 시들해질 때면 나는 완춘전의 유리창을 활짝 열어놓고 도시의 야경을 물끄러미 구경하기도 하였다. 신도시가 서기로 약속된 구릉지는 유령의 늪처럼 컴컴한 아가리를 딱 벌린 채 길게 누워 있었는데, 군데군데 환하게 켜진 작업등 사이로 철야를 하는 인부들의 모습이 꼬물거렸고 휴식을 취하는 대형 크레인들이 어깨를 늘어뜨린 채 유령처럼 어른거리기도 하였다.

그 반대편은 그야말로 화려한 야경 일색이었다. 바다를 끼고 있는 유원지엔 대형 위락 건물의 붉고 푸른 전등이 꽃송이처럼 화려하게 피어 있었고 좁은 해안 도로엔 갖가지 모양의 자동차와 화려한 차림새의 여인들이 뒤섞여 있는 것이 멀

리서도 확연하였다. 그곳은 꿈의 고향이었다. 무언가 사람의
마음을 설레게 하는 노랫소리, 악기 소리, 그리고 여인네들
이 깔깔거리고 웃는 소음이 여름밤의 대기를 타고 수런수런
퍼져나왔고 흔들리는 물결 위엔 네온사인 빛들이 고혹적으로
번져나고 있었다. 그런 모습을 볼 때마다 나는 조금은 약이
오르고 슬퍼져서 눈물을 질금거리기도 하였다.

  시간이 자정을 넘어 환락의 등불마저 하나둘씩 꺼져가면
나는 드디어 내 작업을 시작하였다. 작업은 어디서든 이루어
질 수 있었다. 내 성의 정전인 80평짜리 아파트 거실에서도,
아니면 별전인 48평 아파트 안방에서도, 그도 아니면 24평짜
리 편전에서도 작업은 마음만 먹으면 가능했다. 나는 이슬람
의 술탄이 마음에 드는 후궁을 손짓으로 집어내 수청을 들이
듯 마음 내키는 대로 방들을 수청 들이고는 비지땀을 뻘뻘 흘
리며 엎드린 채 작업을 하곤 했다.

  내 작업은 다른 것이 아니었다. 그것은 말〔言〕들을 교미시
키는 작업이었다. 마음에 드는 말들을 마음대로 끄집어내어
서로 간통을 시키고는 낄낄거리는 일이 내 은밀한 작업이었
다. 나는 황소를 흘레붙이는 거간꾼처럼 말들을 중매하고 데
이트를 시켰으며 마침내는 말들이 저희끼리 야합하여 사생아
를 낳는 것을 낄낄거리고 지켜보았다. 나는 말하자면 관음증
환자였다. 말들은 처음엔 수줍어하고 낯을 가리다가도 한번
중매를 서면 다음엔 저희끼리 잘도 연애를 해나갔다. 간혹 화

간이 이루어지지 않는 일이 생기면 나는 폭군처럼 그들을 강
간시켰다.

황지우의 시가 최하림과 흘레붙고, 기형도의 시와 고은의
시가 서로 얼러 사생아를 낳았으며 정현종의 시와 오규원의
시가 사랑을 나누곤 했다. 가령 이런 식이었다.

어느 날 불현듯

물 묻은 저녁 세상 낮게 엎드려

물끄러미 팔을 뻗어 너를 가늠할 때

너는 어느 시간의 흙 속에

아득히 묻혀 있느냐*

내 머릿속에는

植物의 우수가 자라고

그 뿌리는 뻗어내려

표본 상자 속의 모래를 부술 뿐이다.**

살찐 돌들이 집을 세우며 서 있는

거리로 나와 도시의 달을 본다.

지난밤에는 내 몽정에 젖었던 유쾌한 달***

* 기형도, 「식목제」.
** 황동규, 「비가 제7가」.
*** 정현종, 「완전한 하루」.

싸고 있던 담요를 벗어버리고
뜨거운 이마로 꽃잎을 차례차례 떨어뜨린다.*

이것은 황동규, 정현종, 그리고 기형도 3인의 합작 시였다. 선배 시인인 황동규와 정현종은 죽은 기형도를 저승에서 불러내선 이마를 맞대고 한참을 수군거리더니 이런 시를 내놓았던 것이다. 순수시의 대가 김춘수와 참여시의 맹장 고은도 예외는 아니었다. 그들은 내 종이 위에서는 단 한마디의 이견도 없이 행복한 화해를 이루고 있었다.

겨울 하늘은 不可思議의 깊이에로 사라져가고
있는 듯 없는 듯 制限은
茂盛하던 잎과 열매를 떨어뜨리고
無花果나무를 나체로 서게 하였는데,**
또다시 나는 새벽마다 무덤에 가야 한다.
나와 함께 삼나무 苗板을 만들고
내 세수하던 물과 마실 물을 떠다주고
기꺼이 먼 심부름도 해준 애의 무덤에 가야 한다.***

* 황동규, 「아이오와 일기」.
** 김춘수, 「나목과 시 서장」.
*** 고은, 「새벽 밀회」.

낙엽이 지고 눈이 내린다.

잠들기 전에 너는

겨울 바다가 우는 소리를 듣고

꿈에 너는

冬麥의 푸른 잎을 보리라.*

잠든 것들아 잠든 것들아

내가 잠들지 않고 부르니, 어서 오라.

잠든 것들아 잠든 것들아

그대들의 白骨을 일으켜서 그 白骨에 불을 달고 내려오
라.**

물론 그런 짓은 언어에 대한 허가받지 않은 횡포였고 내가
그런 횡포를 부릴 권리는 손톱만큼도 없었다. 그러나 나는 내
밀히 그런 횡포를 즐겼다. 그것은 대가들에 대한 독성이었지
만 사람이 가장 전율감을 동반한 쾌감을 느낄 때는 어떤 성스
러운 것에 대한 모독의 행위를 저지를 때가 아니겠는가. 신을
부인할 때 사람은 가장 순수한 존재의 절정감을 맛본다. 마찬
가지로 시의 자존심을 부인하는 것 역시 동일한 절정감의 표
현일 것이다. 그것은 또한 정처 없는 잡념의 형식으로 머무를

* 김춘수,「落葉이 지고」.
** 고은,「호명」.

뿐 종이 위로 옮겨지지 않는 내 빈약한 상상력에 대한 좌절감의 삐뚤어진 표현이기도 하였다. 사실을 말하자면 시에 대한 복수라고나 해야 할 것이었다. 그러나 그것은 시를 통한 화해와 평화 협정의 체결이기도 할 것이었다. 생각해보라. 전혀 다른 두 경향을 대표하는 시인들이 함께 모여 이마를 맞대고 의논해가며 한 편의 시를 사이좋게 공동 창작하는 장면을. 그것은 생각하기에 따라서는 얼마나 아름다운 광경이 될 수도 있겠는가. 내 시의 공화국에는 여권도 국적도 필요 없었다. 그저 이미지라는 혈연감만 존재하면 그 시민이 될 수 있는 치외법권 지대였다.

그런 짓거리를 하다 보면 어느새 내 머릿속에는 시가 지닌 질감은 사라지고 투명한 이미지만 남게 되곤 했다. 나는 매미의 유충과 같은 투명한 젖빛의 이미지를 소유하고 싶었다. 그리고 그 욕망은 기성 시인들의 시적 표상을 훔치는 작업으로 표현된 것이었다. 그리하여 내 노트에는 나 스스로 새로운 장르로서 이름 붙인 '조립 시'의 원고들이 나날이 한두 편씩, 수십 편이 쌓여만 갔다. 나는 그 유리의 성에 기생하는 조그만 애벌레였다. 날마다 허물벗기를 꿈꾸면서도 내 허물을 오히려 굳게 짊어지고 놓지 못한 채 변태라는 진화 방식을 깨닫지 못하는 그런 애벌레였다. 그리고 그런 견고한 허물을 지키는 데는 그 유리의 성은 안성맞춤의 장소인 셈이었다.

이제 나의 신데렐라 이야기를 해야겠다. 짧지만 치열했던 비극적인 사랑 이야기를 말이다. 그 무렵 가끔 나는 나 자신이 동굴처럼 깊은 성에 유폐된 야수라는 망상에 사로잡히곤 했다. 이 마법의 유리 성에서 나를 꺼내 내 몸뚱이에 뒤덮인 짐승의 털과 가죽을, 그리고 날카로운 손톱과 발톱을 벗겨내 줄 미녀는 없는가. 나는 내 궁전의 낭하에서 홀로 소리쳤다. 나는 외롭다. 나는 한 사람의 신자(臣者)라도 거느리고 싶다. 그러면 우렁우렁 메아리가 따라 소리쳤다. 나는 외롭다. 나는 외롭다……

신데렐라는 어느 몹시 무더운 여름날 나의 성을 방문했다. 아름다운 흰말이 끄는 호박 마차를 타고 눈부신 드레스로 성장한 동화 속의 신데렐라와는 달리 나의 신데렐라는 몹시도 더러운 차림새로 도둑처럼 슬며시 내 곁으로 다가왔다. 물론 나 역시 아름다운 연미복에 보석으로 장식된 왕관을 쓴 왕자가 아닌 '안전 제일'이란 구호와 건설회사의 로고가 새겨진 땀 냄새 풀풀 풍기는 작업복을 입은 왕자였으므로 그것이 그닥 억울할 것은 없었다.

한낮부터 푹푹 쪄대던 날씨는 저녁 해가 지고 난 후에도 가라앉을 줄을 모르고 여전히 대기는 뜨거운 지열을 받아 후끈후끈 달아올라 있었다. 나는 그날 오후 내내 건설회사에서 파견된 직원의 지시로 모델 하우스 주변 공지에 삐죽삐죽 돋아난 잡초를 솎아내느라고 파김치가 되어 있었다. 땀을 팥죽같이 흘린 후라 내 몸뚱이에는 엷은 소금기가 허옇게 끼어 있었고 온몸이 근질근질해서 미칠 지경이었다. 영주가 천역에 종사하다니 이 무슨 참담한 일인가. 나는 공사장 함바에서 저녁을 먹고 올라오자마자 평소에 그리도 즐겨 시청하던 코미디 프로도 마다하고 목욕부터 하기로 하였다. 나는 우선 정전인 사정전의 침실에 딸린 부부용 욕실의 커다란 욕조에 물을 가득 채워 넣었다.

따스한 물속에 온몸을 푹 잠그고 있을 때의 열락감, 온몸이 노골노골 풀리고 사지가 나른하게 가라앉는 느낌은 언제나 좋은 것이었다. 내가 대학물을 잠시 먹고 있을 때 만난 어떤 개똥 철학자는 막걸리에 취해 게게 풀린 목소리로 "몰락한 부잣집 마나님이 가장 큰 영락감을 느낄 때는 굶고 있을 때도, 누더기옷을 입어야 할 때도 아니다. 그녀가 진실로 절망할 때는 언제나 뜨거운 물을 뽑아 쓸 수 있는 깨끗한 욕실을 더 이상 사용할 수 없다는 사실을 깨달을 때인 것이다"라고 자못 근엄하게 설파한 바도 있지만 그날 나는 비로소 그 진술의 정합성을 확연하게 체득했다. 그럴 법도 할 것이었다. 인간의 감각이란 얼마나 간사한 것인가. 하루에 한 번씩, 아니 섹스라도 하는 날은 두세 번씩 꼭꼭 샤워를 해야 직성이 풀리는 인간들이 끈끈한 땀과 먼지에 범벅이 됐는데도 그냥 참아낼 수밖에 없는 상황에 몰린다면 우선 그들의 연약하기 짝이 없는 살갗부터가 그 굴욕감을 견뎌낼 수 없으리라. 뜨거운 물이 필요 없는 한여름철에조차 마음대로 펑펑 쓸 수 있다면 자신의 신분에 대한 만족감이 더욱 커지지 않겠는가.

　나는 슬며시 눈을 감았다. 비지땀을 흘리면서도 돈이 아까워서 막무가내로 참아내다가 정 견딜 수가 없으면 이웃들이 잠들기를 기다려 부엌문을 꼭꼭 걸어 잠그고 누가 볼세라 캄캄한 어둠 속에서 얼른 몸을 씻어내던 어머니의 철벅거리던 물소리가 떠올랐다. 하고 보면 유산자와 무산자는 피로를 씻어내기 위해 목욕하는 자들과 때를 벗기기 위해 목욕을 하는 자들로 구분할 수 있을지도 모른다. 혹은 은은한 조명 아래 희미한 향수 냄새가 감도는 상앗빛 욕조와 볼품없이 넓적하고 펑퍼짐한 검붉은 합성고무 물통이 그들을 나누는 가장 손쉬운 기준인지도 모른다.

　하여튼 내가 겨드랑이를 간질이는 그 섬세한 물의 유희에 온몸을 맡긴 채 그런 쓰잘데없는 생각에 잠겨 있을 때였다. 갑자기 바깥에서 철문을 덜컹거리는 듯한 자그러운 마찰음이 울렸다. 잘못 들었나? 하는데 그 소리는 몇 차례 이어졌고 그러고는 곧 잠잠해졌다. 나는 천천히 욕조에서 빠져나와 온몸에 비누 거품을 만들어 몸을 씻어냈다. 그리고 욕실 곳곳을 표가 나지 않게 꼼꼼히 청소한 다음 속옷을 갈아입고 입구 쪽으로 걸어 나갔다. 바깥은 조용했다. 역시 잘못 들은 모양이군. 다시 돌아서려는데 현관 밖으로 뭔가 희끄무레한 것이 언뜻 비쳤다. 경비원이란 직업적 긴장감이 문득 되살아나서 나는 랜턴을 찾아 들고 바깥으로 나갔다. 컴컴한 어둠 속 계단

참에 누군가가 앉아 있었다. 내가 들이댄 랜턴 불빛에 드러난 것은 여자의 조그만 잔등이었다. 불빛이 자기를 향해 쏟아지는데도 여자는 무심한 듯 꼼짝도 하지 않았다.

여기서 뭘 하는 거요?

슬리퍼를 직직 끌며 나는 여자에게로 다가갔다. 여자는 내가 가까이 접근하도록 요지부동이었다. 랜턴을 머리통 쪽으로 바짝 들이대며 나는 다시 물었다.

이봐요. 도대체 여기서 무얼 하는 거요?

그제야 여자는 고개를 해뜩 돌렸다. 뿌연 불빛에 여자의 하얗게 뒤집힌 흰자위가 떠올랐다. 나는 약간 움찔해졌다.

나 밥 좀 줘.

무슨 이런 여자가 다 있나. 움찔한 중에서도 부아가 나서 자세히 살펴보니 낯익은 여자였다. 언덕 아래 해수욕장 쪽에서 피서객들을 상대로 앵벌이를 하는 계집애였다. 해수욕장을 구경 나갔을 때 나는 몇 번인가 그녀가 구걸하는 모습을 멀리서 지켜본 적이 있었다. 스물이나 갓 넘었을까. 약간 실성한 계집애였다. 여름철이라고 해서 잠자리채처럼 할랑한 여름옷을 입고 노숙하는 거지가 없듯이 계집애는 땡볕이 쨍쨍한 한낮에도 땀을 줄줄 흘리면서도 어디서 구했는지 한사코 두꺼운 모직 스커트와 갈기갈기 찢어져 제멋대로 너풀거리는 오버를 겹겹이 껴입고 있었는데 그것이 비록 그녀의 이불을 대용한다 해도 보기엔 몹시 안쓰러운 광경이었다. 그 계집애의 구걸 방식은 다른 거지들과는 좀 다른 데가 있었다. 그녀는 비치파라솔 아래서 갖추갖추 차려낸 성찬을 즐기고 있는 피서객들의 등 뒤로 슬며시 다가가서 갑자기 손을 쫙 벌리곤 했다.

나 밥 좀 줘.

생각해보라. 그들이 얼마나 놀랐겠는가를. 김밥이니, 치킨이니, 피자니 한 상 가득 차려놓고 오찬을 즐기고 있는데 그 화려한 식탁 위로 까마귀발 같은 시커먼 손 하나가 불쑥 내밀어지는 장면을. 어안이 벙벙해져 있는 피서객들 앞에 버티고 서서 계집애는 뭐라고 설명할 수 없는, 경멸하는 것 같기도 하고 방심한 것 같기도 한 희미한 미소를 지으며 다시 한번 천천히 뱉어내는 것이었다.

나 밥 좀 줘.

피서객들이 기절초풍을 하거나 말거나 계집애는 꼼짝 않고 서서 같은 소리만 반복했다. 그런 꼴을 처음 본 소공녀와 소공자들은 두려움에 젖어 앙하고 울음을 터뜨리며 제 어머니의 품에 기어들었고 때로는 웩웩거리며 구역질을 하기도 했다. 피서객들은 하는 수 없이 오백 원짜리 동전이건, 천 원짜리 지폐건 손에 집히는 대로 던져줘선 쫓아버리곤 했는데 계집애는 돈을 받고도 하다못해 통닭 다리 하나라도 얻고야 물러서곤 했다.

어둠 속에서 시커먼 손을 내밀고 있는 미친 여자를 보고 있자니 나는 몹시 난감해졌다. 이걸 어떻게 쫓아내야 할까 하고 생각하고 있는데 계집애는 천연스러운 목소리로 다시 응석하 듯 뇌까렸다.

나 밥 좀 달란 말야.

확 밀어내버리려고 하다가 나는 순간 생각을 바꿨다. 자고 로 한 봉토를 지닌 성주는 그 품 안에 깃들이는 새들도 내치 지 않는 법. 하물며 지나는 과객에게 어찌 박절할쏘냐. 나는 계집애를 세워두고는 어둠 속을 헤치고 초소로 가선 버너를 끄집어내어 라면을 끓였다. 두 손으로 냄비의 손잡이를 받쳐 들고 현관 쪽으로 돌아오니 계집애는 어느새 자울자울 졸고 있었다. 나는 발로 계집애의 다리를 툭툭 건드렸다. 계집애는 눈을 퍼뜩 뜨더니 내 손에 들린 냄비를 보고 표범같이 달려들 었다. 그 바람에 나는 비틀하며 하마터면 냄비를 떨어뜨릴 뻔 했다. 그녀는 정말 아귀같이 먹어댔다. 젓가락조차 필요 없는 듯 그 뜨거운 라면 가락을 손으로 집어 꾸역꾸역 집어넣더니 삽시간에 국물까지 말끔히 마셔버리는 것이었다. 냄비가 아 이스크림의 과자 껍질처럼 먹을 수 있는 것이었다면 계집애 는 필시 그것조차도 와삭와삭 씹어 먹었으리라.

나 졸려. 이제 잘래.

계집애는 입이 찢어져라 하품을 하더니 말릴 사이도 없이 모델 하우스 안으로 쑥 들어가버렸다. 마치 제 공부방을 찾아 가듯 스스럼없는 태도였다. 어어 하다가 그녀를 놓쳐버린 나는 뒤따라 쫓아갔다. 구멍 구멍이 방이라 나는 계집애가 어디에 있는지 금세 알아채지 못하고 허둥거렸다. 방마다 문을 열어젖히며 찾아다녔는데 계집애는 하필이면 나의 정전, 80평형의 안방에 사지를 쩍 벌리고 누워 있었다. 이렇게 무엄한 과객이 있나. 나는 화가 머리끝까지 나서 발끝으로 여자를 툭툭 차며 고함을 질렀다.

야! 썩 나오지 못해.

그러나 계집애는 게슴츠레한 눈으로 나를 실쭉하게 올려다보고는 다시 그 알 듯 말 듯한 미소를 히쭉 흘리고는 돌아누워버렸다. 그리고 드릉드릉 코까지 골며 잠이 들어버리는 것이었다. 나는 낭패스럽기 짝이 없었다. 잡아 일으켜 쫓아내자니 계집애의 몸은 어디 한구석 손댈 만한 데가 없이 더럽기 짝이 없었다. 야수를 구제하려고 찾아온 미녀치고는 참으로 한심한 미녀였다. 물맛을 언제 보았는지 꾸덕꾸덕 엉겨붙은 머리카락은 수세미였고 몸뚱이 어디라 할 것 없이 때가 덕지덕지 올라붙어 시커먼 딱지가 앉아 있었다. 뜯어지고 너덜너덜한 겨울 모직 스커트와 오버코트에서도 코를 댈 수 없는 악취가 풍겼다. 그 꼴을 한 채로 벌렁 드러누운 계집애는 비지땀을 흘리며 잠을 자고 있었다. 밤마다 꿈꾸던 나의 구원의 연인이 이런 꼴을 하고 있다니. 나는 한숨이 나왔다.

아이고, 모르겠다.

낭패스럽기 짝이 없었으나 방법이 없어 체념하고는 나는

276

계집애와 멀찍이 떨어져서 벌렁 드러누워버렸다. 그리고 창틀에 걸린 달을 잠깐 올려보다간 나도 모르게 잠이 들어버렸다. 꿈속에서 나는 화려한 무도회를 주재한 성주가 되어 있었다. 몇 시나 되었을까. 새어드는 아침 햇살에 눈을 떴다. 아차 하고 퍼뜩 건너편을 살펴보았더니 계집애는 어느새 나가고 없었다. 그리고 그것이 계집애와 나의 기묘한 동서 생활의 시작이었다.

그날 이후 계집애는 학교에 나간 아이가 귀가하듯 당당하기 짝이 없는 태도로 밤마다 기어 들어와서는 내게 라면을 끓여달래서 후루룩 삼키고는 안방에 들어가서 드르릉드르릉 코를 골며 잠에 빠졌고 그리고 새벽같이 빠져나가곤 했다. 신통한 것은 시키지도 않았는데 건설회사 사람들과 마주치는 낮 시간엔 절대로 기어 들어오지 않는 것이었다. 마치 나도 그쯤의 룰은 지킬 줄 안다는 듯이 말이다. 내가 계집애에게서 들어본 말은 '밥 줘'와 '나 잘래'가 전부였다. 그녀와 나 사이엔 말이 필요 없었다. 계집애는 먹는 것과 자는 것 외에는 아무런 것에도 관심이 없었고 나 역시 계집애를 모델 하우스의 옷장이나 벽걸이 이상으론 치부하지 않았다.

그러나 계집애가 뭔가에 대해 딱 한 번 관심을 보인 적이 있기는 하였다. 내가 여기저기 시집을 한 방 가득히 펼쳐놓고 땀을 뻘뻘 흘리며 무언가를 적어넣고 있을 때였다. 그 모습이 자못 신기한 듯 물끄러미 바라보던 계집애가 나를 향해 뚜벅 한마디 던지는 것이었다.

너 뭐 해?

나는 갑자기 던지는 계집애의 새로운 어휘가 신통했다. 그래서 선심 쓰듯 한마디 대답을 해주었다.

시를 쓴다.

시? 그게 뭔데?

귀찮은 생각이 들어서 이번엔 대답을 않았더니 계집애는 나도 모르는 새에 엉금엉금 내 쪽으로 기어온 모양이었다. 그러고는 펼쳐놓은 시집 중의 하나를 집어 들었다. 그러고는 신기한 듯 그것을 주르르 넘겨보는 것이었다. 어이가 없기도 해서 나는 잠시 일손을 멈추고 계집애가 하는 짓을 바라보고 있었는데 문득 계집애의 눈에서 무언가 빛이 반짝했다. 내가 잘못 보았는지는 혹 모르지만 어쩌면 미치기 전의 어떤 기억이 검은 먹물로 가득 채워진 그녀의 공허한 두뇌를 어렴풋이 스쳐 지나갔는지도 모른다. 그러나 그것으로 그만이었다. 계집애는 곧 흥미가 사라진 표정으로 시집을 던져버리고는 제자리로 돌아가 코를 골기 시작했다.

그날 나는 잠든 계집애의 얼굴을 처음으로 가까이서 지켜보았다. 길게 내리깐 속눈썹하며 얇은 입술하며 얼룩덜룩 때로 더께 진 낯짝을 씻겨주기만 하면 그런대로 여자 꼴이 날 것 같기도 했다. 혹시 이 계집애는 어느 부잣집의 고명딸인지도 모른다. 그녀는 어느 날 무슨 이유인지는 모르지만 갑자기

미쳐버렸고 그의 선량한 부모의 눈물 속에 집에서 요양하던 중 어느 날 슬며시 가출했을지도 모른다. 나는 내 취미이자 고질병인 망상을 시작했다. 하찮은 거지 계집애의 내력을 주제로 공상을 펼칠 만큼 나는 그때 그렇게 심심했던 모양이다.

그러나 내 망상과는 아무 상관없이 그 거지 계집애는 여전히 바보 같은 희미한 미소를 띠고 혐오감을 무기로 하여 피서객에게 돈과 음식을 뜯어낼 뿐이었다. 그리고 이따금 술에 젖은 걸레가 되어 들어오는 적도 있었다. 제 주제에 무슨 술인가 하고 나는 어처구니없어 했지만 나중에 알고 보니 피서객들에게 얻어 마시곤 하는 모양이었다. 개중엔 질 낮은 녀석들도 더러 있는 법이어서 밥을 달라고 조르는 실성한 거지 계집애에게 저희가 먹던 맥주 캔 따위를 던져주고는 술에 취해 비틀거리는 꼴을 좋아라고 구경하기도 하는 모양이었다. 마치 동물원에 간 어린아이가 원숭이에게 바나나를 던져주곤 좋아라 박수를 치듯이 말이다. 모르겠다. 내가 그 계집애에게 라면을 끓여주고 재워준 이유도 바로 그것인지도. 하여튼 그런 날이면 계집애는 무엇이 그리도 좋은지 비틀거리며 돌아와선 현관 창틀이며 안방 도어며 여기저기에 머리통을 꽝꽝 부딪곤 했는데 히쭉거리는 웃음은 더욱 헤퍼졌다.

야 이년아, 그 주제에 술은…… 꼴값도 가지가지로 떨고 있네.

나는 냅다 계집애에게 욕을 퍼붓곤 했는데 그러다가도 실

성한 여자에게 화를 내고 있는 내 꼴이 우스워서 하하 웃고
말았다. 계집애는 끄르륵끄르륵 건트림을 하면서도 밥 달라
는 소리는 잊지 않았다. 반은 장난기로 반은 어처구니가 없어
서 라면을 끓여다 바치면서 나는 내 꼴이 꼭 실업자 사내가
직장 나가 술 취해 들어온 마누라에게 해장국을 끓여 바치는
꼴이라고 실실 웃기도 했다. 그러다가 하루는 결국 사달이 나
고 말았다. 그 전날 밤에도 그 거지 계집애는 어디서 술이 떡
이 되어 들어와 쿨쿨 자고는 새벽같이 기어나갔고 나는 모델
하우스 뒤편 초소에서 늘어지게 잠을 자고 있었는데 건설회
사의 대리라는 자가 얇은 베니어 문을 부서져라고 발로 차고
들어왔다.

야! 이것 봐! 이씨! 일어나란 말야!

그 친구의 기세가 사뭇 등등해서 나는 무슨 일인가 하고 졸
린 눈을 꾸무럭거리며 일어났는데 작자가 눈에 불을 켜고 나
를 잡아먹을 듯이 설치는 것이었다.

너 말이야! 이 자식, 당장 보따리 싸갖고 나가! 어디서 순
개뼈다귀 같은 놈이 들어와선……

뭐야? 이 새끼가.

이 자식이 무슨 말을 이따위로 하나. 나는 불끈 화가 나서
녀석의 멱살을 틀어잡을 듯이 다가갔다. 그러나 씨근거리며
욕설 섞어 뱉어내는 녀석의 말을 듣자 하니 나 역시 한숨이
나올 지경이었다. 아침에 집을 보러 온 여편네 둘에게 녀석은

머리를 조아리며 구석구석 구경시켜주는 판이었는데 사달은 80평짜리 안방에 딸린 욕실에서 벌어진 것이었다. 문을 열고 들어서는 순간 악취가 코를 찌르는데 세면대 안에 질편한 토사물이 흥건하게 괴어 있더라는 것이었다. 아마도 계집애가 자다가 목이 타는 바람에 욕실의 수도꼭지에 머리를 처박았다가 그대로 한 대야 얌전하게 토해놓은 모양이었다. 그러니 용의자인 내가 그 지경을 당할 수밖에…… 계집애가 나간 다음 주위를 챙기지 못한 것이 실수였다.

아마 지나가던 어느 놈이 술 취한 김에 창문으로 침입해서 장난을 친 것 같습니다. 제가 어젯밤에 친구가 와서 잠깐 자리를 비웠거든요.

우선 그렇게 둘러댈 수밖에 없었다. 그러고는 얼른 뛰어 들어가서 그놈의 걸 샅샅이 씻어냈다. 제기랄, 뭔 놈의 팔자가 욕을 바가지로 처먹으며 거지 계집애 뒷수발이나 해야 한담. 속에서 불이 올랐지만 나는 물을 좌악좌악 틀어대어 그것을 깨끗이 씻어냈다. 이놈의 계집애 저녁에 기어 들어오면 어디 보자. 대리라는 녀석은 문턱에 팔짱을 끼고 서서 여전히 감때사나운 눈길을 거두지 않은 채로 내가 가루비누를 풀어 세면대뿐만 아니라 욕실 전체를 샅샅이 쓸고 닦는 꼴을 지켜보고 있었다.

헤헤, 죄송합니다. 그동안 늘 자리를 지키고 있었는데 하필 어제 친구놈이 찾아와서…… 죄송합니다. 헤헤.

대리는 겨우 화가 좀 풀린 모양이었다.

당신 근무 똑똑히 해. 이번 한 번은 넘어가주지만 한 번만 더 그런 일이 생겼다간 그날로 모가지야.

그러고도 작자는 한참 동안이나 있는 소리 없는 소리 지청 구를 떨어대더니 밖으로 나가버렸다.

에라이, 이 거지 발싸개 같은 자식아. 나가다가 문지방에 걸려 코나 확 깨버려라.

손을 비비며 녀석에게 비굴한 웃음을 띠고 사정하던 나는 녀석의 뒤통수에 대고 속으로 욕을 푸짐하게 퍼부어주었다. 나는 다시 이를 악물었다. 이 거지 같은 거지 계집애. 오기만 해봐라. 다리 몽둥이를 분질러버릴 테다.

계집애는 밤이 이슥해서 돌아왔다. 꼴같잖게도 들어오면서 부터 헤실헤실 웃음을 날려대면서 말이다. 나는 계집애가 들 어오는 기척이 나자마자 마당을 쓰는 대빗자루를 거머쥐고 뛰어나갔다. 그러고는 닥치는 대로 휘두르며 계집애를 쫓아 냈다.

이 쌍년의 계집애야, 어딜 기어 들어와! 썩 기어나가지 못 하겠어?

제가 저지른 일을 기억할 리 없는 그 계집애는 돌변한 나의 태도가 이해되지 않는지 잠시 어리벙벙 주춤거렸다. 나는 사 정없이 계집애의 등짝을 내리쳤다.

꺼져! 꺼지란 말야! 이 미친년아.

계집애는 어리벙벙한 중에도 내가 휘두르는 빗자루 세례를 피해 비칠거리며 모델 하우스 울타리 바깥으로 쫓겨 나갔다. 그러고는 자신에게 닥친 이 급작스런 불운이 이해가 되지 않는지 나를 멍청한 눈으로 바라보는 것이었다.

이 계집애야, 다시 한번 기어들었다간 모가지를 부러뜨려 놓을 거야.

계집애는 내가 길길이 날뛰는 꼴을 자신과는 전혀 상관없다는 시선으로 멀거니 보더니 한마디 던지는 것이었다.

나 밥 줘.

하여튼 이렇게 해서 나와 그 계집애의 길지 않은 동서 생활은 파경이 나고 말았다. 계집애는 그 후로도 몇 날이나 밤이면 기어 들어와서 흥흥거렸지만 나는 그때마다 대빗자루를 휘두르며 가차 없이 격퇴하곤 했다. 주인에게 쫓겨난 강아지 같은 몰골로 몇 번이나 찾아와서 사랑을 호소하던 그 바보 계집애는 변심한 내 마음이 끝내 돌아서지 않음을 확인하고는 마침내 어느 날 종적을 감추었다. 그리고 그와 함께 내게도 평화가 찾아왔다. 그러나 그 평화는 위장된 평화였다. 그 이후의 시간들은 계집애가 나타나기 전과 전혀 다름이 없었지만 나는 그 일상들이 갑자기 몹시도 지겨워지기 시작하였다. 저녁마다 혼자 낄낄거리며 하던 말들의 홀레붙이기 작업도 시들해지기 시작했으며 완춘전 창밖으로 유원지를 바라보는 일에도 흥미가 사라져버렸다. 모처럼 맑아졌던 내 이미지의 돌거울에 돌연히 푸른 이끼가 끼기 시작했으며 매미 껍질처럼 투명하던 상상력의 더듬이가 연필심처럼 딱딱해져갔다. 물론 그 계집애가 사라졌다는 사실 자체 때문은 아닐 것이었다. 나는 비로소 그 계집애가 나의 빈곤한 영상을 비추는 또 다른 거울임을 깨달았다. 사람은 거울이 없으면 치장할 필요를 느끼지 못하는 법이 아닌가.

계집애가 사라진 지 열흘 만에 나는 그 아이를 찾아 나섰다. 찾아서 어떡하겠다는 대책은 없었다. 슬리퍼를 질질 끌면서 막바지 더위를 피해 몰려든 피서객들로 바글바글 끓어대는 해수욕장 구석구석 사람들의 숲을 헤집고 다녔다. 그러나 묘한 일이었다. 계집애는 어디에서고 종적을 찾을 수가 없었다. 이놈의 계집애가 어디 다른 장소로 옮겼나? 하고 나는 투덜거렸지만 계집애가 보이지 않는 바에야 어쩌는 수가 없었다.

그렇게 일주일인가 다시 지났을 무렵이었다. 비가 부슬부슬 내리는 날이었다. 그냥 초소에 처박혀 있을까 하다가 무료함을 못 이겨 나는 우산을 받치고 해수욕장 쪽으로 어슬렁거리며 내려갔다. 파장 무렵인데다 비까지 으슬으슬 내리는지라 해수욕장엔 눈에 띄게 사람이 줄어들어 있었다. 백사장 가운데 길게 줄지은 비치파라솔의 숲을 지나 한산한 캠프장을 지나 바다 경찰서 쪽을 어슬렁거리고 있을 즈음이었다. 백사장 한가운데 사람들이 원을 그리고 둘러서 있었다. 무슨 일인가 싶어 나도 사람들 틈에 끼여 안쪽을 기웃거렸다. 이상한 물체 하나를 발견한 것은 그때였다. 거적으로 무엇인가가 덮여 있었는데 그것은 바로 사람의 시체였다. 제멋대로 산발한 여자의 머리카락과 시퍼러둥둥하게 통통 불은 발가락이 삐죽 비어져 나와 있었다. 곁에 섰던 웬 중년 여자가 제 남편쯤으로 보이는 사나이에게 소곤거렸다.

아까 보니 쟤가 웬 젊은 애들에게 둘러싸여 있더라구요. 얘를 사이에 두고 낄낄거리더니 맥주 캔이랑 과자 봉지를 바다로 휙휙 던지지 뭐예요. 그러니 얘는 그걸 건지겠다고 물에 뛰어들고 과자 봉지가 파도를 따라 밖으로 흘러 들어가니까 허우적거리며 쫓아 들어가더라니까요. 그러다가 꼴까닥했지 뭘, 끌끌. 그 녀석들 경찰이 나타나니깐 슬금슬금 도망가버리더라구요.

아차! 하는 생각이 전기처럼 찌르르 머리를 관통했다. 나는 사람들의 숲을 함부로 헤치며 안쪽으로 기어 들어갔다. 이거 뭐야, 왜 이렇게 밀어, 하는 소리가 들렸지만 나는 개의치 않았다. 나일론 줄로 빙 둘러쳐진 금줄을 뛰어넘어 거적을 들쳐 보았다.

바로 그 거지 계집애였다. 개숫물통의 콩나물 줄기처럼 더럽게 엉킨 머리카락 아래로 시퍼렇게 통통 불은 얼굴이 드러났다. 알 듯 모를 듯 백치 같은 희미한 웃음을 흘리던 입술 역시 퍼렇게 변색되어 있었다. 계집애는 입을 반쯤 벌린 채, 그리고 눈을 동그랗게 뜬 채 허공에 시선을 주고는 누워 있었

다. 그때였다. 어떤 강렬한 전율이 나를 엄습한 것은. 나는 신
음했다. 그렇다. 저 바보 거지 계집애는 바로 나다! 그 누구도
아닌 바로 나다!

　그랬다. 물에 젖어 산발한 그 계집애의 더러운 머리카락도
나의 머리카락이었으며 물을 먹어 퉁퉁 불은 얼굴도 바로 초
라하고 깡마른 나의 얼굴이었으며 시퍼렇게 얼어 있는 저 입
술도 바로 나의 입술이었다. 계집애의 빈약한 젖가슴도 바짝
마른 팔과 다리도 내 것이었다. 그리고 이불솜처럼 후줄근하
게 젖어 있는 여자의 넝마 같은 옷도 내 의복이었다. 나는 나
자신이 그렇게 물을 잔뜩 먹고는 장구배를 하고 죽어 있는 느
낌에 사로잡혔다. 무엇 때문이었는지는 지금도 모르겠다. 하
여튼 나는 섬광처럼 나의 의식을 헤집는 그런 느낌에 손가락
하나 꼼짝할 수도 없었다. 공포감도 아닌 희열도 아닌 하얀
백지 같은 사고의 공백이었다. 난데없이 내 머릿속을 파고든
그 뜬금없는 동질감의 정체는 무엇이었을까. 나는 지금도 그
이유를 알지는 못한다. 글쎄, 지친 내 영혼에 대한 일종의 자
기 경고였는지도 모르겠다.

　어이! 당신 뭐야. 당신 누군데 함부로 그걸 들춰 보는 거야.

　누군가 거칠게 나의 어깨를 잡아채는 바람에 나는 비로소
정신을 차렸다. 수영 팬티에 해양 경찰이란 비닐 딱지가 붙은
소매 없는 러닝셔츠 차림의 사내가 성난 표정으로 나를 노려
보고 있었다. 검게 그을린 얼굴과 완강한 어깨를 가진 그 사

내는 너무나 손쉽게 나를 줄 밖으로 밀쳐냈다. 나는 맥없이 물러섰다. 나를 쫓아내고 돌아서던 사내가 침을 퉤 뱉으며 한 마디 던졌다.

에이 재수 옴 붙으려니까 나중엔 별 거지 계집년까지 속을 썩이네. 이거 한 사날만 지나면 철순데 말야. 어이 김 순경, 아직 본서에서 연락 없었어?

계집애는 삼십 분 후에 도착한 트럭에 실려 어디론가 사라졌다. 나의 신데렐라는 그렇게 나를 떠나버린 것이었다. 구경거리를 잃어버린 사람들도 하나둘 사라져버렸다. 그러나 나는 백사장 한 귀퉁이에 꼼짝도 않고 서 있었다. 하고 보면 어디서 흘러왔는지 아무도 모르고 그녀 자신조차 자신이 누구인지 몰랐을 그 계집애의 유일한 문상객은 바로 나 자신인 셈이었다.

그리고 다시 얼만가 후에 나는 그 도시의 남쪽을 떠났다. 내가 고용됐던 건설회사의 아파트 분양이 완료됐기 때문이었다. 당연히 모델 하우스도 쓸모가 없어졌고 건설회사는 지체없이 그 건물을 무너뜨렸다. 한 떼의 인부들이 몰려와 그 모델 하우스에서 쓸 만한 모든 것을 들어냈다. 전시용 텔레비전, 장식장, 싱크대, 선반, 그리고 수도꼭지까지. 나를 그렇게도 매혹시켰던 유리의 성은 졸지에 속이 텅 빈, 보기 흉한 커다란 시멘트 덩어리로만 남아버렸다.

언덕 아래에서 보면 햇빛을 받아 현란한 광채로 빛나던 집,

사람이 살기 위한 것이 아니라 하나의 상징과 환상으로 떠 있던 그 아름다운 집은 크레인의 완강한 주먹과 불도저의 힘센 어깨의 일격에 맥없이 무너져버렸다. 그와 함께 나는 환상의 성의 영주에서 도로 궁기가 철철 넘치는 산동네 철로 보선원의 건달 아들로 영락하고 만 셈이었다. 저 유리의 성에서 저희끼리 환락을 누리던 내 노트 속의 말들도 이제 서식처를 잃어버린 셈이었다. 나는 우울한 시선으로 자욱한 돌가루를 풀썩이며 녹슨 철근의 갈비뼈를 드러내놓고 쓰러진 나의 궁전을 바라보았다.

어이! 이씨, 거기 서서 뭐 하고 있어. 여기 이 양반들 일 좀 거들잖고……

해체 작업을 지휘하고 있던 대리는 나를 향해 냅다 고함을 질러댔다. 인부들 몇 사람이 떼어낸 문짝을 트럭에다 옮겨 싣느라 낑낑거리고 있었다. 나는 가방을 챙겨 들고 못 들은 척 돌아섰다.

어 저 친구가……

대리는 혀를 끌끌 차더니 내 뒤통수에 대고 외쳤다.

자네 밀린 간조는 저기 현장 사무소에서 받아 가라구.

어느새 가을이었다. 지난여름 그렇게 많은 피서객들로 붐비던 해수욕장은 적막하기조차 했다. 잡초가 듬성듬성 돋은 언덕바지에서 나는 가방 속의 노트를 꺼냈다. 거기 갇혀 있는 말들이 있었다. 나는 천천히 노트를 한 장씩 찢어 언덕 아래로 날렸다. 어느새 선선해진 바닷바람을 타고 그 종잇장들은 요란한 갈채처럼, 만장처럼 눈부시게 비상하고 있었다.

몽유 시인을 위한 변명

지금도 그 겨울을 잊을 수 없다. 그 황량한 항구 도시의 풍경들. 바닷바람은 언제나 매서웠고 석탄 가루에 찌든 하늘은 언제나 우중충하니 찌푸린 채 낯을 펼 줄을 몰랐다. 선창가 뒷골목에 다닥다닥 벌통처럼 매달린 채 녹슬어가던 퇴락한 매미집들. 부두의 석탄 화차는 차가운 아침 공기를 찢으며 녹슨 철길을 따라 느릿느릿 달려가고 전신주 아래엔 술 취한 배꾼들이 남겨놓은 토사물이 질펀하던 그 겨울의 풍경을 나는 지금도 선연하게 떠올릴 수 있다. 사무실 한 귀퉁이 책상 위에다 스티로폼 판때기를 겹쳐 깔고 담요를 뒤집어쓴 채 한밤 내 떨고 자다가 새벽 추위에 못 이겨 깨어나면 낡은 석유난로에서 새어 나는 기름 타는 매캐한 냄새에 머리가 욱신거렸다.

우드득하고 뼈가 튕겨나리만큼 잔뜩 굳은 목과 팔다리를 돌려가며 창문을 열면 차가운 냉기가 도둑처럼 스며들던 그 겨울 새벽을 나는 칠팔 년이나 지난 오늘도 어제 일처럼 기억할 수 있다.

시인을 만난 것은 바로 그 무렵 그 황량한 항구 도시에서였다.

내가 그 도시에 머물게 된 것은 우연이었지만 그를 만난 것 역시 우연이었다. 내가 그 도시에서 두 번의 겨울을 나는 동안 그는 내 곁에 머무르다가 홀연히 지상을 떠났다. 그는 과연 어떤 종류의 영혼을 가진 인간이었을까. 아직까지도 나는 그가 이 세상에 남겼던 흔적에 대해 어떤 의미를 붙여주기는 힘들다. 이제 내가 하려는 이 이야기는 허망하고 쓸쓸했던, 그리고 이제는 누구도 기억해주지 않는 한 시인을 위한 헌사인지도 모른다. 그의 이야기를 꺼내기 전에 먼저 그 무렵의 내 이야기부터 하는 것이 좋을 듯싶다.

나는 그때 스무네 살이었다. 세상이 모두 돌아앉은 듯한 무력감이 문득 나를 덮쳤고, 남들보다 두 해나 늦게 입학한 학교도 기약 없이 휴학한 채 무턱대고 먼 곳을 떠돌아다니던 날들이 시작되었다. 세상에 내가 할 수 있는 일은 아무것도 없는 듯했고 내가 끼어들 곳은 아무 데도 없다는 감당할 수 없는 모멸감을 견장처럼 매달고 다니던 시절이었다. 고향의 홀어머니는 형님에게 얹혀 있었고 나는 학비를 벌어 쓰는 일에 지쳐서, 그리고 어수선한 시절의 대학생 노릇조차 너무 무거워서 스스로 학교를 때려치우고 이리저리 헤매다가 집도 절도 없는 그 항구 도시로 흘러 들어온 것이었다.

그 도시에는 대학을 다닐 때 잠시 알고 지내던 선배 하나가 구멍만 한 출판사를 열고 있었다. 자신을 찾아간 나의 어깨를 두드리며 그는 시원스레 말하였다.

"넌, 인석아. 젊은 놈이 왜 그러니? 세상이 무너진 것처럼 얼이 빠져선 빌빌거리긴…… 있을 곳이 없다면 당분간 여기 있으려무나. 내가 어디 임시직이라도 일자리를 하나 알아봐 주지. 그때까진 내 일이나 좀 돕고. 당분간은 고생스러워도 사무실에서 숙식을 해결하는 수밖엔 없겠군. 근데 정식 월급은 없어. 이놈의 코딱지만 한 출판사로는 내 입에 풀칠도 힘드니까. 지금은 그저 용돈이나 몇 푼 주겠지만 또 아냐. 뭐 한 건 터지면 니놈에게도 국물이 돌아갈지……"

이리하여 나는 그 황량한 부두 뒷길의 낡은 삼층 목조 건물의 한 귀퉁이를 빌린 출판사에 더부살이를 시작하게 되었다. 무어 기대를 한 것은 아니었지만 그 출판사란 이름만 그럴듯할 뿐이지 한심하기 짝이 없었다. 가뭄에 콩 나듯 들어오는 자기 현시욕에 가득 찬 지방 유지의 수필집이나 이름만 시인으로 걸어놓은 유한부인들의 도무지 알 듯 말 듯한 말들로 채워진 시집의 자비 출판이 고작이고 대부분은 인근 상가의 선전 전단지 제작이나 팸플릿 따위로 연명할 뿐이었다. 식자를 치는 젊은 아가씨 하나가 있었지만 제 일 외에는 콧방귀도 뀌지 않는 터라 나는 그 사무실의 편집부장 겸 사무원 겸 사환이 되지 않을 수 없었다.

대개의 지방 출판사의 풍경이 그렇듯 이름은 무슨 시인이니 소설가니 해서 그럴듯하지만 기실은 작품 발표를 언제쯤했는지도 어슴푸레한 영감네들의 잔심부름 따위 갖은 잡다한일들로 낮 시간을 보냈으며, 아무도 없는 밤에는 수음하듯 낡은 노트를 꺼내 들여다보았다. 스물넷이나 먹은 놈이 가진 것이라고는 낡은 노트 몇 권뿐이라면 하품 날 만큼 한심한 노릇이 아닐 수 없으나 그 무렵 내가 가진 것이라고는 덜렁 불알두 쪽과 정처 없는 잡념들로 가득 찬 몇 권의 시작 노트뿐이었다. 내 노트의 귀퉁이가 닳아 너덜너덜해지는 것만큼이나한때는 희망이었던 시의 그림자도 희미해져갔으며 활자로 발굴될 기억 없이 노트 속에 암장된 글자들은 저녁마다 꼬물거리며 내 신경을 갉아대었다. 입에 올리기에 창피한 이야기지만 나는 창문을 열고 줄지은 술집의 네온이 흔들리는 선창 앞바다를 향해 악을 쓰며 누구에게랄 것도 없는 욕설을 퍼붓기도 했고 때로는 담요를 둘러쓰고 쿨쩍쿨쩍 울기도 했다.

시인이 나타난 것은 바로 그 무렵이었다. 그건 내가 그 도시에 머무른 지 한 달이 지났을 때쯤이었을 것이다. 선배는제 볼일을 보느라 아침에 잠깐 나타난 뒤론 코빼기도 보이지 않았고 옆구리가 터져 스펀지가 비죽이 드러난 낡은 소파에 옹기종기 둘러앉은 서너 명의 시인과 소설가들은 자욱한 담배 연기를 피우며 바둑에 열을 올리고 있었는데, 나는 그때 급히 끝내야 할 인쇄물의 교정 작업에 매달려 책상에 코를 박고 앉아 있었다.

"이보시오."

낮고 근엄한 목소리가 내 귓전을 울렸다. 나는 그 목소리의 주인을 향해 고개를 들어 올렸다. 잿빛 승복에다 머리를 박박 깎은 채 시꺼먼 선글라스를 끼고 있는 승려 하나가 나를 내려다보고 있었다. 목에는 전문가나 쓸 법한 대형 렌즈가 부착된 카메라가 걸려 있었다. 스님이 웬일인가 순간적으로 의아해하면서도 나는 엉덩이로 의자를 밀어내며 몸을 일으켰다. 그는 천천히 선글라스를 벗더니 엄숙한 표정으로 두 손을 모아 합장을 해 보였다. 얼결에 나도 그를 향해 엉거주춤하게 손을 모으고 합장하는 시늉을 했던 것 같다. 그때였다. 그가 갑자기 엄숙한 표정을 일시에 무너뜨리고 가가대소를 시작한 것은.

"어하하하, 어디서 새 행자님이 오셨군그랴. 눈알이 새파란 게 한 십 년 밥도둑질 잘하면 한소식 하겠는걸…… 어하하하."

무엇이 그리도 우스운지 그는 고개를 쳐들고 연신 껄껄거렸다. 불시에 당한 일이라 영문을 모른 채로 나는 몹시 당황하여 어찌할 바를 몰랐다. 엉거주춤히 선 채 곤혹스런 낯빛으로 어쩔 줄을 몰라 하는 내 꼬락서니가 더욱 우스웠는지 그는 숫제 삿대질까지 하며 너털웃음을 터뜨리는 것이었다.

'뭐 이런 요상스런 중이 다 있나……'

당혹감이 드디어 놀림을 당했다는 불쾌감으로 변할 즈음에야 바둑에 열중해 있던 패 가운데 자칭 '왕년의 촉망받던 모더니스트'이자 '시단의 중진'이 그를 향해 소리쳤다.

"야, 피구득이 이놈의 자식, 오랜만에 나타났으면 인사부터 할 줄 알아야지 게서 뭣 하는 짓이야! 가만있는 젊은 친구나 놀리구선…… 그리고 너 해다니는 꼬락서니가 뭐야. 어디서 승복이나 훔쳐 입고. 너 또 어디 가짜 중 행세나 하고 돌아다니는 것 아니야?"

이름도 괴상할 뿐 아니라 구득이란 소리가 얼핏 '구더기'로 들려 나는 분김에도 피식 웃지 않을 수 없었다. 서른대여섯 살이나 먹었을까, 다시 살펴보니 승복에다 삭발을 하긴 했는데 그 모습이 예사 승려 같지는 않았다. 잿물이 덜 빠진 새 승복과는 달리 앞창이 반쯤 벌어진 낡은 구두나 어울리지 않게 목에 덜렁거리는 카메라도 그랬지만 날랜 백정이 달라붙어도 살 한 점 떼낼 수 없을 것 같은 깡마른 몸매에 광대뼈가 튀어나온 거무튀튀한 얼굴엔 삶에 찌든 자 특유의 동물적 교활함이 배어 있었다. 거기다 깔깔거리는 와중에도 눈동자는 불안하게 뱅글뱅글 돌아가고 있는 것이 아닌가. 그는 갑자기 내가 언제 그랬느냐는 듯이 얼굴에서 웃음기를 싹 거두곤 그를 향해 소리치던 '시단의 중진'에게로 엎어지듯이 달려가 깊숙이 고개를 숙였다.

"아이고오, 선생님 오랜만입니다. 한 서너 달 만에 속세로 나오니 이거 눈이 어두워져 선생님 계신 것도 미처 알아뵙지 못하고……"

과장되고 능청스런 어조에 '중진 시인'도 어이가 없다는 듯 실소했다.

"이런 화상하구선…… 뭐 속세를 떠나 있었다구? 아니 그 래 이번엔 어디서 누굴 등쳐먹었어?"

"아이고오, 선생님 왜 이러십니까? 제가 선생님을 얼마나 존경하는데요. 제가 이래뵈도 그동안 산사에 틀어박혀 부처님을 벗 삼아 가을 한철을 좋이 참선삼매에 빠졌던 몸이올시다. 헌데 그놈의 절밥이란 것이 밍밍하니 앙금이 없어놔서 영양실조에 걸릴 판이라 도리 없이 도망쳐 나왔지요, 히히. 덕분에 시를 한 백여 편 짜내긴 했지만…… 어디 선생님도 한번 보시겠어요?"

그러고는 등에 진 바랑을 벗어 수선스럽게 열더니 두꺼운 노트를 꺼내 '중진 시인'의 코앞에 바짝 내밀었다. "이 화상이 왜 이래" 하고 중진이 얼굴을 찡그리며 밀어내는데도 그는 끈덕지게 노트를 들이댔다. 마침내 중진은 할 수 없다는 듯 양복 안주머니에서 지갑을 꺼냈다.

"이 자식, 네 수법에 하도 당해 이젠 다시는 안 당한다고 했는데……"

그러고는 마치 귀찮은 벌레 털어내듯 천 원짜리 지폐 서너

장을 던져주는 것이었다. 그는 그 돈을 받고는 옆에서 바둑판을 들여다보고 있던 또 다른 시인에게도 똑같은 수작을 벌이기 시작하였다. 바둑판 위로 그놈의 노트가 다시 왔다 갔다 하는 사이에 밖에 나갔던 선배가 코끝이 빨갛게 언 채 들어왔다. 그는 다시 좋은 먹이를 만났다는 듯이 선배를 향해 돌진했다.

"어이, 김형 오랜만이야. 그동안 신수가 훤해진 걸 보니 돈깨나 벌었던 모양이지. 돈 벌어 뭐 할래나. 이번에 내가 시를 한 백 편 써 왔는데 정말 폼나는 것들로만 빼냈다구…… 이거 출판하면 대박 칠 거야. 자네 내 시집 좀 내줘."

그러고는 다시 선배의 코앞에다 너덜너덜한 노트를 내미는 것이었다. 선배의 얼굴이 일그러지더니 시인의 멱살을 움켜잡았다.

"이 자식이 남의 사무실에 와서 뭣 하는 짓거리야! 너 이 자식아, 안 그래도 일이 안 풀려 열불이 터져 죽겠는데 니놈까지 깝죽거려. 집구석에 얌전히 처박혀 있을 일이지 또 기어 나와 개수작을 부리는 거야!"

그러고는 그를 밀어내어 사무실 밖으로 내쫓았다. 선배에게 멱살을 잡힌 채 달랑 들어 올려져 사무실 밖으로 끌려가는 그의 뒤룩거리는 눈망울이 희극적이다 못해 비감하게까지 보여 나는 웃음도 나지 않았다.

"이 자식아, 너 또다시 나타났다간 그때는 다리 몽댕이를 부숴버릴 거야." 손을 털고 뒤돌아서는 선배의 뒤통수에다 그는 "이 새끼들아! 니들끼리 잘 처먹고 잘 살아라아!" 하고 욕설을 퍼부으면서 엿 먹으라는 주먹질을 해댔다. 그 와중에도 나와 눈길이 마주치자 그는 백치처럼 싱글싱글 웃었다.

"어이 젊은 행자님, 다음에 또 보자구. 성불하시게!"

그러고는 어디론가 사라졌다. 그가 낡은 목조 건물의 낭하를 저벅거리며 사라지자 모인 사람들은 웃음을 와자하게 터뜨리며 그에 관한 이야기를 한두 마디씩 꺼내기 시작했다.

그가 이 도시의 문단 바닥에 나타난 것은 삼사 년쯤 됐지만 시인을 자처하고 다니는 그가 어떻게 하여 문단 주위를 맴돌게 되었는지는 누구도 정확히 기억하지는 못한다는 것, 그의 생계 수단은 아마도 문인들이 자주 가는 출판사나 다방을 순회하여 뜯어내는 일금 삼천 원에서 오천 원 사이의 세금과 원치도 않는 사진을 일방적으로 찍어 받아내는 사진 값일 것이라는 따위가 내가 귀동냥으로 그에 대해 알게 된 것이었다. 아무에게나 들이대는 저 노트란 것도 기실 그 내용을 본 사람은 아무도 없으며 자신의 시를 읽어보라고 들이대다가도 막상 읽어보려고 하면 금세 태도가 변해 슬며시 감추어버린다는 이야기도 그날 들은 것이었다.

그날 선배로부터 그런 수모를 당했음에도 그는 이삼일 걸러 여전히 출판사를 찾아왔다. 그리고 모인 사람들을 상대로 씨도 먹히지 않는 소리를 지분거리다 몇천 원씩의 돈을 뜯어

가곤 했다. 웬만한 사람이라면 낯을 붉힌 채 물러서거나 화를
벌컥 낼 만큼 모진 말을 들어도 그는 태연하였다. 아니, 그런
사람에겐 더욱 집요하게 달라붙어 결국엔 몇 푼의 돈이라도
우려내고야 마는 것이었다. 자신의 시 노트를 들이대는 상투
적인 수법에서부터 며칠을 굶어 곧 쓰러질 지경이라는 둥 협
박성 애소에 이르기까지 그가 동원하는 수법은 실로 다양하
였다. 뿐만이 아니었다. 때로는 상대방의 시를, 그것도 최근
작을 어디에서 구해 읽었는지 큰 소리로 낭송해 보이는 성의
를 베풀기도 했다. 한마디로 그는 질기기가 쇠심줄 같고 뻔뻔
하기가 냇가의 빨랫돌 같은 작자였다.

피구득의 가장 큰 밥은 여류라는 호칭으로 불리기를 좋아
하는, 이름도 생소한 문예지를 통해 등단한 사십대 여자들이
었다. 무슨 문예 강좌나 기껏해야 아마추어 백일장에서 입상
한 것을 밑천으로 문인이라는 거창한 호칭을 얻게 된 그들은
항상 자기들의 문학적 재능을 인정받기에 목말라 있었으므
로 피구득의 그 같은 능청스런 수작에 쉽게 넘어가곤 하였다.
피구득이가 멋지게 자신들의 시를 낭송한 뒤 능청스런 어조
로 "선생님의 시에는 인간에 대한 진득한 사랑이 깔려 있습
니다" 어쩌구 지걸인 다음, "선생님, 제가 오늘 시인을 꿈꾸
는 재능 있는 가난한 문학청년들과의 모임이 있습니다. 선생
님께서 오늘 그들을 한번 격려해주지 않으시겠습니까?" 하고
목소리를 착 짤고 자못 진지하게 뇌까리면 그 말이 거짓말인

줄 번연히 알면서도 십중팔구는 지갑을 꺼내게 마련이었다.

피구득의 수금 행각은 거기서 그치지 않았다. 언제인가 그 도시 관광업계의 큰손이자 육십 줄을 바라보는 한 여류 시인이 시집을 냈을 때였다. 어떻게 알았던지 피구득이 그 시집을 찍은 인쇄소로 찾아갔다는 것이었다. 그러고는 그 여류 시인의 심부름을 왔노라고 둘러대고는 막 제본이 끝나 아직 잉크 냄새도 가시지 않은 시집 오백 권을 들고 튀어버린 것이었다. 그냥 달아난 것이 아니라 그 여류 시인과 알 만한 사람이면 누구든 가리지 않고 찾아다니며 시집을 뿌려댔다는 이야기였다. 그중엔 여류 시인을 무시하지 못할 처지의 사람들도 꽤 있어서 대신 전해달라며 답례금 봉투를 건네주기도 했던 모양이었는데 그것이 고스란히 피구득의 수입이 된 것은 물론이었다.

그가 벌인 짓은 엄격하게 말해 사기, 횡령에 다름 아니었다. 그 여류의 별난 기질을 알고 있는 사람들은 이번에는 제아무리 뻔뻔한 피구득이라도 무사하지는 못하리라고 그 여류의 반응을 호기심 삼아 지켜보고 있었는데 어쩐 일인지 그 여류는 사내처럼 껄껄 웃으며 "거참 대단한 친구야…… 하긴 그 녀석 덕분에 내가 시집을 돌릴 수고는 안 해도 되게 생겼구먼" 하고 수월히 넘어가버렸다는 것이었다. 덕분에 피구득이가 경을 칠 날만 기다리던 사람들은 김이 빠져버렸지만 피구득은 더욱 기세가 당당해져 그걸 마치 무슨 무용담이나 되듯이 떠벌리고 다녔다.

한데 피구득의 출현이 잦아지면서 나는 묘한 사실을 깨닫게 되었다. 그의 푼돈 갈취 행각이 반드시 문단 사람들에게 피해만 주는 것은 아니란 사실이 그것이었다. 사람들은 그로부터 시달림을 받는 것을 겉으론 귀찮아하는 척했지만 속으로는 오히려 재미있어 했으며, 심지어는 은근한 자랑거리로까지 삼는 듯한 눈치였다. 적어도 피구득에게 그런 정도의 시달림을 받아야 제대로 행세하는 문인이란 투였다. 이를테면 누구누구가 피구득에게 돈을 뜯겼다는 소식을 한담 삼아 전하면서 자신도 그와 유사한 피해를 입었음을 덧붙이고 너털웃음을 터뜨리는 식이었다. 피구득이야말로 그 도시의 문인들에게 자격증을 부여하는 비공인 감별사라고 하면 지나친 말일까. 어쨌든 그는 그 지방 문단의 광대임에는 틀림없었다. 그것도 아주 꾀죄죄한……

어쨌거나 그는 내가 잊을 만하면 "어이, 행자님 잘 계시는가?" 하면서 변죽 좋게 문을 벌컥 열고 찾아와선 나를 성가시게 했지만 그렇다고 그가 내게 별다른 관심을 보이는 건 아니었다. 말라깽이 대학생에게선 뜯어낼 돈이 없다는 것은 그가 더 잘 알 터였고 나 역시 그를 친구 삼을 생각은 없었던 때문이었다.

그러던 어느 날이었다. 아마도 그를 만난 지 육칠 개월쯤 지난 어느 여름날이었을 것이다. 날이 저물기 시작하자 하루 종일 뭉그적거리던 식객들이 하나둘 자리를 털고 사라졌으며, 식자수 아가씨도 핸드백을 달랑 집어 들고 퇴근한 후 혼자만의 시간이 막 시작되려는 참이었다. 문이 벌컥 열리더니 그가 들어왔다. 문 앞에 서서 실내를 두리번거리던 그는 아무도 없는 것을 확인하고는 김이 샜다는 표정을 감추지 못했다. 그의 희번덕거리는 눈초리가 우습기도 해서 나는 그에게 농담을 던졌다.

"오늘은 늦었네요. 수금을 하시려면 일찌감치 오셔야지……"

그러나 그는 그 말엔 대꾸도 없이 내게로 다가서더니 자못 은근하게 말을 걸었다.

"어이 행자님 혼자 계셨구먼. 그래 저녁 공양은 하셨는가?"

"아니, 지금이 몇 신데 저녁을 먹어요? 점심 먹은 지 얼마나 됐다구."

그러나 그는 더욱 은근하게 수작을 걸어왔다.

"이봐 행자님, 그러지 말구 밥이나 한 그릇 사라구. 내 지금 이틀째 쫄쫄 굶었다구……"

"뭐가 이쁘다고 내가 피 선생께 밥을 산단 말이오" 하고 무안을 주긴 했지만 아닌 게 아니라 그에게선 시장한 기색이 역력해 보였다. 나에게까지 접근한 것을 보니 굶긴 어지간히 굶었던 모양이었다. 때마침 선배가 집어준 용돈이 얼마간 남아 있기도 해서 나는 그의 부탁을 들어주기로 했다. 피구득과 나

는 낡은 계단을 빠져나와 근처의 싸구려 음식점 골목을 찾아
갔다.

"이봐, 요 다음다음 골목에 가면 대구찜을 아주 잘하는 집
이 있다구."

그러면서 그는 앞장을 서서 휘적휘적 걸어갔다. 그때였다.
그가 막 한 골목을 빠져나가 다음 골목으로 접어들 때였을 것
이다.

"야! 피구득이 이 새꺄! 너 거기 서!"

문득 벽력같은 고함 소리가 들리더니 웬 건장한 젊은 남자
가 피구득을 향하여 달려드는 모습이 보였다. 피구득은 사내
를 보자마자 내 쪽으로 몸을 되돌려 꽁지가 빠지게 달아나기
시작했다. 그러나 몇 발짝 떼기도 전에 그는 그 사내에게 덜
미를 잡히고 말았다.

"이 새끼가 남의 돈을 떼먹고 어딜 달아나. 이 더러운 놈의
시끼가 누구에게 사길 치려고……"

그러고는 솥뚜껑만 한 주먹을 피구득의 야윈 턱에 권투 선
수 같은 정확한 솜씨로 내지르는 것이 아닌가. 피구득은 두
어 대 맞자마자 숨이 넘어갈 듯 비명을 지르며 땅바닥에 널브
러졌다. 그러고는 턱을 감싸 쥐고 번데기처럼 몸을 오그리고
는 데굴데굴 구르며 죽는시늉을 하기 시작했다. 그러거나 말
거나 사내는 쓰러진 그의 몸뚱이를 구둣발로 지근지근 밟고
차고 미친 듯이 날뛰었다. 나는 도대체 무슨 영문인지를 몰라

멍청히 서 있다가 사내의 우악스런 발길질이 피구득의 가슴 패기며 머리통에 내질러질 때에야 사내 곁으로 다가갔다.

"이봐요, 형씨. 무슨 일인지는 모르지만 너무 지나치지 않소."

그러나 사내는 이번엔 내 멱살을 움켜쥐었다.

"이 새끼, 너도 피구득이랑 한패지."

무슨 이런 봉변이 다 있나 싶어 나는 멱살을 쥔 사내의 손을 두 손으로 비틀어 털어냈다. 그리고 제법 쌍심지를 세워 으르렁거렸다.

"이 양반 행패가 심하구먼. 따질 게 있으면 말로 해야지 백주대로에서 이게 무슨 짓이야."

씨근거리며 욕설 섞어 뱉어내는 사내의 이야기 속에서 나는 비로소 사건의 전말을 어림할 수 있었다. 어디서 데려왔는지 피구득은 꼭 저 같은 너석 하나를 끌어들여선 가짜 소설가 행세를 시켰다는 것이었다. 마침 그 친구라는 작자가 서울에서 기행으로 한몫 보는 괴짜 소설가와 외모가 흡사했던 모양이었다. 그래서 이 사내가 운영하는 술집으로 찾아가서 술을 마시며 지분거리다 이 사내의 여편네에게 이 사람이 바로 그 유명한 소설가이자 화가인데 이곳에서 순회 시화전을 열 계획이라고, 그것도 화랑 같은 곳이 아니라 술집에서 자연스럽게 열 계획이라고 떠벌렸다는 것이었다.

피구득이의 거짓말이 기름 바른 듯 술술 쏟아지는데다 친구라는 작자도 두꺼비 파리 잡아먹은 듯 엉큼스럽게 시치미를 떼는 바람에 깜빡 속은 여주인은 자기 집에서 시화전을 열자고 나서서 표구비 명목으로 삼십만 원을 주었다는 것이었다. 세상에 속아줄 사람이 따로 있지 피구득이에게, 그것도 그런 어수룩한 수작에 넘어가는 사람이 있다는 소리엔 포복절도할 노릇이었다.

어쨌거나 그대로 있을 수는 없어서 나는 우정 인상을 쓰고 폭행죄로 고소하겠다고 그에게 으름장을 놓았다. 그러자 사내는 마지못한 듯 제 다리를 붙들고 늘어진 피구득을 다시 한 번 걷어차고는 침을 퉤 뱉고 사라졌다.

그런데 더욱 가관인 것은 피구득이었다. 죽은 듯이 꼼짝 않던 그는 "그 자식 이젠 갔지?" 하고는 시푸르뎅뎅한 눈두덩을 하고선 히죽이 웃으며 일어났다. 그러고는 조금 전의 횡액은 조금도 괘념치 않는 태도로 옷에 묻은 흙을 툭툭 털고는 "이젠 가자구" 하면서 다시 앞장을 서는 것이 아닌가. 그러더니 다시 나를 향해 "어이 행자님, 이왕 사려면 밥 말고 술을 사라구" 하며 눈을 찡긋하는 것이었다. 그 비루하고 교활한 꼴이 어이가 없을 정도였으나 진드기 같은 작자가 떼어낸다고 떨어져 나갈 리도 없어 나는 그를 데리고 선창가의 술집으로 갔다.

선창 앞에 줄줄이 늘어선 포장 술집 가운데 하나에 비집고 앉아서도 그는 쓰잘데없는 소리를 계속 지껄여댔다. 한편으론 소주를 냉큼냉큼 삼키면서도 또 한편으로는 안주로 나온 바다장어구이를 입이 미어지도록 부지런히 주워 먹는 것이었다.

"이봐 행자님, 이게 이래봬도 보신에는 아주 좋은 거라구."

나는 입을 벌린 채 그를 마주 보았다. 이 사람의 정신 구조는 도대체 어떻게 생겨 먹은 걸까. 그의 두뇌에는 분노, 서글픔, 수치 따위의 감정을 인식하는 세포가 아예 거세된 것일까. 나도 모르게 퉁명스런 어조가 튀어나왔다.

"이봐요, 피 선생. 도대체 부끄럽지도 않소?"

입안 가득히 꼼장어를 넣고 우물거리던 그가 고개를 들어 나를 바라보았다. 대체 무슨 소리냐는 듯이. 내친김에 나는 그를 계속 윽박질렀다.

"나잇살이나 먹은 양반이 길바닥에서 개 맞듯이 맞고 다니질 않나. 만나는 사람마다 기신기신 푼돈이나 뜯어내질 않나, 도대체 그 짓이 뭐냔 말요."

나로선 전에 없이 모진 소리를 한 셈이었으나 그는 전혀 충격을 받지 않았던 모양이었다. 태연히 입에 담긴 것을 씹어 삼킨 뒤 탁자 위의 소주잔까지 집어 훌쩍 들이켜고는 입을 열었다.

"부끄럽지 않느냐구? 부끄럽긴 뭐가 부끄러워. 이것 봐. 세상엔 나보다 훨씬 더 부끄러워해야 할 인간들이 쌔고 쌨다구. 나는 내 나름대로 노동을 해서 벌어먹는 거야. 내 노동이 뭐냐구? 부끄러워해야 할 놈, 못난 놈들에게 난 더 못난 꼴을 보여주면서 그놈들이 제멋에 사는 데 광을 내주는 게 내 일이야. 그래 내가 그 대가로 그놈들에게 몇천 원 뜯어내는 게 그렇게 부끄러운 짓이야?"

항상 허튼소리만 늘어놓던 피구득의 입에서 그런 말이 나올 줄은 생각도 못했으므로 나는 순간 한 방 맞은 기분이었다. 그렇다면 피구득은 동물원의 원숭이 새끼처럼 자신을 구경하는 사람들을 거꾸로 우리 안에서 팔짱을 끼고 구경이라도 하고 있다는 말인가.

먼바다에서 떨어지는 저녁 햇살 때문인가, 바다를 등지고 앉은 그의 눈에 얼핏 광채마저 나는 듯도 했다. 어느새 서늘한 바닷바람이 불어왔고 하루 일을 끝낸 뱃사람들이 술집으로 몰려들자 피구득은 어느새 이전의 그로 돌아가 다시 게슴츠레한 눈으로 허튼소리를 늘어놓기 시작했다.

피구득은 그 여름이 가고 가을이 저물어가도록 여전히 광대 짓을 멈추지 않았다. 어쩌면 그 가을의 어느 저녁 그 돌발적인 사건만 없었더라면 그의 그런 진드기 짓은 계속되었을는지도 모른다. 글쎄 그날 그 어떤 칼날이 그리도 끈질기고 두터운 뻔뻔스러움으로 스스로를 무장한 피구득의 영혼에 금을 그었던 것일까.

길가의 가로수에 서리가 하얗게 내리던 늦가을날이었다. 마침 그날은 그 도시의 어느 단체가 제정한 문학상 시상식이 있던 날이었다. 출판사를 열고 있다는 죄 때문에 그 행사의 뒤치다꺼리를 떠맡게 된 선배 때문에 나도 꼼짝없이 행사장에 따라나서지 않을 수 없었다. 그 도시의 서너 개 문학상 가운데 그래도 가장 권위가 있다고 인정받는 상인지라 행사장은 이삼백 명의 하객들로 제법 성황을 이루고 있었다. 그날의 수상자는 그 지방 대학의 영문과 교수로, 이미 다섯 권의 시집을 펴낸 바 있는 오십 줄에 접어든 시인이었다. 더구나 그 도시의 원로이자 유수한 중앙에서도 알아 모시는 노시인마저 불편한 몸을 이끌고 후배의 수상을 축하하기 위해 참석한 터라 시상식장은 가벼운 흥분조자 감도는 분위기였다.

그날의 행사는 내빈 소개와 수상자 약력 소개에 이어 심사위원장을 맡은, 역시 대학교수이자 문학평론가의 심사 경위 발표순으로 진행되었다.

"오늘 영광스러운 해암문학상을 받게 되는 시인은 오랫동안 사물에 숨겨진 물료적 본성을 추적하는 가운데 존재의 내면을 드러내는 인식론적인 시작들을 발표해왔습니다. 해박한 지식과 삶에 대한 원숙한 통찰을 통해 빚어진 그의 시는 인간 존재의 한계를 직시하는 냉철함을 보이면서도 한편으로는 이름 없는 이웃들의 고단한 삶을 놓치지 않았습니다⋯⋯"

그때였다. 피구득이 보무도 당당하게 나타난 것은. 그는 빽빽이 들어찬 사람들의 숲을 헤치고 단상 근처로 접근하더니 예의 카메라를 들이대고 사진을 찍기 시작하였다. 그날은 승마복처럼 가랑이 부분이 다리에 들러붙은 홀태바지를 입고 있었는데 더욱 가관인 것은 머리엔 광부들이 채탄 작업을 할 때 쓰는 전구가 달린 철모를 주워 쓰고 있는 것이었다. 처음엔 사진기자들 틈에 끼어 사진을 찍어대던 그는 곧 단상까지 진출하였다. 그러고는 수상자에게 상패와 부상이 수여되는 장면에 이르러선 아예 식장의 의자를 옮겨온 뒤 그 위에 올라서서 수상자의 뒤통수에 대고 플래시를 펑펑 터뜨려댔다.

그는 거기서 그치지 않았다. 아마도 수상자에게 단단히 사진 값을 우려낼 작정임에 틀림없었다. 수상자가 수상 소감을 밝힐 즈음에선 아예 수상자의 다리 아래 붙어선 위를 향해 카메라를 치켜들었다. 처음엔 엉거주춤 쭈그려 앉아서 찍던 것이 점차 반쯤 드러누운 자세가 되었으며 마침내는 완전히 드러누워 다리와 허리를 바닥에 붙인 채 모로 누운 자세를 취하는 것이었다. 마치 주간지에 등장한 여배우가 수영복 차림으로 해변에서 요염한 몸매를 과시하듯.

일이 이쯤 되고 보니 근엄하기 짝이 없던 시상식장은 돌연히 웃음바다가 되고 말았다. 피구득의 차림새에서부터 웃을 준비가 되어 있던 하객들은 한두 사람이 소리를 죽여 킥킥거리기 시작하자 따라 웃다가 마침내 여럿의 웃음소리에 섞이자 마음 놓고 웃어대기 시작하여 마침내는 온 식장에 웃음소리가 가득 차고 말았다. 피구득이 수선을 피워대는 것을 애써 못 본 체하며 사뭇 근엄하게 수상 소감문을 낭독하던 수상자는 하객들의 웃음소리가 커지자 낭패한 표정으로 헛기침을 연발하였다.

"저놈 끌어내!"

누군가의 외마디 소리에 뒤이어 몇 사람이 연단으로 뛰어 올라가 이제는 낮은 포복 자세로 카메라를 눈에 갖다 댄 피구득의 멱살을 잡아 끌어내렸으나 이미 때가 늦어버렸다. 사람들이 마치 재미있는 팬터마임을 구경하듯이 더욱 박장대소하면서 식장은 난장판 비슷해져버렸고 피구득은 대롱대롱 매달려 가면서도 히죽거림을 그치지 않았다. 장내가 진정되기를 기다려 행사는 계속됐고 수상자의 연설이 다시 이어졌지만 그가 근엄함을 되찾으려고 애를 쓸수록 더욱 희극적인 모습이 되고 말 뿐이었다.

피구득이 다시 나타난 것은 본행사가 끝나고 사람들이 흩어진 다음 수상자와 원로 시인을 중심으로 열댓 명의 문인들끼리 근처의 갈빗집으로 뒤풀이를 간 자리에서였다. 선배 역시 그 자리에 끼였고 무슨 생각에서였는지 그는 뒤로 빠지려는 나에게 기어이 따라나설 것을 채근하여 나는 마음이 불편한 대로 제일 끝자리에 끼여 앉았다. 벌겋게 달궈진 숯불 화로가 놓이고 고기가 지글지글 익기 시작하자 술판이 본격적으로 벌어졌다.

좌중의 화제는 피구득이 벌인 활극으로부터 시작되었다. 누군가가 "그 미친놈은 어쩌자고 그런 자리에 나타나선 행사를 망치는 거야" 하고 운을 떼었다.

"우리들이 너무 물러서 그놈이 그런 짓을 하고 다니는 거야."

"하여튼 그 친구 참…… 재미로 봐주는 것도 한두 번이지" 하는 소리가 다투어 나왔으나 그건 물론 본의 아니게 웃음거리가 되어버린 그날의 수상 시인에 대한 위로를 겸한 말부조였을 뿐 사람들의 표정에선 피구득의 활극이 절정에까지 미처 이르지 못하고 도중에 끝나버린 데 대한 미진함마저 묻어 있는 듯하였다. 수상 시인은 냉정을 지키려고 애쓰는 모습이었으나 피구득의 이야기가 나올 때마다 미간 사이에 주름이 지는 것이 못내 분을 삭이지 못하는 듯하였다. 마주 앉은 선배가 이따금 술잔을 채워주었을 뿐 누구 하나 내 존재에 대해 알은체하는 이가 없어 나는 무르춤하게 그들의 수작을 듣고만 있을 뿐이었는데 화제는 다시 수장자에 대한 축하와 그의 시 세계에 대한 찬사를 거쳐 원로 시인의 건강과 근황으로 넘어가 있었다.

피구득이 천둥벌거숭이처럼 그 자리에 다시 나타난 것은 그즈음이었다. 어쩌자고 그는 그 자리에 나타났을까. 어디서 한잔 걸쳤던지 그는 이미 꽤 취해 있었다. 누군가 문을 들어서는 그를 발견하고 "어, 저 친구가 여긴 어떻게 알고 찾아왔어!" 하고 소리쳤으나 그는 말릴 틈도 없이 하필이면 노시인과 수상 시인의 틈새를 비집고 끼어들었다. 그러고는 원로 시인을 향해 예의 바른 말씨로 요설을 늘어놓기 시작하였다.

"아이구, 선생님. 몽매에도 그리던 선생님을 이렇게 가까이서 뵙게 되다니요. 영광입니다. 정말 영광입니다. 제가 얼마나 선생님의 시를 좋아하는지 선생님은 모르실 겁니다. 선생님은 진실로 저에겐 시의 스승이십니다. 전 말이죠. 이 자리에서 선생님의 시를 외라면 몽땅 욀 수도 있습니다."

그러고는 정말로 원로 시인의 시를 소리 높여 암송하기 시작하였다. 의도적으로 과장되고 신파조인 목소리에 노시인은 불쾌한지 헛기침을 시작하였고 좌중 역시 소태 씹은 얼굴들이었으나 원로 시인을 모신 자리인데다 피구득이란 작자가 애초부터 정색하고 상종할 만한 인간이 아니라는 생각 때문이었는지 그를 끌어내는 사람도 없이 고개를 외로 꼬고 있었다.

그때였다. 이 사람 저 사람 건네주는 술잔을 받아마신데다 시상식에서 본의 아니게 웃음거리가 되어버린 바람에 열이 올라 일찌감치 취해버린 그날의 수상 시인이 자리에서 일어섰다.

"야! 피구득이 이놈의 자식…… 네놈이 사람 망신을 시켜도 유분수지 어디서 하던 짓거릴…… 그래, 네놈이 여기 또 무슨 국물이나 없는지 기웃거리는 모양인데, 옜다 이놈아……"

그러고는 안주머니에서 지갑을 꺼내 만 원짜리 지폐를 십여 장이나 꺼내 피구득의 얼굴에 확 뿌려버렸다. 지폐는 피구득의 얼굴이며 가슴에 맞아 풀풀 날리며 여기저기 흩어졌다.

"이놈아, 그걸 손으로 줍지 말고 네 주둥이로 물어 올리란

말야. 그러면 네놈에게 다 줄 테니까. 네놈은 사람이 아니고
개나 똑같은 놈이니까 먹이를 챙기려면 손이 아니라 주둥이
로 집어 먹어야지……"

아무리 봉변을 당했다손 치더라도, 그리고 술에 취해 있었
다손 치더라도 그의 태도엔 분명히 지나친 데가 있었다. 더구
나 그는 인간 존재의 내면을 인식론적이고 철학적으로 탐구
해온 시인이 아닌가.

일이 이쯤 되자 원로 시인은 더 이상 참지 못하고 자리에서
일어났다.

"나 원…… 이 사람 취했구먼. 무슨 이런 봉변이 다 있
나…… 여보게들 나 먼저 가네."

그가 분에 차서 자리를 털고 일어서자 몇 사람이 황급히 따
라나섰다. 그러나 수상 시인은 그 자리에 버티고 선 채 피구
득에 대한 닦달을 멈추지 않았다.

"이 자식아, 빨리 물어 올려보란 말야. 그게 네놈이 제일
좋아하는 돈 아니냔 말야. 네놈에게도 무슨 체면 따위가 다
있어?"

조금 전까지만 해도 짤고 까불던 피구득의 얼굴이 갑자기
납빛으로 굳어갔다. 좌중의 흥은 깨지고 모두 불안스럽게 수
상 시인과 피구득의 기색을 번갈아 살피는 눈치였다. 피구득
은 제 스스로 따라놓았던 술잔에다 시선을 고정시킨 채 미동
도 하지 않았다.

"이 개 같은 자식……"

피구득이 자신의 말에 전혀 반응을 보이지 않자 시인은 벽력과 같은 욕설과 함께 그의 맥주 컵을 피구득의 얼굴을 향해 날렸다. 컵은 피구득의 콧등을 강타하고 바닥으로 굴러 깨어졌는데, 그 서슬에 맥주병들이 엎어져 탁자 위를 굴러다녔다. 피구득은 술 벼락을 맞은 채 콧잔등을 감싸 쥐고 나지막한 비명을 질렀다. 시인이 그에게 달려들어 마구잡이로 주먹을 휘두르고 발길질을 한 것은 다음 순간의 일이었다. 그는 피구득이 정말로 불구대천의 원수나 되는 듯 포악스럽게 주먹질을 해댔다. 그런데 이상한 일이었다. 피구득은 두 손으로 머리를 감싼 채 죽은 듯이 매를 고스란히 맞고 있었다. 시인은 그런 그의 모습에 더욱 분노가 치미는지 매질을 그칠 줄을 몰랐다. 심지어 빈 맥주병까지 거머쥐었다.

"이 기생충 같은 자식이 어디서 감히…… 이런 자식은 불구덩이에 처넣어야 돼."

그때였다. 두 손으로 머리를 감싼 채 죽은 듯 매를 맞고 있던 피구득이 벌떡 일어섰다.

"그래 어디 불구덩이에 처넣어봐!"

얼굴은 백랍같이 창백했으나 눈은 분노로 이글거리고 있었다. 그러고는 누가 말릴 틈도 없이 자신의 손을 한창 고기가 지글지글 타고 있는 불판 위에 갖다 놓았다. 치이익…… 하고 살 타는 냄새가 진동했고 손가락 사이에선 가느다란 연기가 피어올랐다. 불의의 사태 반전에 사람들은 모두 얼이 빠진 모양이었다. 그에게 주먹질을 하던 시인조차도 멍하니 그가 하는 꼴을 바라보고 있을 뿐이었다. 피구득의 얼굴이 고통으로 일그러졌다. 다음 순간 그는 손을 떼내었다. 찌익…… 하고 불판에 살 껍질이 눌어붙는 소리와 함께 시꺼먼 연기가 뭉클했다. 그는 이어서 그 손을 사람들의 얼굴 앞에 흔들어댔다. 그의 손은 시커멓게 그을려 있었고 군데군데 껍질이 떨어져 나가 벌건 속살이 드러났다.

"이 자식들아. 어디 이걸 먹어봐! 잘난 놈들아, 이 개고기를 한번 먹어보란 말야!"

악을 쓰며 손을 흔들어대는 그는 마치 지옥의 아수라와 같았다. 손끝에선 그때까지도 연기가 피식피식 피어올랐다.

그때까지 사태를 관망하던 선배는 내게 다급히 외쳤다.

"너 인마, 장승처럼 서서 뭐 하는 거야. 빨리 피구득이 데리고 밖으로 나가란 말야!"

술집 안의 소란을 뒤로하고 밖으로 나와서 가로등 빛에 비춰본 피구득의 얼굴은 보기에도 끔찍했다. 코피가 끊임없이 흘러내렸고 얼굴은 퉁퉁 부어올라 눈이 보이지 않을 정도였다. 깨어진 술잔에 머리를 처박았던 때문인지 머리 한쪽에도 피가 뭉클뭉클 흘러나오고 있었다.

"피 선생, 정신 차려요. 바로 서봐요."

내가 다급하게 그를 흔들었으나 그는 나지막한 신음 소리만 흘리며 모로 쓰러질 뿐이었다. 병원으로 데려가야 한다고 생각했으나 수중에는 병원비도 없었고 늦은 밤에 어디로 데려가야 할지도 떠오르지 않았다. 어찌할 바를 몰라 다시 망설이다가 나는 그를 들쳐 업었다. 그러고는 인적이 뜸한 어두운 거리를 뛰었다. 키가 껑충한 품으로는 그는 너무도 가벼웠다.

　어두운 밤거리를 한 이십 분이나 뛰었을까. 마침내 내 입에서도 단내가 헉헉 뱉어져 나올 때쯤 해서야 나의 일터이자 숙소인 출판사 앞에 도달할 수 있었다. 마침 술집과 출판사 사이의 거리가 그리 멀지 않았던 것이 다행이라면 다행이었다. 숨을 고를 겨를도 없이 나는 출판사로 통하는 낡은 목조 계단을 밟고 올라갔다. 삐걱거리는 계단 소리는 더욱 크게 울렸고 몇 번이나 고꾸라질 듯 휘청거리면서 나는 간신히 사무실 문 앞에 섰다. 어느새 나의 온몸도 땀으로 미역 감은 것 같았다. 그를 내려다가 벽에 기대놓고 주머니에서 열쇠를 꺼내어 더듬더듬 문을 열고 불을 켠 다음, 이제는 완전히 무너져 내린 그를 들쳐 안고 책상 위로 옮겼다.

　피구득은 여전히 의식을 차리지 못하고 가늘게 신음만 하고 있을 뿐이었다. 평소엔 꺼무튀튀하던 그의 얼굴이 밀랍처럼 창백해 보였다. 나는 급한 대로 서랍을 뒤져 약솜과 머큐로크롬을 꺼내 그의 손을 닦아냈다. 붕대도 없어 빨아둔 러닝셔츠를 찢어내어 상처에 동여매고는 열이 오르기 시작하는 그의 이마에 찬 수건을 덮어주었다. 그리고 마치 애벌레처럼 몸을 구부리고 있는 그의 빈 고치 같은 여윈 몸 위에다 나의 낡은 담요를 덮어주었다.

나는 어둠이 짙게 쌓인 창밖을 내다보았다. 건너편 선창가에선 여전히 네온사인이 어지럽게 명멸하고 있었고 부두의 매미집에선 노랫소리가 새어 나왔다. 저 사내는 어쩌자고 이놈의 동내에 얼쩡거리면서 저 같은 수모를 자청하는 것일까. 왜 그는 이 밤 아무런 인연도 없는 나의 초라한 숙소에서 상처 입고 지친 육신을 누이고 있어야 하는가. 얼마나 누추한 것이었든 그에게도 자신만의 지난 세월이 있을 것이었다. 나는 피구득의 남루한 영혼에 대해 연민을 느꼈지만 그만한 부피의 분노도 느끼지 않을 수 없었다. 피구득을 향한 것인지 그에게 주먹질을 한 사람에게인지 아니면 무력하기만 한 나 자신에게인지도 모를 분노였다. 싸아하게 할퀴어진 마음 한 귀퉁이를 부두의 탐조등 빛기둥이 허공으로부터 날아와 핥고 지나갔다.

다음 날 오전 나는 못마땅한 듯 연신 혀를 차대는 선배로부터 돈을 얻어 피구득을 병원으로 데려갔다. 접수를 마치고 찾아보니 피구득은 병원 출입문 옆 벽 한구석에 쪼그려 앉은 채 구구구거리며 바쁘게 쫓아다니는 한 떼의 비둘기에게 시선을 던지고 있었다. 찢어지고 멍든 얼굴이었으나 그는 무엇인가 골똘히 생각하는 낯빛이었다. "피 선생" 하고 부르는 나의 소리를 그는 듣지 못한 듯했다. 나는 두어 걸음 더 다가서며 그를 다시 불렀다. 그제야 그는 고개를 힘겹게 들어 올리더니 나를 보고 웃는 시늉을 했다.

"진찰받으러 안으로 들어갑시다."

그러나 그는 꼼짝 않고 다시 허공으로 눈길을 주고 마는 것이었다. 나는 한참을 무르춤하게 서 있다가 그의 곁에 그와 똑같은 자세로 주저앉았다. 늦가을 햇살이 제법 따사로웠다. 오전의 병원은 어쩐 일인지 한가로웠는데, 잎사귀를 다 떨군 등나무 벤치엔 환자복을 입은 사람 서넛이 해바라기를 하고 있었다. 피구득이 뚜벅 입을 연 것은 그때였다.

"이보게, 행자님. 자네 창탕이라는 곳에 가본 적 있나?"

피구득의 목소리라고는 믿어지지 않을 만큼 낮고 침중한 목소리였다. 그의 말투가 낯설어 나는 침묵을 지켰다. 잠깐 사이를 두고 그는 스스로 대답하기 시작했다.

"그곳은 히말라야의 북부에 있는 고원 도시라네. 코빈다라라는 불가리아 출신의 라마 승려가 있었지. 그는 20세기 초에 히말라야산맥을 넘어 티베트로 순례를 떠났다네. 거기서 그는 마치 꿈속과 같은 아름다움의 절정을 맛보았다네. 거대하고 힘차게 흘러 헤아릴 수 없는 심연으로 떨어지는 폭포수, 회색빛 이끼가 두텁게 덮인 거대한 침엽수들, 춤추는 듯이 섬세하고 밝은 녹색의 화환으로 장식된 덩굴들, 새파란 호수와 금빛 언덕, 멀리 펼쳐진 고원 위의 만년설, 그리고 그 위에 작열하는 황금의 태양을 그는 보았네. 신비와 경건함이 가득 찬

유목민도 만났지."

나는 도대체 이 사람이 무슨 소리를 하고 있는 건가 하고 그를 치올려보았다. 그는 내 시선을 묵살하고 느릿한 어조로 말을 이었다.

"그 라마 승려는 그곳에서 영원을, 한 구루(스승)를 만났다네. 그리고 그에게서 진리를 얻었다네. 그는 구루에게서 한 시구도 얻었지."

피구득은 이어서 그 시구를 천천히 암송하기 시작했다.

"그리하여 너희는 이 무상한 세계의

모든 것을 생각할지어다.

새벽녘의 별 하나, 작은 개울을 이루는 물방울들,

여름날의 구름을 뚫고 지나는 번개의 섬광,

명멸하는 등불, 환영, 그리고 꿈……"

지금 생각해보면 비록 얻어터져 퉁퉁 부은 얼굴과 쉬고 갈라진 목소리였어도 그는 어떤 시인보다 더 시인다웠음에 틀림없다. 그는 다시 말을 이었다. 이번에는 거의 알아들을 수 없을 만큼 낮은 목소리였다.

"나는 항상 그곳으로 달려가는 꿈을 꾸지. 그런데 내게는 길이 없다네."

나는 어안이 벙벙해서 뭐라고 대꾸할 말이 떠오르지 않았다. 그저 말없이 그의 곁에 앉아 있다가 진찰실에 제출해야 할 수납 카드를 아직도 그대로 쥐고 있음을 뒤늦게 깨달았다.

황황히 외과 진찰실로 뛰어 들어갔다가 나왔을 땐 그는 이미 그 자리에 없었고 그가 앉았던 자리엔 햇살만이 소복하게 쌓였을 뿐이었다.

내가 피구득의 살아 있는 모습을 본 것은 그것이 마지막이었다. 그렇게 그날 피구득이 사라지자 사람들은 그가 벌였던 그 끔찍한 해프닝과 연결시켜 그의 행방을 궁금해했다. 사실 그날 피구득에게 수모를 준 시인 역시 무어 큰 죄가 있으랴. 피구득의 행패를 응징하려던 것뿐이었던 그는 피구득의 반응이 그렇게 격렬하게 나타나는 바람에 오히려 가해자로 몰린 셈이었다. 보기에 따라서는 피구득은 그에게 마지막으로 가장 큰 행패를 부리고 사라졌다고도 할 수 있을 것이었다.

피구득이 나타나지 않는 기간이 길어질수록 그에 대한 사람들의 관심은 엷어졌지만 나는 그의 종적에 신경이 쓰였다. 그러나 여기저기 수소문해서 찾아볼 생각만 가졌을 뿐 차일피일 미루고만 있었는데, 그가 사라진 지 두 달쯤이나 지났을까, 하루는 생각지도 못한 전화가 걸려왔다.

"여보세요" 하는 내 목소리에 이어 상대는 다짜고짜 피구득을 아느냐고 물어왔다. 엉겁결에 그렇다고 대답하자 전화 속의 사내는 "저, 그러면 그 사람이 마지막으로 다녀간 게 언제쯤이오" 하고 다시 물어왔다.

"피구득 씨는 왜 찾으시는가요?"

나는 대답하기 전에 조심스레 되물었다.

"아, 나는 피구득이의 어릴 적 친구요. 이 친구가 요즘 하도 나타나지 않아서 여기저기 알아보다 누가 당신네 출판사에 물어보면 알지도 모른다고 해서 전화를 해봤소. 글쎄, 워낙에 도깨비 같은 놈이긴 하지만 이렇게 오래 연락을 끊은 적은 없었는데……"

나는 피구득이 사라지기 전의 행각을 기억나는 대로 자세히 설명해주었다. 사내도 그 이후의 이야기는 더 아는 게 없는 모양이었다. 난감한 듯 입맛을 쩍쩍 다시는 소리가 전화선을 타고 들려왔다.

"꼭 형씨에게 하는 말은 아니지만 사람이 그 지경이 돼서 사라졌으면 그쪽 사람들도 좀 찾아보든지 해야지……"

사내의 목소리가 힐난조가 되었다. 나는 아무 대답도 하지 않았다. 사내는 다시 혀를 차는 기색이더니 전화번호를 가르쳐주며 혹시 행방이 알려지면 연락해달라고 부탁하곤 전화를 끊었다. 전화가 끊긴 뒤에도 나는 한참 동안이나 사무실을 서성거렸다. 피구득은 지금 어디쯤에서 헤매고 있을 것인가. 자신이 말한 대로 정말로 저 먼 히밀라야 고원에라도 찾아갔단 말인가. 해답 없는 상념이 꼬리를 물고 일어났다.

내가 피구득의 친구라는 사람을 찾아간 것은 그러고도 거의 일주일이나 지난 후였다. 전화를 통해 확인한 그의 가게는 그 도시의 변두리에 위치한 공장 지대의 한 귀퉁이에 있었다. 화물차의 매연이 물씬한 황량한 공단 뒷길에는 공구 재생수리점 오륙십 개가 양편으로 죽 늘어서 있었다. 간판도 제대로 달려 있지 않은 채 갖가지 기계의 녹슨 부품들이 어지럽게 쌓여 있는 비슷비슷한 점포들 사이에서 삼십 분 가까이나 헤맨 끝에 나는 간신히 그의 가게를 찾아낼 수 있었다.

폐물 전동기의 껍질들이 먼지를 둘러쓴 채 켜켜로 쌓여 있고 그 곁에는 굵은 전선 다발과 녹슨 대형 용수철, 그리고 볼트와 너트 따위가 너저분하게 쌓여 있는 서너 평 남짓한 좁은 공간에서 한 사내가 전기 숫돌을 돌리며 쇳조각을 갈고 있었다.

"저어, 아까 전화한 사람입니다만……"

요란한 쇳소리에 내 소리가 묻혀버린 듯 사내는 기척이 없었다. 나는 목청을 높여 같은 말을 반복했다. 그제서야 사내는 천천히 고개를 돌렸다. 그러나 앉으라거나 하는 의례적인 인사도 없었다. 여기저기 검댕이 묻은 꺼멓게 탄 얼굴로 그저 나를 빤히 바라볼 뿐이었다. 그를 불렀으나 정작 무슨 말을 꺼내야 할지 얼른 생각이 나지 않았다. 나는 침을 꿀꺽 삼켰다. 그러고는 그의 옆에 놓인 때 묻은 의자에 엉덩이를 걸쳤다.

"저어 피구득 씨와는 얼마나 오랫동안 알고 지내셨습니까?"

나의 조심스런 질문에 그는 비로소 숫돌을 멈추며 도전적인 어투로 대답했다.

"얼마나 오래된 친구냐고? 그거야 물론 오래됐지. 그 녀석과 난 불알친구였으니까. 우린 말이오, 둘 다 고아 출신이야. 어려서 굶기도 많이 굶었지. 초등학교 삼학년 때던가? 학교를 파하고 고아원으로 돌아오는데 워낙 배가 고파서 말이지, 남의 집 처마에 걸린 바구니를 훔쳐다 그 안에 담긴 삶은 통보리를 몰래 먹은 일도 있소. 그걸 훔쳐 먹고는 삭이질 못해 하루 종일 물똥을 싸고 다녔지……"

그러고는 그는 천천히 피구득의 내력을 들추어냈다. 사내의 이야기에 의하면 다행인지 불행인지 피구득에겐 영민한 두뇌가 있었던 모양이었다. 그 시절 가난한 수재가 대체로 그렇듯 자신밖에는 기댈 데가 없었던 그는 철들자 밤낮없이 공부에 매달렸다는 것이었다. 고아원에서 시오리 떨어진 면내의 중학교를 수석으로 입학한 덕에 공짜로 학교를 다녔던 그는 인근 도회지의 명문 학교를 갈 수 있었음에도 불구하고 단지 장학금을 얻기 위해서 군내의 농고로 진학했다는 것이었다. 그 무렵 피구득의 노력은 눈물겨운 바가 있었다는 것이다. 교과 과정의 대부분이 작물 재배 따위의 실습에 배당되어 있어서 대학입시에 필요한 공부는 거의 독학으로 해치웠다는 것이었다. 그리고 그는 이 도시의 국립대학 경영학과에 입학했는데 출신 학교에선 오랫동안 화제가 되기도 했었다는 것이었다.

"나야 원래 공부에 취미가 없기도 했지만 대학 들어갈 형편도 못 돼 한두 해 고아원 잔일을 거들다가 이곳으로 빠져나왔소. 그나저나 구득이 놈은 대학에 들어간 후론 고아원엔 코빼기도 비치지 않았소. 그놈을 내가 다시 만난 것은 부두의 하역 노동자로 일하고 있을 때였소. 퇴근길에 우연히 길바닥에서 마주쳤는데 녀석은 아르바이튼가 뭔가 하러 가는 길이라면서 몹시 바쁜 눈치였지. 그땐 나도 고생이었지만서두 그놈역시 허울만 대학생이었지 굶기를 밥 먹듯 했는가 봅디다. 못먹어 얼굴이 누렇게 떠 있는 꼴이라니…… 어쨌거나 그놈은학생이고 나는 노가다 신세라 자주 만나지지는 않습디다. 그러고 몇 년인가 있다가 그놈이 은행인가에 취직했다는 소리만 풍편으로 들었소."

사달은 대리로 있던 피구득이 과장 승진을 막 앞두고 터진모양이었다. 자신이 담당한 한 회사에서 거액의 부정 인출 사건이 터진 것이었다. 그는 실적을 올리기 위해 회사 측에 비밀 구좌를 만들어주고 예금을 유치했었는데 회사의 경리 직원이 돈을 찾아내선 종적을 감춰버렸다는 것이었다. 비밀 구좌에서 돈이 새 나간 만큼 회사는 경리 직원과 피구득이 공모한 것으로 단정해 그를 경찰에 횡령 혐의로 고발해버렸다는것이다.

피구득은 경찰에 연행돼 근 보름 동안이나 취조를 받았다는 것이었다. 거기서 그는 말할 수 없는 고초를 당한 모양이었다. 모진 고문 끝에 그는 횡령 혐의의 공모자가 되어 구속까지 되었는데 1심 판결이 끝나갈 즈음 경리 직원이 붙잡히는 바람에 풀려나기는 했으나 그때는 이미 그의 영혼까지 망가져 있었다는 것이었다.

"그놈이 그 지경이 됐다는 소식을 나중에야 전해 듣고 그래도 불알친구인데 싶어 물어물어 찾아가봤더니만 글쎄 그놈 꼬라지가 말이 아니더라구. 하숙집에서도 쫓겨날 신세가 되어 있었고 무죄 판결이 났다지만 은행에서도 그를 다시 받아들일 눈치도 아니고…… 결혼할 여자가 있었는데 그 사달 끝에 파혼당했다는 이야기는 나중에 안 거구. 하여튼 방문을 척 열어보니 방 한 귀퉁이에 쪼그리고 앉아 알아들을 수 없는 소리를 웅얼거리고 있는 꼴이 사람 하나 잡았더라구…… 고아원 때 친구 몇을 불러 모아 의논 끝에 시립 정신요양원에 밀어 넣었는데 육칠 개월 있다 퇴원한 뒤론 증세가 좀 호전되긴 했는데 그러고 나선 이번엔 어디론가 소문도 없이 떠돌아다니는 병이 생기더라구, 나 참."

무뚝뚝하고 거친 사내의 어조가 그 대목에 이르러선 축축하게 떨려 나왔다.

"삼사 년 전부턴 제 꼴에 시인이 된다나 어쩐대나. 시집 나부랭이를 끼고 들락거리기도 합디다만 말려도 될 일도 아니고 해서 그대로 두었더랬소. 그동안 한두 달씩 보이지 않다가 불쑥 나타나곤 한 적은 있었지만 이번엔 너무 오래 안 보이는구먼. 행려자 보호소니 복지원이니 찾아다녔지만 헛수고만 하고 말았소. 그래 경찰에다 가출인 신고를 해놨소만……"

그러더니 그는 갑자기 말을 끊었다.

"그나저나 처음 보는 양반에게 쓸데없는 소릴 너무 많이 지껄인 것 같군."

그러고는 다시 전기 숫돌의 전원을 켜고는 하던 일을 마저 하기 시작했다. 할 말 다 했으니 이제 가보라는 듯이. 나는 하릴없이 피구득이에게서 연락이 오거든 내게도 알려달라고 부탁하고 일어날 수밖에 없었다.

그 사내에게서 연락이 온 건 다시 한 달쯤 지난 후였다. 마침 각 학교들이 교지를 낼 때라 서너 건의 출판 의뢰가 들어왔고 모처럼 밀어닥친 그 물량들을 제때 맞춰내느라 나는 파김치가 되어 있었다. 정신없이 일을 하고 있는데 전화벨이 울렸다.

"여보시오" 하는 탁한 음성에 이어 다짜고짜 "저번에 우리 가게를 찾아왔던 사람이오?" 하는 소리가 들렸다. 나의 대답이 나오기도 전에 그는 말을 이었다.

"저기…… 말이오. 구득이가 죽었소."

"뭐라구요?"

나의 어조가 튕겨 올라갔다. 난감한 듯 사내는 입맛을 쩍쩍 다시더니 곧 빠른 어조로 그간의 경과를 설명하기 시작했다.

"경찰에서 연락이 왔어요. P시에서 죽었다고 말요. 그 자식 죽어도 참 더럽게 죽었지…… 그래서 시외버스 터미널에 나왔다가 갑자기 당신 생각이 나지 않았겠소. 그래도 말야, 누구 하나 챙겨주지 않는 그놈 행방을 당신이 찾아다니는 것 같길래 이렇게 전화라도 하는 거요."

P시라면 여기서 버스로 한 시간쯤 걸리는 곳이었다. 사내의 말에 따르면 피구득은 거리의 버려진 방범 초소 안에서 웅크려 자다 갑자기 닥친 추위에 얼어 죽고 말았다는 것이었다. 그 끈질긴 생명력을 보이던 피구득의 죽음치고는 참으로 어처구니없는 죽음이 아닐 수 없었다. 나는 전화를 붙들고 사내에게 물었다.

"그럼 지금 찾아가는 곳이 어딥니까?"

"시신이 지금 P시 시립병원에 안치되어 있답디다. 그래서 거기서 시신을 확인하고 인도받아 올 작정이오."

사내와 내가 P시 시립병원을 찾았을 때는 이미 해가 저문 후였다. 본관 뒤편의 허름한 독립건물의 지하실이 행려자들의 시신을 보관하는 영안실이었다. 입구의 경관에게 용건을 말하고 우리는 문을 밀고 들어섰다. 회칠이 벗겨진 콘크리트 벽에선 냉기가 감돌았고 죽은 이의 신원을 확인하려는 유족 몇 사람이 을씨년스러운 표정으로 서성이고 있었다.

"저기요."

안내하는 경관이 조그만 철제관들이 빽빽이 칸 지어진 곳을 손가락으로 가리켰다.

사내가 앞장서서 철제문 가운데 하나를 열고 내장된 서랍식 관을 끌어냈다. 사내에 의해 끌려온 관 안엔 피구득의 시신이 아직 염도 되지 않은 채로 담겨 있었다. 시퍼렇게 얼어 있었으나 그의 얼굴은 의외로 말짱했다. 오랫동안의 부랑 생

330

활 때문인지 그가 걸친 옷은 넝마와 방불했고, 땟자국이 가시지 않은 모습이었으나 죽은 그의 얼굴은 창백했고 입술은 파리하게 굳어 있었다. 비루함과 교활함마저도 떠나버린 빈 육신 위엔 그저 적막만이 감돌 뿐이었다. 나는 그의 시신에서 눈을 떼었다. 그리고 이번엔 나 스스로 그의 관을 밀어 넣었다. 그의 말라버린 시신을 담은 관은 비정하리만큼 가벼웠다. 그리고 천천히 돌아서는데 무언가 발에 걸렸다. 내려다보니 피구득이 늘상 메고 다니던 바랑이었다. 그것을 집어 들고 열어보니 때 묻은 몇 점의 옷과 다리가 부러진 선글라스, 구겨진 종이 뭉치, 그리고 테두리가 너덜너덜해진 그의 시작 노트가 굴러 나왔다. 나는 노트를 집어 들었다.

한겨울 산바람은 몹시 추웠다. 교외의 화장장 굴뚝에선 검은 연기가 연신 피어오르고 있었고, 잇달아 들이닥치는 장의차는 소름 돋은 얼굴의 문상객을 우르르 쏟아내고 있었다. 나는 구둣발로 얼어붙은 땅바닥을 헤집으면서 이제는 피구득의 육신과 함께 재가 되어버렸을 그의 노트 생각을 하고 있었다. 피구득의 관이 막 전기 화로 안으로 밀려들려는 순간 나는 그 노트를 화부에게 건네주며 관과 함께 태워달라고 부탁했었다. 화부는 별 이상한 놈도 다 있다는 뜨악한 표정으로 스르르 밀려가는 피구득의 관 위에 그 노트를 집어 던졌었다.

그날 그 을씨년한 영안실을 빠져나와 출판사로 돌아오는

버스의 흐린 조명 아래서 펼쳐본 피구득의 노트엔 수백 편의 시들이 깨알 같은 글씨로 적혀 있었다. 그러나 그건 그의 작품이 아니었다. 그것은 발표된 기성 시인들의 작품을 일일이 베껴 적은 것들이었다. 언젠가 병원 뜨락 앞에 쭈그려 앉아 내게 들려주었던 티베트 고승의 선시도 그 가운데 한 편이었다. 눈물겹다고나 해야 할까, 안타깝다고나 해야 할까, 앞 장이 닳아 너덜너덜해진 그 노트엔 피구득의 짧은 삶에 점철된 좌절과 분노, 고독, 그리고 구겨지고 찢어진 영혼과 육신이 한데 뭉쳐져 있는 느낌이었다.

　화장이 계속되는 동안 사내와 양지 쪽에 서서 담배를 나눠 피우면서 나는 내가 이 도시를 떠날 때가 되었다는 생각을 했다. 내가, 그리고 피구득이 빌붙었던 그 도시에 대해선 아무것도 생각하고 싶지 않았다. 나는 천천히 언덕길을 내려왔다. 건넛산에서 매운 산바람이 얼굴을 때리고 지나갔다.

순정한 세계를 꿈꾸는 아이디얼리스트의 글쓰기
—강동수 소설의 에토스와 꿈

정훈(문학평론가)

1

근대 이후의 소설이 세계와 불화하는 인간의 행로를 그린 문학 텍스트라는 사실에 동의한다면, 소설은 문제 해결이 아니라 문제를 의식하고 제기하는 인간의 궁극적인 물음을 탐색한다고 볼 수 있다. 작가가 창조한 인물은 그렇기에 우리 인간이 지니고 있는 다양하고 복잡한 속성 가운데 하나를 집중적으로 묘사하고, 파헤치고, 해부한다. 이는 작가의 상상력이 넘겨받은 기능이기도 하지만, 결국 현실 속 인간의 단면을 끈질기게 탐구하면서 밝혀낸 작가의 인간관이 응축된 결과이기도 한 것이다. 하지만 소설 속 세계라고 해서 상상력의 산물일 뿐이라고 여긴다면 소설을 읽는 의미는 퇴색하기 마련이다. 그러니까 소설은 세계를 어떤 방식으로든 '재현'하면서 어떤 가능성을 제시하는 언어의 산물이다. 여기에서 작가의 세계관은 이야기의 한 축을 담당한다. 세계관이란 세계를 바라보는 시각이기도 하지만, 마땅히 그래야만 하는 세계의 어떤 비전을 작가의 의식에 간직하면서 그런 사회나 세상이 비추는 '꿈의 잔영'을 인물들이 어떤 방식과 행동으로 반영하는지 보여주는 쓰기의 방식이기도 하다.

이런 점에서 본다면 강동수의 소설 쓰기는 일종의 작가적 이상이 되비치는 과정이자, 작가가 현실에서 감각하고 끄집어내는 풍경 언저리에 그늘처럼 남아 있는 실존의 흉금을 밝혀내는 지난한 스케치라고 할 수도 있을 것이다. 대부분의 작가가 그런 것처럼 강동수 또한 세계가 하나의 완전한 존재체라고 보지는 않는다. 그의 기억에서 길어 올린 체험적 양상은 여러 인물과 상황을 통해 변형되거나 뒤틀린 채로 형상화된다. 소설은 작가가 세계를 이해하고서야 비로소 말하게 되는 장르의 형식이긴 하지만, 불온하고 아이러니한 상황에서 인물이 선택하게 되는 운명의 길을 가만히 지켜보면서 이들이 결국 맞닥뜨리게 되는 삶의 장벽의 무늬를 그리는 캔버스이기도 한 것이다. 개연성의 논리가 이끌어가는 존재의 길은 문제적 개인의 속성에 들어 있는 의지와 실천이 만들어나간다. 현대소설이 내면의 심부(深部) 못지않게 사건에 휘말리게 되는 인간의 행동을 중요하게 다룬다는 점에서는 강동수의 소설도 다르지 않다. 그의 소설은 작가의 이상이 어떤 지점을 향하고 있는지 얼핏 떠올리게 한다.

이번 단편선집을 훑으며 알 수 있는바 그의 소설에는 현실 세계의 불온한 장벽에 부딪쳐서 일그러질 수밖에 없는, 그래서 좌절과 절망의 그늘 속으로 잠입할 수밖에 없는 상황에서 인간이 선택하게 되는 최선의 방책이 무엇인지 고민한 흔적이 가득하다. 사랑과 평화, 그리고 생명이 지니는 가치의 재발견과 함께 행복한 삶의 조건을 구성하는 이들 요소의 결락이 인물들로 하여금 어떤 방식의 삶의 태도로 귀결하게끔 추동하는지 작가는 보여준다. 한때 순수한 열정으로 세계를 바꾸려고 했지만 '당연하게도' 세상의 중력에 흡수되고 마는 수많은 사람의 변색된 이상은 아마 작가에게도 찾아왔을 것이다. 그러므로 소설은 꿈꾸었지만 좌절될 수밖에 없고, 다른 방향과 색채로 그 꿈을 전이시킬 수밖에 없는 인간의 지난한 고민의 속내를 살필 수 있는 공간이기도 하다.

단편선집에 실린 작품들은 첫 소설집인 『몽유시인을 위한 변명』(문학과지성사, 1997)을 비롯해서 소설집인 『금발의 제니』(실천문학사, 2011)와 『언더 더 씨』(호밀밭, 2018)에 수록되어 있다. 단편이 주는 강렬한 이미지와 밀도 높은 주제를 박진감 있게 끌고 가는 솜씨는 모든 소설가에게 요청되는 능력이라고 할 때, 강동수의 소설에는 이러한 능력과 아울러 두

터운 현실의 벽을 파헤치려 하지만 번번이 허무와 상실로 발길을 돌리게 되는 어떤 스산한 기분과 빛깔을 빚어내는 경향이 짙음을 볼 수 있다. 이 점과 관련해서는, 1980~90년대에 걸쳐 전 세계적으로 진행되었던 이념의 와해와 신자유주의의 팽배가 수많은 지식인에게 일종의 무력감과 함께 어딘지 모를 열패감을 주었던 게 사실이다. 이와 함께 각종 '후일담' 유의 작품이 양산되면서 한국문학의 지평에 한동안 그늘이 드리웠던 정황도 우리는 잊을 수 없다. 무엇이 작가들에게 회상의 세계에서 못내 아쉬운 듯 잃어버린 전망을 복기하게 했을까. 이는 작가를 포함한 문학의 장(場)에 지각 변동이 찾아왔다는 조짐의 일종이 아니었을까. 원래 세계는 변화무쌍한 법이고, 신념이나 사상과는 무관하게 뜻하지 않는 곳에서부터 발원하는 우연한 낌새가 사람들을 당황하게 하면서 새로운 미래를 점치게 하는 것이다.

이런 혼란한 세계에서 우리는 '성숙'이라는 상태의 변화로 과거를 되짚을 수가 있다. 순수한 이상을 꿈꾸었던 인물이 세파에 깊숙이 발을 들여놓는 순간 없어지는 것은 무엇이며 얻게 되는 것은 무엇인지 산술적인 통계를 내기는 힘들지만, 지난날의 용기와 희망이 어떤 변화를 거쳐서 평범한 '생활인'이나 '소시민'으로 사람들을 '전락'하게 하는지 숙고할 때가 있다. 생활인이나 소시민이라고 해서 정열을 잃어버린, 말랑말랑하고 실없는 개체라는 뜻은 아니다. 이것은 낙관적인 전망을 품었던 꿈과 바람이 시간의 너울을 헤치면서 더욱 복잡한 과정을 거쳐 조밀해지고 다양한 양상으로 폭넓어진 사실과 관계가 있다. 한때 진리나 정의라고 여겼던 것이 훗날 '순수'나 '아름다움'을 가린 채 전면화된 헛된 구호에 지나지 않았음을 깨닫게 되는 경우가 있다. 이 역시 젊은 날의 치기 어린 열정과 의지 과잉의 산물일 수도 있지만, 세계의 지평이 점점 넓어지는 가운데 알게 되는 삶의 덕목이 보태진 경우라 볼 수도 있는 것이다.

이런 의미에서 「금발의 제니」가 제기하는 세계의 풍경을 들여다볼 필요가 있다. '영준'과 화자인 '인길', 그리고 영준의 대학 후배이자 영준과 결혼했지만 이혼한 '은영', 이 세 사람의 청춘과 방황을 그린 작품에서 작가는 젊은 날의 꿈과 이상이 어떤 경로로 일그러지면서 휘발되는지 스토리를 잔잔하게 펼치면서 지난날의 기억을 더듬어 보여준다. 운동권에 몸담으며 활동하다가 경찰에 쫓기는 신세가 되면서 숨을 곳이 마땅치 않게 되자 영준의 자취방에 얹혀 더부살이하던 중 우연히 알게 된 은영은 인길에게는 소설 제목처럼 '금발의 제니'였다. 작품의 주된 이야기는 중·고등학교를 함께 다닌 영준과 인길이 십칠 년 만에 만나 두 사람의 기억에 공통으로 존재하는 그들만의 추억과 사연을 돌이키는 것으로 이루어져 있지만, 사실 은영을 둘러싼 두 사람의 아픈 기억에는 잃어버린 세계와 그 아름다웠던 세계를 더 이상 찾을 수 없다는 현실 인식이 어지럽게 교차하고 있다. 영준에게는 사랑의 결실로 이룬 결혼이었지만 결국 헤어지게 되었으며, 인길에게는 오랜 친구의 애인이었지만 의지로도 어찌할 수 없는 연정을 품었던 여자였던 셈이다.

나는 묵묵히 은영의 이야기를 듣고만 있었다. 미국으로 떠나기 직전 영준과 함께 부산을 찾아왔던 신혼의 은영이 떠올랐다. 은영은 그때 얼마나 눈부시게 아름다웠던가. 그때 그녀의 얼굴이 결실을 맺은 사랑에 대한 자랑스러움과 미래에 대한 희망으로 가득 차 있었던 것을 나는 기억했다. 저녁을 먹는 자리에서 연신 농담을 주절거리면서도 가슴속 한 귀퉁이로 까닭 모를 상실감이 안개처럼 축축이 스며들던 것도. 그런데 십삼 년의 세월은 아교를 바른 것처럼 한 치의 틈도 없이 단단하게 붙어 있던 두 사람을 떼어놓을 만큼 그렇게 길고도 황폐한 시간이었던 것일까.

"이런 이야기…… 하면 뭘 해요. 다 지난 일인데……"

띄엄띄엄 몇 마디 이야기를 꺼내던 은영이 말을 끊었다. 그리고 우정 밝은 표정을 지었다.

"그래두 가끔 옛날 생각이 나요. 그 사람이랑 형이랑 어울려 술 마시고 놀러 다니고 하던 일…… 형을 만나게 돼서 기뻐요."

다시 내 마음 깊은 곳에서 그 옛날의 격정이 솟아올랐다. 마주 앉은 은영의 모습이 갑자기 흐릿해졌다. 그녀의 말소리가 먼 곳에서 울리는 종소리처럼 아득하게 들렸다. 흩어진 민들레 씨앗들

이 종소리처럼 하늘을 둥둥 날아다니고 있었다.(154~155쪽)

　우연히 걸려 온 은영의 전화로 재회하게 된 인길과 은영이 마주 앉아 대화를 나누는 장면이다. 인길에게 은영은 고단했던 젊은 날 구원의 손길처럼 다가왔던 존재였다. 그가 학생운동으로 감옥에 있는 동안 바깥소식을 듣기 위해 하는 수 없이 '위장 약혼녀'로 영준과 상의해 은영을 택했을 때, 잠시 면회 온 은영에 대한 기억도 잊지 않고 간직하고 있는 인길이었다. 친구를 매개로 알게 된 은영이지만, 인길로서도 특별한 인연이 아닐 수 없는 존재인 것이다. 이러한 은영의 존재가 인길에게는 머나먼 꿈결처럼 인식되었을 것이고, 인용한 대목처럼 "그녀의 말소리가 먼 곳에서 울리는 종소리처럼 아득하게 들렸다. 흩어진 민들레 씨앗들이 종소리처럼 하늘을 둥둥 날아다니고 있었다"는 표현으로 형상화된다. 이제는 찾으래야 찾을 수 없는 잃어버린 이상과 젊음을 오롯이 응축하고 있는 은영의 모습을 통해 작가는 급변한 세태 속에서 정작 놓치고 있었던 꿈이 무엇인지 묻는 듯하다.

2

　「금발의 제니」가 제시하는 주제는 「그 여름, 유리의 성에서」에서 한결 그로테스크하면서도 직접적인 양상으로 형상화된다. "멋진 선장 시인"이 되는 게 꿈이었던 화자는 변변한 직장 없이 시를 쓴답시고 끙끙거리는 청년이다.

　나는 골방에 틀어박혀 날마다 시를 쓴다고 끙끙거렸다. 선장이 되지는 못하더라도 아름다운 서정시를 쓰는 시인이 되는 꿈까지 포기할 수는 없었다. 그 골방은 원래는 허드렛짐이나 넣어두는 다락이었지만 집에는 방이 한 칸밖에 없었으므로 나와 동생이 크면서 돗자리를 깔고 방으로 개조한 것이었다. 그래서 겨울이면 외풍과 냉기 때문에 코끝이 얼어붙을 지경이었고 여름이면 찜통을 방불케 했다. 나는 공고를 나와 조선회사에 다니는 동생 녀석과 그 방을 함께 썼는데 멀대 같은 장정이 둘이나 그 좁아터진 방에 비비적거리자니 좀 갑갑하겠는가. 그러니 내가 건설회사의 경비원 자리를 탐낸 것은 당연한 일이었다. 제발 불 좀 끄고 자자는 동생의 지청구와 장승 같은 놈이 돈 한 푼 벌어오는 일도 없이 집안에서 빈둥거리면서 쓸데없는 전기세만 올린다고 다락 아래의 아버지로부터 박해를 받으면서도 나는 밤마다 시작에 혼신의 힘을 다했다. 그러나 나는 그 몇 해 동안 한 편의 시도 완성할 수 없었다. 눈을 감으면 아름다운 시상이 떠오르는 것 같아도 종이 위에는 한 줄도 옮겨 쓸 수 없었다. 밤새워 끙끙거리며 한 줄 써놓고 보면 분명히 어디선가 본 것 같은 시구였고, 허겁지겁 낡은 시집을 꺼내보면 반드시 그 비슷한 시상을 가진 시가 눈앞에 버티

고 있었다.(257~258쪽)

　화자는 신도시 건설 현장 복판에 들어선 모델 하우스의 경비 일을 시작하면서, 모델 하우스에 들어 선 갖가지 모양의 집에 자신만의 이름을 붙이곤 한다. "80평짜리는 당연히 정전이 되어야 했으므로 사정전(思政殿)이라 이름 붙였고, 64평형은 언젠가 찾아올 나의 왕비를 위해서 옥합루(玉閤樓)라 이름 지었으며 35평형은 봄꽃처럼 화려한 유원지의 입구가 정면으로 보인대서 완춘전(玩春殿)이었다"(264쪽) 식이었다. 경비 일을 보며 시작(詩作)을 게을리하지 않던 화자가 머무는 모델 하우스에, 평소 사람들에게 구걸하며 지내는 여자애가 우연히 들어와 잠을 자면서부터 일상에 균열이 생기기 시작한다. 사실 화자는 선장 시인이 되어 자신의 꿈과 이상을 시를 통해 펼쳐보이려는 야심에 몰두했다. 어찌 보면 누구나 한 번쯤 꿈꾸었을 법한 청년의 야망이요 희망이다. 이 작품의 화자 또한 비록 가난한 집안에 취직을 못해 집안에서 시집을 들추며 시를 쓰는 젊은이지만, 언제가 되었건 자신의 꿈을 잊지 않고 성취하기 위한 의지를 버리지 않았다. 하지만 현실은 청년에게 냉혹했으며, 그렇기에 어렵사리 단기 경비직을 하면서 장래의 소망을 간신히 붙잡아둔 것이다.
　「그 여름, 유리의 성에서」는 현실과 이상이 어지럽게 교차하면서, 이 두 단면이 부딪치는 경계에서 스파크처럼 튀는 삶의 어지럼증이 곳곳에 놓여 있다. 화자가 여러 시인의 시 구절을 짜깁기하여 그럴듯한 시적인 문구를 만들어낸다거나, 낮에 경비원 초소에서 잠을 자다 밤이면 랜턴을 들고 모델 하우스 주변을 둘러보다 모델 하우스 안 전시용 집을 자신의 궁전처럼 사용한다거나, 때아니게 갑작스레 방문한 노숙 소녀와 기묘한 동거를 하게 된 일 등이 그렇다. 소녀는 평소에는 바닷가 피서객들에게 먹을 것을 구걸하다가 밤만 되면 자신의 거처인 양 불쑥 찾아들어와 화자에게 밥을 얻어먹곤 잠을 잔다. 그러고는 이른 아침이면 사라지는 일을 반복한다. 하지만 우연히 짓궂은 청년들에게 맥주를 얻어 마시고 돌아와서 모델 하우스 안 전시용 집 화장실을 토사물로 더럽히곤, 다음 날 화자에게 그 현장이 발각되어 평소처럼 밤에 찾아온 날 쫓겨난 이후 한동안 보이지 않는다. 소녀는 거리에서 변사체로 발견되고, 화자는 경비 일을 그만두면서 작품은 끝을 맺는다.

'모델 하우스'란 공간은 사람들에게 안락한 보금자리의 꿈을 상상하게 하는 공간이다. 그것은 아직 오지 않은 미래의 공간이기도 하며, '희망'이란 이름이 잠시 머무는 곳이다. 소설의 화자인 청년 또한 그곳에서 시인을 꿈꾸며, 부귀영화를 누리는 상상에 빠져든다. 노숙 소녀는 하루를 구걸하고 사람들에게 천시받는 존재지만 그곳에서 천국과도 같은 잠을 잔다. 하지만 청년에게도 소녀에게도 모델 하우스는 그러한 자신들의 꿈을 산산조각 내어버리는 폭력과도 같은 곳이었다.

청년과 소녀의 우연한 만남은 꿈은 꿈에 지나지 않을 뿐이라는 자각을 일깨우게 하는 상징처럼 보인다. 꿈을 저당 잡히면서 그야말로 꿈만 꾸는 청년과, 애초 꿈이란 게 없었던 듯, 본능에만 충실한 나날을 보낸 노숙 소녀의 삶을 형상화하면서 작가가 말하고 싶었던 것이 무엇인지 생각한다. 이 시대의 희망이란 한갓 먼 데서만 손짓하는 신기루 같은 게 아니었을까. 현실은 누구라도 열심히 살면 성공할 수 있다는 환상만을 주는 허울만이 가득한 세계다. 그 속에서 살아가는 인간이란 헛된 줄 알면서도 달려가지만 늘 허깨비처럼 다가왔다 멀어지는 꿈을 좇기에 여념이 없다. 소녀의 구걸과 죽음은 청년에게 잠시 스쳐 간 비극일 뿐일지라도, 이 세계에서 영원히 지워지지 않는 순수한 정념의 실체를 생각하기에 충분하지 않았을까.

강동수는 이러한 이상과 현실의 괴리에서 벌어지는 인물들의 기묘한 행동에서 바로 우리가 어떤 세계에서 살아가고 있는지 되묻는 듯하다. 아무리 망가지고, 헐벗고, 비상식적인 일들이 횡행하고, 폭력과 거짓이 난무하더라도 현실을 거부한 채 자신만의 세계에 빠져들 때 생기게 되는 그로테스크한 실존의 양식을 생각해본다. 이들은 바로 우리가 낳은 사생아이다. 야속하게도 현실은 이들을 품에 안지 못한다. '주변인'이나 '소외계층'이라는 이름으로 '관리'하고 '보호'할 뿐이다. 그 이유는 사회를 어지럽히거나 불편하게 한다는 데 있다. 이들은 우리 사회가 질서나 체계라는 명목으로, 혹은 발전이나 진보라는 이름으로 조직한 체계적인 시스템에서 삐져나온 잉여물에 불과하다. 세계일보 신춘문예 등단작인 「몽유 시인을 위한 변명」에는 그런 인물의 특징이 적나라하게 구현되어 있다. '피구득'은 보통의 사람이 하나씩은 지니고 있을 법한 성격의 결점을 '완비한' 인물이다. 괴상한 행색의 옷차림부터 시작해서 거짓과 사기가 몸에 밴 시대의 기인이다. 그가 사람을 꾀어 돈을 받아내는 기술은 혀를 내두를 정도다. 그를 아는 사람들(주로 문학예술인)은 그의 수작과 기행(奇行)에 익숙한 듯 아무렇지도 않게 내버려두면서 놀려댄다. 그러니까 서술자처럼 그를 처음 알거나, 그에게 묘한 능력이라도 기대를 한 사람들은 영락없이 그의 농락에 넘어가는 것이다.

피구득의 삶은 사람들로부터 환멸과 멸시를 받으면서도 꼿꼿한 저만의 삶의 철학을 견지한다. 그에게도 저 높은 곳을 향하는 이상적인 세계가 자리 잡고 있는 것이다. 비록 사람을 교묘한 언변과 수작으로 속이면서 살아가지만, 우리 시대는 이러한 인물이 그렇게 해서라도 살아갈 수밖에 없는 조건과 환경을 충분히 조성하고 있다. 이른바 진실이 감쪽같이 또 다른 진실로 둔갑하는 세계에서는 무엇이 진실되고 무엇이 그릇된지 묘연한 상황이 되풀이된다. 소시민에게만 올바른 삶을 강요하는 세계에서는 거짓이 진실이라는 가면을 쓰고 다닌다. '기행(奇行)'을 일삼는 사람이 보는 세상과 '평범한' 사람이 보는 세상은 다르다. 평범한 사람의 눈에는 세상이 진실과 거짓으로 이루어져 있다고 생각하지만, 기인의 눈으로 보면 세상은 진실조차 기만의 다른 이름일 뿐이다. 이런 세상을 우리는 '요지경'이라고 곧잘 말하곤 한다. 요지경 같은 세상에서는 옳음과 그름, 진실과 거짓이 뒤죽박죽이 되어 있다. 이런 세계에서 제정신을 잃지 않고 살아가기란 얼마나 힘든가. 하지만 제정신을 차리면 약삭빠른 이들의 먹잇감이 되기 십상이니, 한때 아름답고 정의로운 세상을 향한 의지와 불꽃 같은 정열을 품었던 청춘에게 닥친 것은 불온함과 그로테스크한 현실의 장벽이다.

3

단편선집에 실린 작품은 제각각 장벽 같은 현실을 헤쳐 나가는 인물들의 고군분투가 도드라져 있다. 저마다 사연을 간직한 채 마음속 깊이 품은 꿈과 이상이 너덜너덜해지면서 조각나버리는 과정을 보면, 삶이라는 구속 상태를 벗어나기 위한 방법은 어디에 있으며 또한 우리에게 세상은 어떤 의미인가를 생각하지 않을 수 없다. 소설은 그런 인물과 그런 세계가 부딪치며 굉음을 자아내게 하는 마당이지만, 어쨌든 상실과 절망으로 가득 찬 세계를 재현하면서도 환한 세상을 만드는 일말의 가능성조차 전혀 주어지지 않는 건 아니다. 사람들은 좌절될 수밖에 없더라도 꿈을 꾸었다는 사실에 의미를 두면서 만족한다. 이건 '정신승리'를 말하는 게 결코 아니다. 인간에게 꿈은 유전된다. 세대와 세대를 거치면서 그것은 만들어지면서 더욱 큰 희망을 뒤 세대에게 안긴다. 그러므로 시간이야말로 눈에 보이지 않는 가치를 창출하거나, 그 가치의 의미를 일깨우는 묘약인 셈이다. 그러나 가출 카페에서 만난 아이들이 '가출팸'(가출과 패밀리의 합성어)이라고 하는, 한집에서 가족처럼 살아가면서 생긴 비극적인 사건을 다룬 「알록달록 빛나는」이나, '성장정지증 환자'로 살면서 세상과 절연한 채 하루하루 힘겹게 살아가지만 화자인 동생의 예상하지 못한 위험한 계획으로 그만 목숨을 잃고 마는 한 남자의 일생을 담은 「아를의 여인」의 경우에는 저도 어찌할 수 없는 운명 앞에서 망가져가는 존재의 허무함이 두드러져 있다. 우연이 개입하게 되었지만 소설적 필연이 되고 만 작품이다.

현대인의 마음을 사로잡는 것은 일회성 욕망 충족을 위해 소비되는 자본주의적인 상품만이 아니다. 우리는 흔히 자본주의적인 체계와 시스템을 비판하지만 자본주의만큼 인간의 본능과 감각을 충족시켜주는 사회체제도 없을 것이다. 자본주의는 투입한 만큼 산출해내는 원리를 가장 적나라하게 실현하는 이념이자 현실 체계이다. 그러나 이러한 '투입'이 노동이나 물질적인 기능만을 의미하지는 않는다. 투입에는 본능적인 욕망이나 이상 실현을 위한 정신까지도 포함되어 있다. 다시 말해 인간은 저 자신이 처해 있는 한계 상황을 이겨 내고, 이로써 자신을 둘러싼 단단한 숙명과도 같은 껍질을 뚫고 나오고자 하는 의지를 지닌 생명체이다. 여기에 현재의 상태가 지속되고자 하는 마음의 작용도 무시할 수 없다. 개인적이면서도 사회적인 에토스를 잃지 않고 유지하려는 본성이 이와 관련된다. 사람들은 보통 외부로부터 가해진 우연한 충격이 일상에 파문을 일으키는 일을 바라지 않는다.

강동수는 뜻하지 않게 조각나고 파괴되어버리는 인물의 삶을 보여주면서 중요한 진실 하나를 우리에게 은근슬쩍 내비친다. 가족이든 사회든 어떤 '관계성'에 빗금을 치거나 균열을 내면서 발생하게 되는 실존의 변형이 어떤 모양새를 내든 자신이 구축해나가는 새로운 세계에 온전히 자리잡아나가는 과정에서 잃지 말아야 할 인간의 품성이 그것이다. 이러한 인격, 혹은 개인의 에토스는 어떤 상황에서든 훼손할 수가 없다. 우연이란 이름으로 찾아오는 외부의 폭력이나 충격적인 개입이라고 하더라도 인간이라면 누구나 간직하고 있는 고귀한 덕목으로서 품성을 해치지 않는 상태를 유지하려는 마음 작용은 지금도 마찬가지로 유효하다. 이런 작가 의식은 이미 역사소설로 대중들에게 신선한 충격을 주었던 장편 『제국익문사 1, 2』(실천문학사, 2010)나 『검은 땅에 빛나는』(해성, 2016)에서 아무도 침해하지 않는 정치의식과 자유를 위해 고독한 길을 걸었던 주요 인물이 견지하려 했던 덕목이었던 것이다.

교사와 제자로 만나 사랑을 한 후 결혼하지만 아내의 외도로 이혼하며 각자 삶을 살아가는 중, 군대에 있는 아들의 사고로 다시 만나면서 과거를 반추하는 형식으로 된 「7번 국도」도 줄거리보다는 인물이 새로운 삶을 결단하는 과정에 의미를 찾을 수 있는 개성적인 작품이다. 개인마다 제각각 다른 양상을 보이는 성격이나 특징이지만 때에 따라서는 생뚱맞아 보이는 것조차 어떤 의미에서는 당사자의 순정한 판단과 믿음에 근거하는 경우가 흔하다. 따라서 우리는 어떤 이의 결정을 두고 섣부른 판단을 해서는 안 된다. 이는 소설 속 인물이 가지는 개연성과, 인물이 처한 상황의 맥락에서도 자연스럽게 진행되는 삶의 단면일 뿐이다. 이를 바라보고, 응시하고, 숙고하면서 점점 차오르게 되는 존재의 의문과 함께 깊이를 가늠하는 시간이 바로 독서의 시간이 아닐까.

떠난 아내를 생각할 때 분노가 치밀기보다는 의아했다. 그들 두 남녀의 마음을 물들였을 물감은 무엇이었을까. 저보다 나이가 많고 아이가 둘이나 딸린 유부녀를 사랑해 마침내 결혼까지 결심한 새 남편이란 사람의 마음속 빛깔과 무늬를 나는 알아챌 수 없었다. 호수처럼 풍파 없고 곡절 없는 결혼 생활을 작파하고는 두 아이를 버려두고 새 남자를 찾아 떠난 아내의 마음속 지도 역시 나는 그려낼 수 없었다. 아내와 그 남자의 못은 무엇이었을까. 내가 박아주지 못한 못은 또 무엇이었을까. 인생은 못 하나만큼의 오차로 걷잡을 수 없이 틀어지는 터널 설계도 같은 것일까. 혹은 술자리에서 낄낄거리는 농담 같은 것일까. 잠을 이루지 못하고 뒤척일 때마다 뒤꼍의 댓잎이 바람에 서걱거렸다. 하기야 사랑이건, 치정이건 내가 어쩔 수 있는 일은 아니었다.(18~19쪽)

「7번 국도」의 화자인 남편이 자신을 떠난 아내를 생각하며 떠올린 대목이다. 남녀 사이 결혼이나 이혼이 예전처럼 중요한 의례로 받아들여지지 않고 개인 '취향'에 따른 선택 문제가 된 지금의 눈으로 보면 위 대목이 그리 특별한 사연도 아닐 것이다. 아이가 딸린 여자가 멀쩡한 남편을 버리고 새로운 남자를 만나 살림을 차리는 일은 드라마나 현실이나 비일비재하다. 그러니까 결혼이나 이혼이 중요한 것이 아니라, 화자의 말처럼 "사랑이건, 치정이건 내가 어쩔 수 있는 일은 아니었다"는 사실이다. 같은 이상을 품으며 한 길을 걸을 것이란 약속이 먼 옛날의 소꿉장난 대화처럼 보인다. 작가는 뜻을 세워 행동으로 실천하는 중에 벌어지는 의도치 않은 상황을 덤덤히 받아들이는 사람의 태도에 관해 말하고 있는지도 모른다. 인간 세상이란 너무나도 복잡하고 다양해서 자신이 믿을 수 없는 일이라고 해서 객관적으로 믿기 힘든 일인 것은 아니다.

근대소설이 제기했던 문제의 핵심은 '무엇'이 아니라 '어떤' 방식으로 접근해야 하느냐이다. 죽음과 사랑 같은 소설의

해설 순정한 세계를 꿈꾸는 아이디얼리스트의 글쓰기 | **349**

흔한 주제도 마찬가지다. 자명한 개념과 가치를 두고 어떻게 접근해 들어가느냐 하는 문제가 소설 쓰기의 일차방정식이라고 할 때, 강동수 소설이 끈질기게 탐구하려 하는 것은 바로 인간의 태도와 삶의 방식인 것이다. 선택과 판단에 뒤따르는 인물의 성격이나 상황 변화를 직시하면서도 역사와 사회를 유지하는 가장 진실한 주체로서 인간에게 마지막 남은 '인간성', 이것이 인간이 인간이게끔 하는 본질적인 요소라고 역설하는 듯 보인다. 이럴 때 생겨나는 꿈과 이상을 좇는 한 인간의 고독한 분투와, 실패하거나 좌절하더라도 엄정하게 지난날을 복기할 수 있는 이성을 잃지 않는 사람의 일대기를 강동수는 소설 쓰기를 통해 우리에게 귓속말로 전한다. 이것이 또한 오염되거나 훼손되지 않는 순정한 세계가 무엇이었는지 늘 생각하는 지식인으로서 강동수 작가가 추구하는 문학적 실천이기도 하다.

등단한 지 어느덧 삼십 년을 맞았다.

글쎄, 지난 삼십 년 동안 뭘 하고 살았더라? 되돌아보면, 산삼을 캐겠다 큰소리치며 산에 올랐다가 도라지 몇 뿌리 빈 바랑에 담아 온 무능한 심마니의 심사가 된다.

부족한데다 게으르기까지 했던 세월이지만 내가 밟아온 길이었거니 세월의 마디 앞에 서서 머뭇거리며 자꾸 되돌아보게 된다.

무어 자랑할 것도, 내세울 것도 없는 시간이어서 조용히 지나가겠다고 마음먹었더랬는데 생각지도 않았던 어떤 계기가 생겨 선집이란 이름을 붙여 그동안 발표했던 단편소설 몇 편을 골라 책으로 다시 묶는다. 특별한 기준은 없이, 등단부터 지금까지 시기별로 안배해서 선택했다.

다시 읽어보니 얼굴이 붉어질 만큼 미숙하고 부족하다. 담장 너머 뻗어난 길가의 꽃을 몰래 꺾다 들킨 아이 같은 심정이다. 그러나 어쩌랴. 이 또한 내가 걸어왔던 발자국인 것을. 그저 반성의 자료로 삼으려는 뜻이다.

지나온 세월에 만났던 많은 분들, 격려와 조언과 질정을 아끼지 않았던 도반들에게 감사드린다. 짧지 않은 세월 내 곁을 지켜온 아내에게도 고마움을 전하고 싶다.

2024 가을

강동수